JN096947

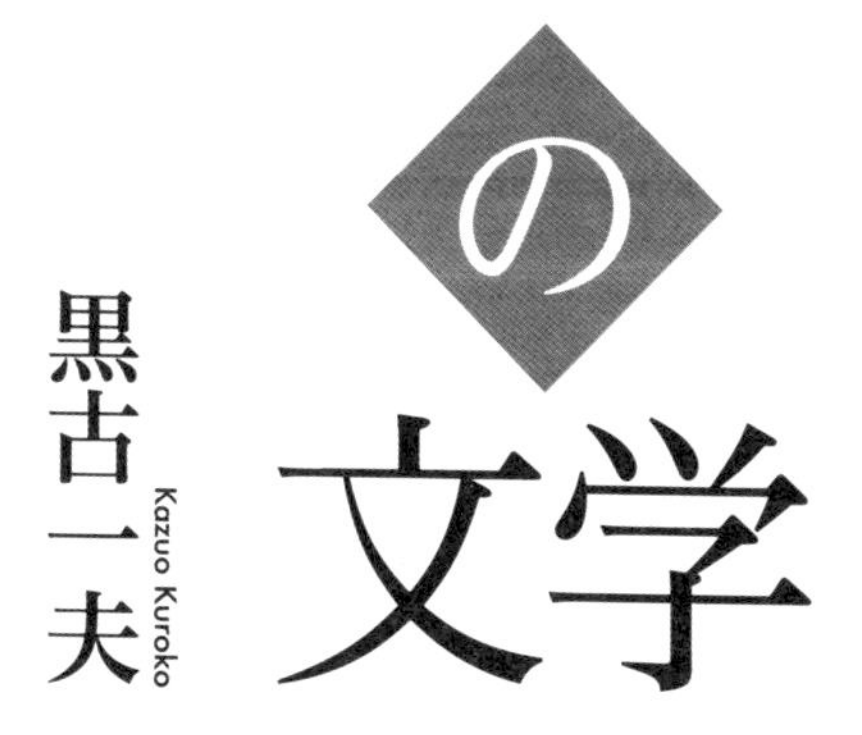

アーツアンドクラフツ

〈序〉「敗戦」から七十五年、その文学風景

　戦後七十五年を迎えようとしている今日、「政治」も、「経済」も、「文化」も、そして私たちの「生活」も、パソコン機能と携帯電話やカメラの機能を併せ持ったスマートフォン（スマホ）の想像を超える普及が象徴するように、どうやら一九四五年八月十五日の「敗戦」前後に生を受けた私たちが考えている以上に「激変化」の様相を呈している。当然、この状況の激しい変化は、社会との緊張関係において成立する「文学」にも及んでいることは、二〇一九年一月に発表された第一四六回芥川賞の受賞作品がＩＴ（情報通信）産業に勤める上田岳弘の「仮想通貨」を巡る物語の『ニムロッド』であったことが証している。因みに、『ニムロッド』と同時に芥川賞を受賞した作品は、町屋良平のボクシングを題材にした『1R1分34秒』であり、これまでの「伝統」とは明らかに異なってスポーツ（ボクシング）に生の輝きを見る小説であった。『ニムロッド』にしろ、『1R1分34秒』にしろ、「平成」が終わり「令和」を迎えたこの時代が、いかに「混迷」かつ「指針無き」状況下にあるかを如実に示す作品だと言っていいだろう。

しかし、顧みれば、このような「指針無き」「アモルファス（無秩序）」な時代を反映したような作品が芥川賞を受賞するという文学状況・社会状況は、どうやら村上春樹（デビュー作『風の歌を聴け』七九年）の『ノルウェイの森』（八七年）と吉本ばななの『キッチン』（同）のベストセラー化から始まったのではないか、と私は思っている。そんな今日における現代文学の在り様を象徴するのが、ここ十年ほど毎年のように村上春樹がノーベル文学賞候補として取り沙汰されていることである。しかし、村上春樹は「ハルキスト」と呼ばれる熱狂的なファンの期待を裏切り毎年「落選」を続けている。村上春樹がノーベル文学賞を受賞できない理由については、「エンタメ（通俗的）過ぎる」とか「社会性に乏しい」とかいろいろ言われているが、今から三十年ほど前の大江健三郎による次のような指摘こそ、ノーベル文学賞を受賞できない村上春樹文学の特徴と今日における文学の変容を予見したものと言っていいのではないだろうか。

一九八〇年代の日本のいわゆる純文学で、若い世代の――わが国の純文学を支えてきた読者層の中心は、つねに二十代中心の若い世代でした。日本の戦後文学が、兵士としての戦争体験を持つ三十代の知識層にまで、真面目な関心に立つ読者層をひろげていたこと、その読者層をつうじて実社会にモラリティーに関わる影響力をそなえていたことも、戦後文学者の能動的な姿勢ということに直接結んで、注意される必要があるでしょう――もっとも強い注目を浴びた作家は、村上春樹という、一九四九年生まれで高度成長期にあわせて成人した、新しい才能です。村上春樹の文学の特質は、社会に対して、あるいは個人生活のもっとも身近な環境に対してすらも、いっさい能動的な姿勢をとらぬという覚悟からなりたっています。その上で、風俗的な環境からの影響は抵抗せず受身で受け入れ、それもバック・グラウンド・ミュージックを聴きとるようにしてそうしながら、自分の内的な夢想の世界を破綻なくつむぎだす、それが彼の方法です。戦後文学者たちの能動的な姿勢に立つそれぞれの仕事から、ほぼ三十年をへだてて、それとはまったく対照的に受動的な姿勢に立つ作家が、今日の文学状況を端的に表現しているのです。

（傍点原文　講演録「戦後文学から今日の窮境まで」「世界」一九八六年三月号）

この文章が発表されてからおよそ三十五年後、現代の文学状況はその「窮境」振りを更に深めているように見える。その理由は、結論的に言えば、見せかけの「豊かさ」と「平和」の中で、大江が言う作家の「能動的な姿勢」――大江は同じ講演の中でそれを「作家が一人の個としての人間をとらえて、そこに社会、政治状況から、コスモロジーの反映までを統合して、ひとつのモデルとして提出する」ことである、と言っている――に立つ作家が少なくなり、逆に村上春樹のような「受動的な姿勢」に立つ作家が異常に肥大化し、「一億総エンタメ化」したが故に、「今日の深刻な窮境」を招いたのではないかということになる。大江は、先の引用に続けて、「戦後四十年間における大きい変化、日本文学が、作家と読者とを結ぶ共通項としての、能動的な姿勢を失ってゆく過程を、それぞれの地点で明確に特徴づけて見せる、いくつかの指標があります」として、次の三つを挙げていた。

第一は、一九六八年三月の東大占拠を頂点におく、全共闘運動の全国的な盛り上がりと、そこに参加した学生たちの思想的支柱のひとりであった高橋和巳の一九七一年の死です。第二は、安保改定に反対する市民運動の、とくに学生層のデモの高揚に対して、みずから私兵の集団を養成しての現実活動を、創作・評論活動に重ねた三島由紀夫の、一九七〇年十一月自衛隊にクーデタを呼びかける演説を行っての自決です。そして第三は、一九八二年の作家たちの広い層による「核戦争の危機を訴える文学者の声明」と、それを批判する、吉本隆明に代表される反・反核の言論でした。

そして、その結果どうなったか。先の引用文に続けて、大江は次のように書いている。

三つの出来事は、戦後文学の能動的な姿勢に立つ表現活動の血筋をひくものたちが、広い意味での同時代の知識層への呼びかけをつうじて、いわばそれぞれの日本、日本人のモデルを提出するために最後の苦しい闘いをし、かつその闘いがはらんでいたアナクロニズムにみずから足をとられるようにして、敗退した。またその闘い方自体が消滅して行った。そしてそれとともに、日本の現代文学の、同時代と未来の経験を作り出す能力を潰滅させ、衰弱させていく結果をもたらした。これらの指標としての出来事とそれにつらなることどもの、次つぎの積み重なりをつうじて、一九八〇年代の、およそわが国の現代文学を覆う、能動的な姿勢の喪失ということがもたらされた、と僕は考えるのです。

（傍点原文　同）

この大江の「結論」に関しては、その後の「三十五年間」にわたる現代文学の推移を見てきた者として言えば、確かに「一九八〇年代の、およそわが国の現代文学を覆う、能動的な姿勢の喪失」はあったということに同意しなければならない。しかし、また同時にそのような現代文学の全体的傾向に抗うように、「戦後文学の能動的な姿勢に立つ表現活動の血筋をひくもの」が、少数ではあったが、その後の現代文学の世界で確かな地歩を築いてきたのも「事実」であった。つまり、大江が言う「受動的な姿勢」に立つ村上春樹や吉本ばななに代表されるような作家とは別な方法と思想を持った少数の作家たちが、実は「文学の王道」を目指して歩んできたということである。彼ら彼女らは、近代文学の成立期から戦争体験を根っこに据えた「戦後文学」まで多くの文学者が追求してきた「自分とは何か」「人間はいかに生きるべきか」あるいは「文学と歴史の関係」を問う姿勢を愚直に引き継いできた、ということでもある。

そのような文学傾向を持つ作家は、例えば本書で中心的に取り上げた宮内勝典(かつすけ)や「その仲間」、具体的には、すでに物故した中上健次、桐山襲(かさね)、干刈(ひかり)あがた、立松和平、津島佑子や池澤夏樹、増田みず子といった一九七〇年代以降現代文学の世界で活躍の場を見出した作家たち、ということになる。そして、これらの作家たちに共通するのは、「一九四五年八月十五日」の敗戦前後に生を受けた作家たち、川村湊(みなと)の『戦後文学を問う――その体験と理念』(岩波新書 九五年)の言い方、つまり戦後文学の担い手は外地や戦場、あるいは戦時下という状況から「帰還」した者たちであったという定義に倣えば、「帰還者」の子女たちということになる。立松和平が、ソ連の捕虜としてシベリア送りになる前に「脱走」してきた父親と、敗戦前に中国から故郷の宇都宮に帰郷していた母親との第一子であったことは、夙(つと)に知られているし、宮内勝典が旧満州(現・中国東北部)黒龍江省ハルビン市の生まれであり、一歳になる前に故郷の鹿児島に引揚げてきたこと、あるいは津島佑子が妻ではない女性と心中した太宰治の娘であったことは、彼らが「戦争―戦後」という時代及び社会という場から「帰還」した者の子女というバックボーンを背負って現代文学の世界に参入してきたことを、如実に物語っていた。

さらに言うならば、彼らが一九六〇年代の後半から七〇年代初めにかけての「政治の季節」＝学園闘争（全共闘運動）に何らかの形でインスパイヤーされて作家として登場した、と言うことができる。この「政治の季節」に関して、絓秀実（すがひでみ）や小熊英二は世界史的な動向との関係で「一九六八年」に特化して論じており、その意味では宮内勝典以下の先に列記した作家たちもまた絓や小熊が言う「一九六八年」と無関係ではなかったということになる。因みに、絓はその著『１９６８年』（ちくま新書　二〇〇六年）の「まえがき」において、戦後史を「切断」した「一九六八年」について、次のように述べていた。

> 一九五六年のスターリン批判を契機に、世界的に新左翼と呼ばれることになる思想潮流が登場し、日本でも、国民的な盛り上がりをみせた六〇年安保闘争をへて、六〇年代にはその思想的・文化的なヘゲモニーが決定的なものになっていった。それは、文学、思想から発して建築、演劇、映画、美術等々の領域に及んでいった。それも、世界的な動向と並行した現象である。現在では、誰も「新左翼」と自称しはしないが、「新左翼的な」文化は、すでに常識的な心性と化している。エコロジカルに省エネを推奨するＣＭやセクハラへの嫌悪などなど、それは日常的な細部にまで浸透してい

る。本書で「新左翼」という亡霊的な言葉を、あえて一貫して使用した理由である。「六八年」は、旧来の文化的・思想的規範に対する、新たな対抗文化（広義のサブカルチャー）からするヘゲモニー闘争でもあった。

六八年の日本の新左翼は「戦後民主主義」という規範に対して、繰り返し批判を行っていた。簡単に言えば、戦後民主主義が実は一国平和主義にすぎないという批判である（この論点が、今や右派のものになっているのは周知のとおり）。しかし、その一国平和主義に対置されたのが、過激な「世界革命」という、これまた空想的なイデオロギーであった。便宜上リオタールの言葉を用いれば、日本の新左翼は「戦後民主主義」という「大きな物語」に対して、「世界革命」というもう一つの「大きな物語」を対置したのである。

小熊英二の「一九六八年」論も、この年に集約的に起こった様々な出来事がそれまでの戦後史から「切断」されている現実から生じたものであるという点で、基本的には絓秀実と同じと言っていい。しかし、小熊の場合、社会学学者らしく上下巻で二〇〇〇頁を超える大著『1968年――若者たちの叛乱とその背景』（二〇〇九年　新曜社）に明らかにされているが、「一九六八年」に至る戦後史を思想史や文化史の面からだけでなく、産業構造の転換や教育制度の変遷などを含む「社会全体」の歴史から論じている点に特徴を持っていた。確かに、「一九六八年」という年は、一九四五年八月十五日から始まり現在まで続く「戦後」を俯瞰した場合、学生運動が初めてゲバ棒とヘルメットで「武装」し、警察機動隊と肉弾戦を演じたという一例を持ち出すまでもなく、「結節点（切断線）」となるような出来事が多々起こり、その意味では戦後史はこの年に「切断」される、と言えなくはない。しかし、絓秀実も小熊英二も指摘しているように、この年以降新左翼＝学生運動は激化の一途をたどり、ついには一九七二年二月の「連合赤軍事件＝あさま山荘銃撃戦・十六名の同志殺人」へと坂道を転げ落ちるように大衆（社会）との関係も希薄化の一途をたどり、社会の表層からは「消滅」したかのようになり、いくつかの党派は「消滅」という事態を迎え、現在に至っている。つまり、戦後史は「一九六八年」で切断されるのではなく、「一九六〇年代後半から一九七二年の連合赤軍事件」までの、所謂「政治の季節＝学生叛乱の時代」によって転換期＝切断期を設定した方が、より鮮明な歴史認識が得られるのではないか、ということである。

この「政治の季節」で主役を担った全共闘運動が、六〇年安保闘争を主導した学生運動（全学連）やその中心を担った共産主義者同盟（ブント）及び革命的共産主義者同盟（革共同）などの新左翼――それらの党派はいずれも、戦後の革命運動・労働運動の中核を担ってきた日本共産党の政治方針を批判して結成された――に率いられた学生運動＝新左翼運動と画期的に違っていたのは、全共闘によってバリケード封鎖されたキャンパス内で行われた「自主講座」や「講演会」「映画会」などの各種のイベントが象徴するように、「文化革命」的な要素を多分に持った学生の反体制運動だったということである。あるいは、全共闘運動の合言葉のように使われた「自己否定」の言葉と思想が象徴するように、運動をその底部で支えた思想には「（日本の）近代とは何であったのか」とか、「戦後民主主義思想は、果たして変革に有効な思想たり得るか」といった問いが横たわっていた、ということである。全共闘運動が「文化革命」的な要素を多分に持っていたというのは、以上のような理由に因る。

そして、この「政治の季節」を戦後史の結節点と捉える考え方に従って現代文学の在り様を俯瞰した時、その主流は、紛れもなく先に大江が村上春樹文学に象徴される特徴として指摘したように、登場人物も物語世界も「受動的な姿勢」に立つ、つまり「デタッチメント＝社会的な関係が切断されている状態」を物語世界に再現するものへと変わってきた、と言えるのではないだろうか。経済（成長経済政策）が最優先され、そこに生きる人間の倫理や論理（思想）が蔑ろにされる社会、それはまさに「玩物喪志」――モノ・カネが優先され「精神（志）」の在り様が捨象されること――の風潮が蔓延する社会と言っていいのだが、そのような社会を唯々諾々と受け入れるところに成立したのが、先の大江が言う「（社会や歴史に対して）受動的な姿勢」に立つ村上春樹の文学であり、一九八〇年代以降の文学だったということである。

そのような文学傾向への旧世代文学者の対応は、例えば一九八七年の『キッチン』（海燕新人文学賞受賞）に次いで『ムーンライト・シャドー』（八八年）で泉鏡花賞、『うたかた／サンクチュアリ』（八九年）で芸術選奨新人賞を、『ＴＵＧＵＭＩ』（同）で山本周五郎賞を受賞した吉本ばななが、村上春樹と共に「ハルキ・バナナ現象」と呼ばれ、流行（ベストセラー）作家になったことに対する対応によく表れていた。吉本ばななの『キッチン』が海燕新人文学賞を受賞した時の選者は、大庭みな子、富岡多恵子、中村真一郎、古井由吉、三浦哲郎の五人で、彼らのほとんどが「内向の世代」に属するか、戦後派文学の系列に連なる作家であったが、その全体的な文学傾向はどちらかと言えば大江が言う「能動的な姿勢」に立つ作家とは距離を置く作家たちであった。その選者たちが選んだ入選作『キッチン』に対する評価こそ、吉本ばなながが村上春樹と同じような「受動的な姿勢」に立つ作家であることを明らかにするものであった。

（大庭みな子）　受賞作になった「キッチン」はまき散らされている若い匂いに好感を持った。「純愛」も若い人だから、今、目の前にあるものを、こういう形で確かめようとしたのであろう。

　今後こうした作家がどのような形で習作を重ね、どのように変わってゆくかを見守りたいと思う。

（富岡多恵子）「愛」のごとき既成の記号ではいいかえのきかぬ、ちょっとムツカシイものを感得してしまった女の子の体験が書かれている。その文章のすすみ具合が、昔の人から見れば頼りなげにうつるとすれば、それは吉本さんにとっての文学が昔の人のレシピでは料理できなかったからだろう。

（中村真一郎）　私を驚かせたのは、「ばなな」という、途方もない筆名の作者による「キッチン」だった。これは私のように旧世代の人間には想像もつかないような感覚と思考を、伝統的文学教養を全く無視して、奔放に描いた作品で、旧来の観念からして、文学の枠にはまろうがはまるまいが勝手にしろ、という無邪気な開き直りに、新しい文学を感じた。

（三浦哲郎）　吉本ばなな氏の「キッチン」は、いくつか面白い場面があったが、一つの作品としてみれば未だしだと思った。

（古井由吉）　吉本ばなな氏の作品は、（中略）才の良さに助けられている。しばらくはこれで行ける。その先は、うまくなりそうなだけに難儀だ。

吉本ばななの文学に対する、「昔の人のレシピでは料理できなかった」（富岡多恵子）、「旧世代の人間には想像もつかないような感覚と思考を、伝統的文学教養を全く無視して、奔放に描いた作品」（中村真一郎）という評や、三浦哲郎の「一つの作品としてみれば未だし」という言葉は、大江によって「能動的な姿勢」に立つようには見えないと言われた戦後派から第三の新人、「内向の世代」に属する作家たちもまた、吉本ばななの文学にたいして「戸惑い」や「異質性」を感じさせた、ということである。

その後、歴史や社会に対して「受動的な姿勢」に立つ吉本ばなな風、村上春樹風の作家が次々と生まれ、現代文学が「窮境」状態になってきたのは、大江が「戦後文学から今日の窮境まで」の中で話をしている通りである。しかし、先にも書いたように、そんな現代文学の「窮境」に抗うように、人間と社会、歴史との関係を軸に文学を考える、つまり「能動的な姿勢」に立ち、そのような思想と方法によって戦後文学の衣鉢を継ごうとする作家たちもまた、一九八〇年代にはその地歩を固めつつあった。

中上健次、立松和平、三田誠広、青野聰、宮内勝典、村上龍、津島佑子、増田みず子、少し遅れて高橋源一郎、島田雅彦、桐山襲、そして現代の池澤夏樹や中村文則、彼らこそ「戦後文学の能動的姿勢に立つ表現活動の血筋をひくもの」たち、と概略言うことができる。何故なら、彼らは何らかの形で一九六〇年代後半から一九七〇年代初めにかけての「政治の季節」に青春時代を過ごしていたというう共通項を持っており、そこに発語＝表現の根拠を措いているように見えるからに他ならない。別な言い方をすれば、上記の作家たちは「政治の季節」に全国各地の大学で吹き荒れた学生叛乱＝全共闘運動及びそこから派生した新左翼の革命運動・労働運動に何らかの形で加わり、あるいは参加しないまでもそのような学生・青年の運動に強くインスパイヤーされる、という体験を持っていたということである。この世代を代表する作家の一人立松和平が、自分たち世代が経験した全共闘運動の意味を探る意図を持った長編『光匂い満ちてよ』（七九年）を発表した後のエッセイ「鬱屈と激情」（同）の中で、次のように書いていることは象徴的である。

ぼくの精神形成の多くは、七〇年前後の学園闘争におうところが大きい。詰襟を着て田舎の高校からでてきた柔らかい頭の十八歳には刺激が強すぎたが、物の見方考え方の端々に、どうしてもその時代の影響がでてしまう。正義感だけは人一倍あったから、渡されるままにヘルメットをかぶってデモの後をうろうろついてまわった。単純な正義感だけだといってもいい。それがいかにもろいものか後になっていやというほど思い知らされるが、マルクスもレーニンも世界史の教科書でしか知らない田舎の高校出たてに、ほかにどんなかかわり方があったろうか。

田舎（栃木県宇都宮市）出身の立松が「政治の季節＝七〇年前後の学園闘争」から受けたこのような「影響」に対して、まったく同世代の津島佑子の場合はどうだったのか。遺作の一冊となった長編『ジャッカ・ドフニ――海の記憶の物語』（二〇一六年）の最後の章「一九六七年　オホーツク海」は、作者に重ねていい「はたちの女子学生」が、三月末のオホーツク海沿岸をバック・パッカー（当時は「カニ族」と言われていた）として地元の人たちに助けられながら、「少数民族（アイヌやウィルタ、等）」に出会う様子が描かれている。

ここはアイヌ・モシリ、わたしはシサム（日本人のこと―引用者注）、アイヌは人間、ここは人間の大地、がらんとした鈍行の車内でつぶやく。眠気のなかで、パンとチョコを食べる。夕方、テシカガ駅からバスに乗り、あなたは青年の家にたどり着く（中略）ベッドに入って、うつらうつらしながら、古新聞の紙面をながめる。地元の新聞なので、シリーズの読み物として、サハリンの戦前から戦後にかけての人種的事情や日ソの開発を巡る問題などが書かれている。けれど眠気が強すぎて、記事の内容はぼんやりあなたの頭を通り過ぎて行ってしまう。トナカイ遊牧のウィルタ（今まで、オロッコと呼ばれていた）のこととか、戦後南サハリンがソ連領になったため、多くの朝鮮人が身動きのつかない状態になったこととか、オロッコやギリヤーク（ニブヒともいう）も日本兵として駆り出されていたこととか、アイヌの貧困問題とか……。

ここに登場する「はたちの女子学生＝あなた」は、作者が敢えて彼女に引用部分のような「新聞記事」を読ませたことからも窺えるように、まさに立松が言う「七〇年前後の政治の季節」を刻印された女性と言うことができる。言葉を換えれば、一九六〇年後半からの高度経済成長期の申し子とも言うべき「アン・ノン族」（一九七〇年三月に創刊された女性向けファッション雑誌「an・an」〈マガジンハウス刊〉や一九七一年五月創刊の「non・no」〈集英社刊〉の「旅特集」に誘われ、カジュアルな服装で国内外を気軽に旅行する若い女性たちを指して、このように言った）とは、まったく趣を異にする、言うならば「自分探しの旅」をこの「はたちの女子学生」＝作者の津島佑子は行っており、それは間違いなく一九六〇年代の後半から全国の大学や街頭で吹き荒れていた学生運動を反映したものだった、ということである。

立松和平にしろ、津島佑子にしろ、以後の「戦後文学の能動的な姿勢に立つ表現活動の血筋をひくもの」としての活躍は、多くの人が知るとおりである。そして、さらに言うならば、一九八〇年代後半から今日における現代文学は、すでに鬼籍に入った者も含めて彼ら・彼女らの仕事抜きでは考えられないという側面があることも、確かなことである。

本書は、そのように現代文学の基底の一部を形成してきた「一九七〇年世代文学」の諸相を、その根っこのところで考えようとする試みの一つである。なお、本書で取り上げる文学者は、小説家に限った。歌人の道浦母都子（みちうらもとこ）や詩人の佐々木幹郎、あるいは加藤典洋や絓秀美、高橋敏夫といった批評家も「一九七〇年前後の学園闘争＝政治の季節」体験を発語の原点としてきたと言っていいが、ここでは割愛した。

目次

「団塊世代」の文学

第一章　池澤夏樹の文学

〈1〉「島」へ、「島」から

小熊英二や絓秀実といった論者が戦後史の一つの「転換」と言い続けてきた「一九六八年」に埼玉大学理工学部を中退した後、ハヤカワミステリーの翻訳などをして日銭を稼ぎ、そして「詩」を書いたりしていた池澤夏樹は、一九八四年五月中央公論社が刊行していた文芸雑誌「海」に長編『夏の朝の成層圏』を発表して、作家として出発する。この長編は、後に「書物の力」という講演（一九九二年十一月一日　那覇市立図書館にて『沖縄式風力発言――ふぇーぬしまじま講演集』所収　九七年　ボーダーインク刊）の中で、「『ロビンソン・クルーソー』を今風に読み替えたら話ができそうだな」と考えて、「苦労しながら書いた」と語っていたものである。周知のように、『ロビンソン・クルーソー』（一七一九年　ダニエル・デフォー作）は、乗っていた船が時化にあって難破し、南アメリカ大陸近くの無人島に漂着したクルーソーが、近代文明とは切り離された「原始」的な生活を余儀なくされるが、「創意工夫」

を凝らすことで二十八年間その島で暮らしながら、やがて助け出されるという話である。

この長編のモチーフについては、『夏の朝の成層圏』を発表してから十年以上が過ぎた一九九六年五月十五日に南大東島で行われた講演「人と自然の関係」（前掲『沖縄式風力発言』所収）の中で、「未熟児」で生まれる人間が生き続けることができるのは、もちろん親や関係者の手助けがあってのことだが、それ以上に人間が「言葉」を持っていたから、ということと深く関係しており、従って人間社会において「言葉」が大きな役割を果たしていることを強調したかったところにあった、とした。そして、その後で人間の「本能的・動物的技術・能力」について次のように語った。

社会のシステム、約束ごと、言葉が機能しなくなったら、その時は自然に帰るしかない。そういう知恵をどこかで残しておかないのは危ない。言葉の約束だけで、人間同士の約束手形だけで生きていくのは、危ないんじゃないか。そういう場合の知恵というのは、学歴でもないし、着ている服でもないし、人間同士の間の約束ごとの値打ちでもなくて、もっと感覚的な物、鉛筆の削り方みたいなもの。自分の住んでいる場所はどういうところであるか、どこに何があるか。それを考えるでもなく知っているというか、ある意味では人間以前の、動物レベルの知恵ではないか。たくさんはいらない。しかし、まるっきりなくて済むと信じるのは、どうも考え方として危ないのではないか。

確かに、地方新聞の記者がマグロ漁船に乗り合わせ、船から落ち、無人島に漂着した後、ヤシの実汁で渇きと飢えを凌ぎながら「生き抜き」、最後は自分の体験を「言葉で記録する」という『夏の朝の成層圏』の展開は、デフォーの『ロビンソン・クルーソー』と相似の部分が多々あり、読んでいる間既視感に襲われることもないわけではない。しかし、一八世紀初めのデフォーと「近代＝資本主義」が爛熟期を迎えた二〇世紀後半の日本を生きてきた池澤夏樹との違いは、この世界中に知られている冒険譚にヒントを得て（換骨奪胎して）処女作『夏の朝の成層圏』を書いたとしても、主人公（語り手）の漂着した南太平洋の島（彼は「アサ島」と名付けた）は無人島だったが、その島より大きい隣りの「ユウ島」（同じく彼が名付けた）にはかつて原住民が住み、別荘風の立派な家屋さえ建っており、近くの島はアメリカのミサイル・核実験場であるという物語設定にある。つまり、主人公は決して「近代文明」とは切れた場所（無人島）に漂着したのではなかったということである。ユウ島の住宅の持ち主であるハリウッドの俳優「マイロン」が主人公に語る次のような言葉こそ、『ロビンソン・クルーソー』と『夏の朝の成層圏』とが決定的に異なるモチーフによって書かれたことを明かすものであった。

「きみはかつてこの島がユートピアだったと思っているのか？」とマイロンは彼のすぐ後ろを歩きながらおだやかな声で言った。「ここの人々は文明国の人間よりも幸福だったと信じているのか？それはわれわれ欧米の人間が十八世紀に陥って今も出られずに藻掻いている罠だ。高貴なる野蛮人。つまらぬ罠さ。そこに落ちこんだところを見ると、きみは、きみたち東洋の文明人は、ついにわれわれとまったくおなじ愚かさをそなえるに至ったらしい」マイロンの低い声が後ろから彼を包んだ。

さらに続けて、マイロンは「近代文明」と「環境」や「自然」との関係が人間の在り様にどのような影響を与えてきたか、「都市」と「田舎」の関係及びそれらと「ドル＝経済活動」との関係について、次のように説く。

「人を不幸にする環境はたしかに存在するが、人を幸福にする環境は存在しない」とマイロンは続けた。「幸福はいつも減点法ではかられるのだ。環境は減点するかしないかであって、決して点を加えはしない。

きみはこの島の幸福をわれわれのドルとミサイルが破壊したと思っている。わたしがこの島に似合わない家を建てて、破壊の仕上げをしたと考えている。（中略）しかし、この島に誰も住まなくなったのは、世界中で人々が田舎から都会へと移動しているのは、別にわれわれが意図的に操作しているからではない。都市が成立した瞬間から、都市というものの定義によって、人は都市に集まりはじめたのだ。人が減って農村が荒れるという問題はローマ時代からあった。人は可能なかぎり群れて住みたがる。人は人に会うことを喜ぶし、人の集中はいよいよ人を呼びよせる。田舎では祭は年に一回だが、ニューヨークでは毎日毎夜が祭だ。

だから、この島の人々は人間のたくさんいるクワジェリンに移った。役人どもが少々アンフェアなことをしたかもしれないし、直接に彼らを招いたのはドルの力だっただろうが、もっと強い力で彼らを惹きつけたのは人がたくさんいるという事実の方だった。人のいないところではドルも意味を失う。」

また、マイロンは「わたしにとってこの島は裏返されたニューヨーク、倒置されたロサンジェルスに過ぎない」とも言う。これらの言葉が象徴するマイロンの「都市―田舎」や「未開（無人島）―近代文明（ニューヨークやロサンジェルス）」の関係についての考えは、まさにこの長編の作者池澤夏樹の思想と重なると言っていいだろう。この池澤夏樹の、一見すると「冷徹」な認識がどこから来たのか、それは会社の金を横領した若者と「無為」な毎日を送っている者との奇妙な関係を描いた芥川賞受賞作『スティル・ライフ』（「中央公論」八七年十月号）の冒頭に置かれた次のような言葉を見れば、歴然とする。

この世界がきみのために存在すると思ってはいけない。世界はきみを入れる容器ではない。
世界ときみは、二本の木が並んで立つように、どちらも寄りかかることなく、それぞれまっすぐに立っている。
きみは自分のそばに世界という立派な木があることを知っている。それを喜んでいる。世界の方はあまりきみのことを考えていないかもしれない。

並立する「世界」と「きみ＝個」の関係、これは「近代文明」が隅々まで浸透した現代社会と、今や世界のどこを探しても見つけることのできないと言っても過言ではない「原始・未開」時代の人間の在り様との関係にパラフレイズしていいかも知れない。つまり、「世界」と「個」は永遠に「交差」することも、また「混淆」することもないのが現代社会という訳である。『夏の朝の成層圏』から始まって今日に至る現代作家池澤夏樹が追求してきたのは、この並立する「世界」と「個」とがいつか融合して「もう一つの世界」を構築する可能性はあるのか、ということだったのではないか。『夏の朝の成層圏』で展開された漂流者（個）とアメリカの俳優マイロン（世界の側）との議論に集約されているのは、まさにそのような可能性についてであった。言い方を換えれば、池澤夏樹は、「近代文明」と「自然」の酷薄な関係の中において人間はどのような在り方が可能かを模索するところに、おのれの文学的着地点を置こうとしてきたのではないかということである。さらに言えば、池澤夏樹は多くの文学者のように「近代文明」に対して無自覚的に惑溺するのでもなく、かといってある種のエコロジストのように「自然賛美」で事足りると思うのでもなく、「近代科学」と「自然」との「より良き関係」が見つかれば、その先に「もう一つの世界」が想定されるのではないか、との思いを持ち続けてきたのではないかということである。

池澤夏樹のそのような創作に関わるモチーフが具体的に展開された物語が、谷崎潤一郎賞を受賞した「純文学書下ろし特別作品」と銘打って一九九三年六月に刊行された『マシアス・ギリの失脚』（新潮社刊）であった。物語は、南太平洋のいくつかの島から成る「ナビダード民主共和国」を舞台に、アジア太平洋戦争時において島を占領していた日本軍の使い走りをしていた少年（マシアス・ギリ）が、戦後になって日本との太いパイプを背景にして大統領にまで上り詰め、全ての権力（権益）を掌中に収め、「人生の成功者」になったと思った途端、日本からやってきた「慰霊団」のバスが忽然と消えたところから「暗雲」が立ち込めはじめ、終には「権力闘争」の末に「失脚」していくという話である。このような物語の展開からわかるのは、『夏の朝の成層圏』や『スティル・ライフ』などで明らかになった物語（小説）の中に「もう一つの世界」を構築する、言い方を換えれば「ユートピア」と言っていいかも知れないが、「ここ（現実）」には存在ない場所（世界）」の構築を小説内部で実現することは可能か、と池澤夏樹は問い続けてきたということである。

池澤夏樹が、南海の島国を舞台にした権力者と美女との「恋愛＝情愛」を軸にした『マシアス・ギリの失脚』を展開する際に、アジア太平洋戦争中の日本軍や戦後の「新植民地主義」と言ってもいい「平和日本」の経済活動を物語の中心に置き、文化人類学でいうところの「道化師」、あるいは「魔女」、更にはヨールとケッチといった「狂言回し」などを登場させ、この長編を重層的に仕上げているのも、そのことによって物語（小説）の中に「もう一つの世界」はこの現代にあって可能か、という根強い問いを忘れていなかったことの証と言っていいだろう。

〈2〉「試み」の日々、そして北海道と沖縄へ

池澤夏樹の小説を読んでいて気付くのは、三十九歳という決して若くない年齢で作家デビューしながら、表現（作品）内部において「もう一つの世界」の構築は可能か、といった大テーマを抱え、それと同時に、技法的にも、それぞれの作品に向かう際のモチーフにおいても、様々に「試み」続けてきたということである。

中でも、毎日出版文化賞を受賞した『花を運ぶ妹』（二〇〇〇年）は、柳田國男の『妹の力』（一九四二年）――古代日本において、女性は独特な「霊力」を持っていたという考えに基づき、日本文化の

創造や運搬は女性によって担われてきた部分が大きいとする論――を援用しながら、「兄妹愛」の在り様を軸に、人間の意識（精神）はいかに「拡張」することができるか、またその「拡張」には限界があるのではないか、を問う長編に仕上げたもので、特筆に値する。幼い頃から「絵」の才能を発揮し、師を持たないまま（美術大学や画塾などで学ぶことなく）「一人前の画家」として通用するようになった青年（哲郎）が、取材旅行で訪れたベトナムで、休暇で当地に来ていた会計士兼現代美術の評論家と称する中年のドイツ女性（インゲボルグ）に誘われて、「ヘロイン」に手を出し中毒患者になってしまい、そのためにバリ島で逮捕され、その兄を様々な手を使ってフランス語の通訳をしている妹が救うというミステリー仕立ての物語は、ヘロイン中毒者となった哲郎の「思索」の変化を中心に展開する。そして、そのような物語展開を更に複雑化しているのが、ヘロインの罠に嵌った哲郎の意識がどこまで「拡張」していくのかに興味関心を隠さない作者の意識であり、物語に深みをもたらす「妹の力」がどのように発揮されているのか、といった問題意識である。哲郎の「思索」の変化、それは例えば次のような描写にその真姿がよく現れている、と言っていいだろう。

実際、彼女（インゲボルグ―引用者注）がなんども繰り返したというこのサイクルをおまえはうまくなぞることができた。量を減らすのも問題なかった。きちんと絶って、こういうものがあることを知っておくのもいいという思いで絵に戻り、旅を続けられるはずだった。そのプランであと三日という時にあの事故が起きた。ヘロインの意味がまったく変ってしまった。それ以来おまえは幼い悲しみの天使につきまとわれるようになり、自責の思いに駆られ、追い立てられ、自暴自棄になり、服用する量は際限もなく増えていった。外の世界では生きていけない。薬の中だけが天国で、この天国の中にいるかぎり本物だった。じっと座って息をしているだけで完璧な幸福感を味わった。退屈という言葉を忘れた。自分の靴を見ているだけで何時間でも過ごせた。

なぜ苦労して絵など描く必要があるか。すべてはヘロインにたどり着くための行程だったのだから、もうそこから出ることなど考えられない。やめるのはナンセンスだ。それに普通の人間に戻ること、みんなにもてはやされる優れた画家に戻ることは幼い悲しみの天使が許さない。懲罰は無限に続く。心地よい快楽の懲罰。

実際、麻薬中毒者の実態を私たちは外見でしか知ることができない。にもかかわらず、例えばオランダやアメリカ合衆国の一部の州で所持や吸引を認められている大麻やハシッシさえ所持・使用しただけで厳罰に処せられ、ましてや覚醒剤やヘロイン、コカインといった「ヘビー（重い）」なドラッグの中毒患者は社会的に抹殺される日本において、なぜ池澤夏樹はヘロイン中毒者を物語（『花を運ぶ妹』）の主人公の一人にしたのだろうか。「闇」社会は別にして、一般的な市民生活の中にドラッグがそれほど蔓延しているとは思われないのに、何故か。考えられるのは、ベトナム戦争に従軍したことでヘロイン（阿片）のことを知悉していた開高健――ベトナム戦争の従軍体験を基にした『輝ける闇』（六八年）や短編集『歩く影たち』（七九年）には、多くの阿片中毒者が登場する――を除く一世代（内向の世代）前までの「禁欲」的な文学者に比べて、池澤夏樹と同世代の宮内勝典も立松和平も、そして中上健次も、「ドラッグ」に対する拒絶感は弱く、彼らの青春時代に色を添えた「ヒッピー文化」

が「ドラッグ」に関して寛容であったことと関係していたのではないか、ということである。そんな同世代特有の関心事から、池澤夏樹はこの『花を運ぶ妹』を執筆する際に、ヘロイン中毒者たちの「手記」や実態報告を中心とした「ドラッグ」に関する本を読み漁り、そして「異物」である「ヘロイン中毒者・哲郎」を形象化したのだろうと推察できる。

その結果、「麻薬＝ヘロイン」を使用すれば「未開発」の部分を相当に残していると言われる「意識」の拡張はどこまで可能か、といった問題意識を持つに至り、さらにはその「意識の拡張」が「もう一つの世界」構築に関係してくるのではないかと思いが募り、この長編は書かれたのではないか、と考えられる。そのように考えない限り、『夏の朝の成層圏』で出発し、『スティル・ライフ』で芥川賞を受賞した池澤夏樹が、『花を運ぶ妹』で「ヘロイン中毒者」を主人公の一人に設定した理由を見つけることができない。その意味で、この『花を運ぶ妹』は実験的な小説であったとも言える。

小説の中でいかに「もう一つの世界」の構築が可能かを問い続けた池澤夏樹が、自らの故郷「北海道」を舞台にした初の新聞小説『静かな大地』（『朝日新聞』二〇〇一年六月十二日～二〇〇二年八月三十一日　二〇〇三年九月　朝日新聞社刊）で、本土からの開拓民と土着アイヌとの「共生・協同」をテーマに「理想的な共同体」とは何かを模索する長編を書いたのは、処女作『夏の朝の成層圏』から『マシアス・ギリの失脚』を経て『花を運ぶ妹』へ、そしてヒマラヤの山中に「再生可能エネルギー」の獲得を目指す風力発電の建設に命を懸ける日本人技師の姿を描いた『すばらしい世界』（二〇〇〇年）の発表、という流れを考えると必然であった、とも言える。

物語は、現在では日本有数の競走馬の産地・育成地として知られる北海道は日高地方静内を舞台に、明治の初めに淡路島から集団入植してきた人たちが「宗形三郎」という指導者を得て、「アイヌとの共生・協同」を夢見て奮闘する姿を、「記憶する人間」であった三郎の弟志郎の二女「由良」が父の語った物語を書き留めるという形で展開する。宗形三郎を中心とする淡路島からの入植者たちは、原生林に覆われた大地を切り拓くことから自分たちの生活を始めることを強いられるが、そんな「厳しい自然環境」の下で彼らは知り合いになったアイヌから数々の生活の知恵を授かる。宗形三郎たち入植者にとってアイヌは、道庁の役人（明治政府）やアイヌを相手に暴利を貪ってきた商人たちが言うような「遅れた人々」ではなく、「生きる」ための様々の技術や知恵を持った「アイヌモシリ（アイヌの地、静かで平和な人間の地）」の尊敬すべき先人であった。

具体的には、札幌の官営農場で北海道の地に適した農業や畜産を一年間学んだ三郎が、静内に戻ってアイヌの協力を得てジャガイモや唐黍を育て、馬を飼育する大規模な農場を拓くが、三郎は「刀＝暴力」よりも「言葉」を大切にするアイヌに多くのことを学びつつ、農場では徹底した「民主主義」を実践し、「シャモ（和人・日本人）」に追いつめられ、抑圧と収奪を余儀なくされているアイヌ民族の退勢に歯止めをかけようとする。しかし、自分たちの利益しか考えない一部の「シャモ＝和人」から激しい嫉妬の刃を向けられ、アイヌと「シャモ＝日本人」との「協同」によって建設しようとした「共同体」が実現する前に頓挫してしまう。『静かな大地』は、そのような大きな構想をもった物語であった。以上のような骨格＝粗筋を持った『静かな大地』において、池澤夏樹はこの長編を「歴史小説」として構想するために、この国だけでなく全世界的に「近代」が切り捨ててきた「自然との共生」や「他民族との協同」、あるいは「生きることの意味」を真摯に問うという物語にした、と言っていいだろう。それは、「もう一つの世界」を構想する際に欠かすことのできない思想を、この長編において「実験的」に試みたということでもあった。

三郎のアイヌに対する次のような考えこそ、この長編を貫く思想であり、作者池澤夏樹の思想にほかならなかった。

アイヌにも物を盗む者はいるし、他人の妻と仲よくなる者もいる。時には怪我をするような激しい喧嘩もある。和人を半殺しにして逃げる者もいる。

だが、アイヌの生きかた、山に獣を追い、野草を摘み、川に魚を求める生きかたは、欲を抑えさせ、人を慎ましくする。いくら欲を張っても鹿が来なければしかたがない。祈って待つしかない。だから、大きな山の力によって生かしめられる己を知って、人は謙虚になる。

山に狩る者は畑を耕す者より慎ましく、畑を耕す者は金を貸す者より慎ましい。強い相手があってのことだから、慎ましくならざるを得ない。

バードさん（平取で会ったイギリス婦人―引用者注）の言葉をきっかけに、私はアイヌと共に生きようと決めた。

なお、ここで急いで二つのことを付け加えておけば、一つは叔父が記憶していた出来事（歴史）を姪が記述するというこの長編の構造から想起される戦後文学作品に、日本から遠く離れたメキシコの地から四国の「谷間の村」に棲む妹へ兄が書き送った四通の「手紙」から成る大江健三郎の『同時代ゲーム』（八〇年）であるということ。もう一つは、『静かな大地』よりは後のことになるが、現代小説の中でアイヌが重要な役割を担って登場する小説として、第二章で取り上げた津島佑子の『ジャッカ・ドフニ――海の記憶の物語』（二〇一六年）があるということである。

さらに言えば、『静かな大地』とその前の長編『花を運ぶ妹』が十年間住んでいた「沖縄」で書かれ、その延長線上で極東最大の嘉手納基地を始め日本に存在する米軍基地の七〇％を抱える沖縄を舞台にした『カデナ』（二〇〇九年）が書かれたことは、池澤夏樹文学における「もう一つの世界」について考える時に、忘れてはならないことの一つである。

池澤夏樹が日本国内だけでなく世界の各地、例えば一九七五年からギリシャに三年間、一九九三年から十年間は沖縄に、そして二〇〇五年から四年間はフランス（フォンテンブロー）に居を構え、そこでの体験や見聞を基に多くの小説やエッセイを書いてきたことは夙に知られている。そのような体験によって、日本という「国＝共同体」を外側、あるいは「周縁」から見ることで、日本という国やそこに生きる日本人が抱えた問題を客観的かつ鮮明に捉えることができるというのは、誰もが体験的に知っていることである。そして、その体験は池澤夏樹にとって紛れもなく「もう一つの世界」の輪郭を明確にすることでもあった。講演集『沖縄式風力発言』所収の「平和の素」（一九九五年七月十四日）という講演の中で、「言葉」にこだわる作家らしく、沖縄独特の生命思想を体現していると言っていい「命どぅ宝（ヌチドウタカラ）」という言葉と平和との関係について、次のように語っているのも、池澤夏樹の「沖縄」体験がもたらしたものと言ってよく、「沖縄」での暮らしやそこでの体験が「もう一つの世界」構想に深くかかわっていたということの証言でもあった。

沖縄には「命どぅ宝」といういい言葉がありますね。本当のところあれはどういう意味だろうとぼくはずっと考えてきました。あれは国家の論理が殺すことを命ずる時、あるいは、殺されることまで命ずる時に、もう一度個人の論理に立ち返って、自分の生命をすべての基礎、存在の源であると再確認する言葉だと思います。国の論理を超えて個人の論理がある。つまり、ひとりひとりの主観の論理、個人の論理、人の論理に返らなければならない。それが全部の基本なんだという、そのひっくり返しの、戦争の状況の中で、もう一ぺん自分を取り戻すための、何ていうのかな、励ましの言葉というか、そういう風に聞こえるんですよ。

一九六五年二月から始まったアメリカ軍の北ベトナム爆撃を契機に「殺すな！」を合言葉に燎原の火のように広がったベトナム反戦運動に関わって、就中小田実や開高健らの文化人が中心となった『ベトナムに平和を！市民連合』（通称「ベ平連」）に、当時埼玉大学の学生だった池澤夏樹がどのように関わっていたかは、知らない。しかし、「命どぅ宝」に込められた沖縄人の思いを説明するのに、「国家の論理」と「個人の論理」とでは位相が違い、「国の論理を超えて個人の論理がある」と断言する池澤夏樹の考えには、「組織」（政党や労働組合、等）とは関係なく「市民（個人）」一人一人が自らの意思で参加することを原則としていたべ平連の思想や運動原理が反映していなかった、とは考えられない。

というのも、『カデナ』の時代がベトナム戦争が泥沼化しつつあった一九六八年で、主要な登場人物がアメリカ人とフィリピン人のハーフである嘉手納基地勤務の女性兵士フリーダ＝ジェーンとその恋人でＢ52爆撃機のパイロットでインポテンツ（性的不能）に陥っているパトリック、そして移民先のサイパン島でアジア太平洋戦争の敗戦を迎え、戦後沖縄に戻ってきた嘉手苅朝栄と嘉手納基地の近くの店でロックバンドを組んでいるタカ、更にはサイパン島で嘉手苅朝栄と親しくしていたベトナム人の安南さん、さらに加えてタカの大学生の姉がベトナム反戦運動の活動家、という設定を見ただけでも、『カデナ』が本土で一九六〇年代の後半から激しくなったベトナム反戦運動を反映した長編、と言っていいと思えるからである。ましてや、安南さんに誘われてフリーダ＝ジェーンと嘉手苅朝栄、タカの三人がアメリカ軍の北爆に関する情報を北ベトナム（ハノイ）を洩らすという「スパイ行為」の実行者であるという物語の展開に色を添えるべ平連による「脱走米兵」の話は、一九七〇年前後の「政治の季節＝ベトナム反戦」を経験した者にとって忘れられない出来事である。そのエピソードのこと一つ考えても、『カデナ』は紛れもなくべ平連運動の思想を受け継いだもの、と言うことができる。多くの反戦主義者や知識人が協力した「脱走米兵」事件は、池澤夏樹の「青春時代」に色濃く刻まれた出来事だったのだろう。

そして、フリーダ＝ジェーン、嘉手苅朝栄、タカ、及び安南さんという年齢も性別も、また国籍も異なる四人による非暴力のゲリラ的な反戦行動（スパイ行為）は、直接的にはＢ52が満載した爆弾からベトナムの民衆を救うことであり、その行為は沖縄本島をはじめとして多くの離島に基地を建設し、沖縄を植民地としてしか扱ってこなかった国家権力（アメリカ合衆国とそのようなアメリカによる暴力的な支配を容認してきた日本国）に対する「個」の「抵抗」を示す行為でもあった。

さらに言えば、池澤夏樹が夢見る「もう一つの世界」にとって、「戦争」は最も忌避すべきことで、その戦争の実働部隊が駐屯する「基地」もまた、「国家」にとってはともかく、「個人」には全く必要ないものにほかならない、というのが『カデナ』一編に内在するメッセージであったと言っていいだろう。先に取り上げた講演集『沖縄式風力発言』所収の「戦争の起源」（一九九五年十月二十一日）の終わりの方で、「単純な結論を申し上げますと、人間の歴史で、ある時点からこちら、戦争というのは誰にとっても割りの合わない非常にまずい投資になりました。元がとれるはずのない投資、いったん始まると止めようがない」と語った後、次のように戦争がいかに人間の「未来」にとって桎梏になるかに言及した。

争いや戦争が化け物のレベルまで育ってきてしまったという意識を持っていないと、この先、人類の未来はないということになってしまいます。困ったことにぼくがそう思っているだけでは、最後まで武器を持っている奴が勝つ。軍縮はできないことになります。戦争が誰にとっても割りに合わないことを地球の上の全員が認識しないと、気が付かないと、人間のいない不思議に寂しい光景が成立することになるんではないか思うんです。

〈3〉東日本大震災・フクシマ

以上のように、「もう一つの世界」の構築こそ最大の文学的テーマだとしてきた池澤夏樹にとって、二〇一一年三月十一日に起こった宮城県沖を震源とする「震度九・〇」の大地震とそれに伴って東北地方から関東地方の太平洋岸を襲った一〇メートルを越す大津波による東日本各地の未曾有の被害は、福島第一原発の建屋や非常用電源を破壊し、三基の原発がメルトダウン・メルトスルーを引き起こすという「レベル七」の大事故（フクシマ）を起こしたことで、かつて経験したことのない「驚愕」をもたらす出来事であった。特に、原発の大事故に関しては、処女作の『夏の朝の成層圏』以来、ビキニの核実験やヒロシマ・ナガサキなどに関して様々な形で「核」存在に関して言及してきていた池澤夏樹にとって、フクシマに反応して『それでも三月は、また』（二〇一二年三月）や『いまこそ私は原発に反対します。』（同年四月）に寄稿した多くの文学者の対応とはまた特別に違ったものにならざるを得なかった。

池澤夏樹の東日本大震災やフクシマへの向き合い方は、「三・一一」から旬日を置かず『春を恨んだりはしない――震災をめぐって考えたこと』（二〇一一年九月三十日　中央公論新社刊）と『終わりと始まり』（二〇一三年七月三十日　朝日新聞出版刊）の二冊のエッセイ集、及び『双頭の船』（二〇一三年二月　新潮社刊）と『アトミック・ボックス』（二〇一四年二月　毎日新聞社刊）の二冊の長編を著したことによく現れていた。池澤夏樹は、『春を恨んだりはしない』の「まえがき　あるいは死者たち」の中で、東日本大震災・フクシマに対して「破壊された町の復旧や復興のこと、仮設住宅での暮らし、行政の力の限界、原発から洩れた放射性物質による健康被害や今後の電力政策、更には日本の将来像まで、論ずべきテーマはたしかに多い」と断じたあと、次のように書いた。

> 社会は総論にまとめた上で今の問題と先の問題のみを論じようとする。少しでも元気の出る話題を優先する。
>
> しかし背景には死者たちがいる。そこに何度でも立ち返らなければならないと思う。
>
> 地震と津波の直後に瓦礫の処理と同時に遺体の捜索に当たった消防隊員、自衛隊員、警察官、医療関係者、肉親を求めて遺体安置所を巡った家族。たくさんの人たちがたくさんの遺体を見た。彼らは何も言わないが、その光景がこれからゆっくりと日本の社会にしみ出してきて、我々がものを考えることの背景となって、将来のこの国の雰囲気を決めることにならないか。
>
> 死は祓(はら)えない。祓おうとすべきではない。

「死は祓えない」というのは、東日本大震災の直後に仙台に住む叔母を訪ねて被災地に入り、そこで多くの「遺体＝死者」と出会った池澤夏樹ならではの言葉だろう。池澤夏樹にとって、「死」は「死者・行方不明者二万八〇〇〇人」といった数で捉えられるものではなく、もちろん「震災の犠牲者」などといった抽象的な対象として考えるべきものでもなく、「三・一一」までは愛する家族と共に生活していた人間が突如「いなくなる」という具体的な出来事であり、当然「穢(よご)れた」存在などではなかったということである。だからこそ、「(死は)祓おうとすべきではない」のである。池澤夏樹にとって、どのような「死」であっても、最後の最期まで「父」「母」「息子」「娘」「孫」「夫」「妻」といった具体的な存在として、死者は生き残った者の「内部」に存在し続けるものだったのである。また、先の引用に続けて「フクシマ」について書いた言葉も、私たち一人一人が「フクシマ＝核」へどのような態度で向き合うべきかを示唆するものとして、傾聴に値するものであった。

更に、我々の将来にはセシウム一三七による死者たちが待っている。撒き散らされた放射性の微粒子は身辺のどこかに潜んで、やがては誰かの身体に癌を引き起こす。そういう確率論的な死者を我々は抱え込んだわけで、その死者は我々自身であり、我々の子であり孫である。不吉なことだが否定も無視もしてはならない。この社会は死の因子を散布された。放射性物質はどこかに落ちてじっと待っている。

我々はこれからずっと脅えて暮らすことになる。冷戦の時代にいつ起こるかわからない全面核戦争に脅えて暮らしたように、今度は唐突に自分の身に起こる癌死の可能性に脅えて暮らさなくてはならない。我々はヒロシマ・ナガサキを生き延びた人たちと同じ資格を得た。

そして、結語として、池澤夏樹は次のように書き記す。

これらすべてを忘れないこと。

今も、これからも、我々の背後には死者たちがいる。

この東日本大震災とフクシマへの池澤夏樹の対応が「核」に関していかに根源的（本質的）なものであったか、それは例えば、世界的に多くの読者を獲得している村上春樹がカタルーニャ国際賞の受賞記念講演（二〇一一年六月九日）「非現実的な夢想家として」で、東日本大震災について日本人には特有の「無常観」（あきらめの世界観）があるから、必ず「精神を再編成し、復興に向けて立ち上がっていくでしょう」と語り、フクシマについても「我々日本人は核に対する『ノー』を叫び続けるべきであった」と、ヒロシマ・ナガサキから始まる原水禁運動（反核運動）や一九七〇年代から本格化した反原発運動の歴史を無視した日本人の核意識について述べ、フクシマによって「損なわれた倫理や規範の再生」は「日本人全体の仕事」として考えるべきだというような、まるで他人事のような言説と比べれば、どちらがより現実に寄り添ったものであるか、誰でもすぐに理解できるだろう。池澤夏樹が東日本大震災やフクシマを「我が事」として考えているのに対して、村上春樹の場合は「非現実的な夢想家として」という講演のタイトルが如実に示すように、あの三万人近い死者や行方不明者を出した東日本大震災や今後何十年も放射能の恐怖にさらされ続けるフクシマの被災者の存在も、「夢想」の裡にしか捉えられないように見えるところに、その差異は表れていたのである。

言い方を換えれば、村上春樹には池澤夏樹が言うところのフクシマによって生み出されることが確実な「将来の死者」、これは主に現在の放射能汚染地区からの避難者ということになるが、彼らに対する想像力が決定的に欠如しているということである。なお、原発の事故によって生じる「将来の死者」に対する想像力が欠如しているということでは、池澤夏樹や私たちの世代に圧倒的な影響を与えてきた吉本隆明も、同罪である。つまり、吉本の「科学神話」に基づく無条件としか思えない原発容認論に欠如していたのは、村上春樹と同じように、被災者（避難者）＝核の被害者が存在することに対して想像力が欠如しているということである。この三十年間に、スリーマイル島、チェルノブイリ、フクシマと大きな原発事故が三度も起こったというのに、その事実を無視して「科学万能主義」を振り回して核の被災者を「無きが如き」に扱う、ここに村上春樹や吉本隆明の「核」思想の陥穽があったということである。

つまり、吉本隆明に関して更に言えば、彼は「科学万能主義」に陥っているということになるが、このいかにも「論理的」に見える「核」認識がいかに現実を捨象した観念論であったかは、フクシマから一〇年、例えば汚染水対策も未だ完全にコントロールされていないし、メルトダウン・メルトスルーした核燃料の取り出し（処理）などいつになるのか、全く予定が立たない状態にある。その意味で、吉本の原発に対する楽観論が決定的な「錯誤」の上に成り立った砂上の楼閣であったことは、池澤夏樹がフクシマの起こる二十年も前に書いた「核と暮らす日々」（『楽しい終末』九三年七月所収）を見れば、一目瞭然である。池澤は、「マンハッタン計画（原爆開発計画）を立案して、国中の優秀な物理学者を一堂に集め、ちょっとした都会の二つ三つの電力を消費する工場を建て、そのものが実在する方向へと大きな動きを押し進めた本当の動機は何だったんだろう」と自問した後、次のように書いていた。

物理学がある原理を発見してしまうことを止める方法はない。どんな場合でも科学的な心理は自然の中に身を隠して発見を待っている。比較的早く見つかる場合もあるし、運悪く遅れることもあるが、科学者という鬼は最後には隠れた子供を全部見つけるのだ。一歩離れてみれば、科学が一つまた一つと有機的に構造化された心理の体型を構築していることがわかるだろう（だから科学者は偉いというわけではなくて、これは科学という特殊な文化装置の性質の問題である）。

　その一つのステップとして原子核の存在が知れ、それが分裂ないし融合する可能性が問われ、素材を選んで量を案配してその他ちょっとしたからくりを付加すれば連鎖反応として爆発にまで至ることを今世紀前半の科学者たちが発見してしまったことを咎めるわけにはいかない。しかし、発見することと、その原理に沿って実際に他人の頭の上で爆発させることのできる爆弾を作り出すのは別のことである。科学には自立性はないし、人は科学にそれを求めてもいない。だが実際に爆弾を作ったのは科学ではなく工学、つまり計画性と方向づけられた努力による意図的な過程である。マンハッタン計画は偶然ではなく意図の産物である。（傍点引用者）

池澤夏樹の大学（中退）での専攻が物理学であったことは忘れられがちだが、この引用部分（特に傍点部）に明らかな「科学」と「工学」とを別けて考える論理は、物理学（自然科学）を専攻した者にとっては常識なのかもしれないが、文系の論者などには考えつかないことであった。ここに示されている池澤夏樹の「科学」論がいかに説得力を持つものであるか、それは核開発が「工学、つまり計画性と方向づけられた努力による意図的な過程」に基づいて行われたもの、つまり核兵器開発は戦争＝国際政治という「人為」によって進められたことを意味するといった言い方に、端的に表れていた。

　だからこそ、池澤夏樹は二〇一一年三月十一日に起こった東日本大震災（フクシマ）に対して、東北地方や関東地方の太平洋側（沿岸部）を襲った大地震と大津波による甚大な被害と、大地震と大津波によって脆くも破壊された「工学」の集合体である原発の事故を、厳密に別けて考えた方が「現実」的であると考えたのである。『双頭の船』（二〇一三年二月　新潮社刊）で東日本大震災に立ち向かう人々の姿を、そしてフクシマの出来事を「核」を抱えた現代社会の問題として『アトミック・ボックス』（二〇一四年二月　毎日新聞社刊）で書く、という離れ業をやってのけることができたのも、天災であると同時に人災でもあった東日本大震災（フクシマ）を引き起こした現代日本の在り様に対する「批判」、それはまた「もう一つの世界」を希求する気持の強さによってもたらされたものでもあったと言っていいが、そのような思い（批判）を実作で行ったところに、池澤夏樹の「すごさ」があると言わねばならない。

〈4〉「希望」は持ち続けることに意味がある――『双頭の船』論

先の論集『春を恨んだりはしない』の最後におかれた「ヴォルテールの困惑」は、「しかし今回、たくさんの人々が付き添いのないままに死んだ。地震と津波はその余裕を与えなかった。／彼らが唐突に逝った時、自分たちはその場に居られなかった。／その悔恨の思いを生き残ったみなが共有している。／このどうしょうもない思いを抱いて、我々は先に向かって歩いていかなければならない」とした後に、次のような言葉で締めくくられていた。


その先に希望はあるか？

もちろんある。

希望はあるか、と問う我々が生きてここにあることがその証左だと言うのは逆説でも詭弁でもない。東北の被災地の人々が立ち上がって、避難所と仮設住宅を経て、復旧と復興に力を尽くす。行政とボランティアが不器用ながら誠意をもって手を貸し、より広範囲の人々がそれを支援する。

まずはこの構図を現実のものとして受け入れよう。どうせ何も変わりはしないというシニシズムを排除しよう。

これを機に日本という国のある局面が変わるだろう。それはさほど目覚ましいものではないかもしれない。ぐずぐずと行きつ戻りつを繰り返すかもしれないが、それでも変化は起こるだろう。


あの未曾有の被害をもたらした東日本大震災に正対するためには、ここに書かれているような、ある意味では楽観的と言ってもいい態度、あるいはシニシズム（冷笑的態度）を排するリアリズムが必要なのかもしれない。池澤夏樹の『春を恨んだりはしない』や『終わりと始まり』に収められた論考やエッセイからわかるのは、仙台に叔母が住み、東北地方に友人・知人がたくさんいたということもあり、またたぶん彼は本質的に「好奇心旺盛」な質（たち）ということもあってか、震災直後から何度も何度も繰り返し東北地方を訪れ、その現場で震災や原発事故のことについて思考を巡らしていたということである。忙しい働き盛りの作家としては、珍しいことである。高橋源一郎や、高村薫、津島佑子、大江健三郎、亡くなるまでの吉本隆明、等々、東日本大震災やフクシマの出来事について積極的に発言した文学者は、決して少ないわけではなかった。しかし、現地（被災の現場）に繰り返し出掛け、その時の見聞（体験）に基づいて発言し続けた文学者は池澤夏樹以外にそんなにいなかったのではないか。

では、東日本大震災（フクシマ）に関してそれほどまでに池澤夏樹を突き動かしたものは、何であったのか。それは、先にも引用した『春を恨んだりはしない』の「まえがき　あるいは死者たち」の結語として記した、「今も、これからも、我々の背後には死者たちがいる」という認識にほかならなかった。大自然の猛威によって為す術もなく「あの世」へと追いやられた「死者たち」、彼らの存在こそ東日本大震災（フクシマ）に関する池澤夏樹の発語（発信）を支えるものであった。だからこそ、池澤夏樹は東日本大震災に関しても「変化＝希望」を力強く語ることができたのである。先の「ヴォルテールの困惑」の最後に、次のような言葉がおかれている。

> ぼくは大量生産・大量消費・大量廃棄の今のような資本主義とその根底にある成長神話が変わることを期待している。集中と高密度と効率追究ばかりを求めない分散型の文明への一つの促しとなることを期待している。
>
> 人々の心の中では変化が起こっている。自分が求めているのはモノではない、新製品でもないし無限の電力でもないらしい、とうすうす気づく人たちが増えている。この大地が必ずしもずっと安定した生活の場ではないと覚（さと）れば生きる姿勢も変わる。
>
> その変化を、自分も混乱の中を走りまわりながら、見て行こう。

この引用文の第一段落には、池澤夏樹たち「団塊の世代」前後の若者たちに大きな思想的影響を与えたと言われる吉本隆明が、一九八〇年代半ばに埴谷雄高との間で行われた「政治と文学」論争の過程で言い放った、次のような資本主義認識への「異議申し立て」が含意されていたと考えていいのではないか。つまり、先にも書いたが、フクシマが起こってもなお「科学（進歩）神話」に基づき、原発の稼働は続けるべきだと主張し続けていた吉本への秘かな「反意」が働いていた、と考えることも可能である。吉本の「日本資本主義礼賛論」は、埴谷雄高との論争過程で書かれた次のような文章によく表れていた。

貴方はスターリン主義の誤った教義を脱しきれずに、高度成長して西洋型の先進資本制に突入している日本の資本制を、単色に悪魔の貌に仕立てようとしていますが、それはまやかしの偽装倫理以外の何ものでもありません。日本の先進資本主義が賃労働者の週休二日制の完全実施を容認傾向にあることは、百年まえのマルクスが見聞したら、驚喜して祝福したにちがいないほどの賃労働者の解放にほかならないのです。そして日本の賃労働者が週休三日制の獲得にむかうことは時間の問題であると考えます。潜在的には「現在」でもそのことは自明なのですが、ただ貴方や理念的な同類には、思考の変革が問題になっているだけです。

（「重層的な非決定へ」八五年）

この論争からちょうど二十五年余り、海外展開を図る大企業の業績は上昇しても、低賃金の非正規労働者が全労働者の四〇％を超え、サービス残業が増え、また長時間労働やサービス残業を強いる「ブラック」企業が増加し、「貧富の格差」が増大している日本社会の「現在」の状況を見ると、吉本が日本で進行しつつあるとされた高度資本主義に「バラ色の未来」を見たのは、紛れもなく「幻想」でしかなかった。この日本の資本主義への「誤った」見方は、最期までフクシマに対してもおのれの「科学」論が有効だと信じ切っていた姿と重なる。しかし、吉本が認定した「バラ色の資本主義」も、東日本大震災とそれに伴って起こったフクシマによって、残骸を残すのみとなってしまったことは、震災から十年近く経っても一向に「復興・復旧」しない災害現場や、未だに福島第一原発周辺に広大な立ち入り禁止区域が広がっていることを見れば、歴然とする。

そんな東日本大震災（フクシマ）から約十年経った被災地の光景を見ていると、東日本大震災に触発されて書かれたと言われている池澤夏樹の『双頭の船』には、小説（文学）＝虚構が持つ本来の「力」を感じざるを得ない。物語は、修理して被災者に届ける予定の「放置自転車」を大量に乗せた近海用フェリー「しまなみ八」が、寄港した先々で北海道から岩手県遠野まで熊を運んだ「ベアマン」とその恋人、被災地をふらふらしていた男、さらには二〇〇人のボランティア、欲求不満だらけの「荒垣源太郎」と名乗る男、窃盗団に誘拐されそうになった「金庫ピアニスト」と呼ばれる鍵と錠の専門家、など多くの人を乗船者に加えて少しずつ拡大して、ついには東日本大震災の被害者から成る「共同体＝社会」を形成するまでになるという、いささか血沸き肉躍るような「夢物語（冒険譚）」風に展開する。そして、この展開には池澤夏樹の東日本大震災における「復興・復旧」はこうなって欲しい、こうなればいいという願望が隠されているのではないか、と思われる。

そして、船が膨張し（大きくなって）「さくら丸」と改名したフェリーの船長は、今や乗組員のリーダー格になった荒垣源太郎の次の引用のような提案を受け入れ、甲板に五〇〇戸の仮設住宅を建設し、二〇〇〇人の被災者を棲まわせることを承諾する——乗船者を増やし続けてきた結果、いつの間にか近海用のフェリーは二〇〇〇人余りの人々が生活できるほどに巨大化していたのである——。

今、この地域ではたくさんの仮設住宅が求められている。しかるに陸上にはそれに適した土地がまことに少ない。遠くから見ていて気づいたのだがこの船には相当な甲板面積があるにもかかわらずその大部分は活用されていない。車を載せて動きもしないのに車両甲板がだだっ広くがらんとしてあるばかりだ。ここに五〇〇戸の仮設住宅を造ればたくさんの被災者が今の避難所生活よりずっと楽な生活ができる。この優れた船には水や電気などのインフラも整備されている。しかも船であるから機動性に富み、時には遊覧航海に出ることもできる。例えば来年の春には桜の開花を追って九州から北海道までお花見航海が実現する。沖縄八重岳の寒緋桜は一月だから早過ぎるとしても鹿児島の指宿(いぶすき)市魚見岳(うおみだけ)あたりから始めて最後は北海道新ひだか町二十間道路七キロメートルの桜並木までの全国の桜を見て回れる。そういうことがこの災忌後の日々にあたって本船の使命なのではないか。そこから人々は未来に繋がる精力を得られるのではないか。

そして、この荒垣の「提案」を受け入れた「さくら丸」は、「資源とエネルギーの面でも自足を目指す」こととなり、二〇〇〇人余りの避難民を乗せた「自立した船」となって、航海を続けることになる。そして、避難民にとって「いちばん辛いこと」は、「為すこともなくぶらぶらしていることだ」ということから、船の上で被災する前の職業、例えばパン屋とか、クリーニング店、理容・美容院、ラーメン屋、蒲鉾屋、養鶏場、漁師(魚屋)などが営業再開されることになり、「さくら丸」は被災前と変わらないどこにでも存在するような「小さな町」＝共同体（コミューン）へと変貌を遂げる。もちろん、長い歴史を持っていた被災前の共同体（町や村）と「さくら丸」の船上に実現した共同体は、明らかにその性質が違っていた。それは、次のような船長のスピーチ（言葉）からも明らかである。

こういうプラン（小さな漁船「第一小ざくら丸」を仕立て、それで魚を取り、船上で水耕法によるハウス野菜を作る、というような考え―引用者注）を通じて私が考えているのは、さくら丸の自立と自足です。もちろんすべての生活物資を船上で賄うことはできない。早い話が鶏や豚ならともかく牛を飼うとなると無理があります。まして家電製品など製造できるはずがない。

さくら丸は孤立した無人島ではありません。沖を航行している今も大きな流通社会の一部に過ぎない。だからこそ、一つのまとまった生活共同体として外との世界と物資のやりとりをしながら自活することは可能なのではないか。収支が赤字にならない運営ができるのではないか。

その方途を皆さんと苦労しながら構築していきたいと思います。

この船長の言葉から連想されるのは、大江健三郎が初の長編『芽むしり仔撃ち』（五八年）から『宙返り』（九九年）まで、『同時代ゲーム』（七九年）や『懐かしい年への手紙』（八七年）、ノーベル文学賞を受賞した一九九四年を間に挟んで刊行され『燃えあがる緑の木』（第一〜第三部　九三〜九五年）などにおいて、自分の生まれ故郷である四国愛媛県大瀬村（現・愛媛県内子町大瀬）を擬した「谷間の村」に建設を試みた「根拠地」のことである。この「根拠地＝共同体（コンミューン）」は、中央権力とは一定の距離を持ち、「全ての人がその能力に応じて働き、生きる権利を持つ」ものとして設定された「ユートピア」を想起する「もう一つの世界」そのものでもあった。

ここで「ユートピア」という言葉に導かれて、さらには「東北地方」というトポスのことを考えると、すぐに思い出されるのが井上ひさしの『吉里吉里人』（八一年）である。周知のように、この長編は東北のある寒村が、ある日、日本からの独立を宣言し、そこで独自の国語、法律、などを駆使して、高度経済成長路線を突っ走り、人間（生命）の存在を蔑ろにする日本国と対峙するという、文字通りの「ユートピア」物語であったが、そこでは文学がいかにして権力（国家）に抗することができるのかが試みられていた。『吉里吉里人』を書いた井上ひさしは、大江健三郎と筒井康隆との鼎談『ユートピア探し　物語探し』（八八年）の中で、「人間にとってユートピアを探すという行為は絶対に必要だという確信がいま生まれてきていて、それには物語というものが非常に有効ではないかと思い、これからもやって行きたいというふうに考えている」というような趣旨の発言を行っていた。『双頭の船』における「自治・自立」の共同体と化した「さくら丸」の構想は、まさに池澤夏樹が東日本大震災の被災者及び被災地に向けて、今必要なのは「ユートピア探し」であるとの確信から考え出されたものだった、と言えるのではないか。

なお、池澤夏樹が井上ひさしの「ユートピア」思想にある種の思い入れをもっていた、あるいは「影響を受けた」のではないかというのは、『双頭の船』の扉裏に「泣っくのはイヤだ、笑っちゃえ」で始まる井上ひさし・山元護久作の人形劇「ひょっこりひょうたん島」（六四年四月〜六九年四月　NHKで放映）の主題歌の一行を付していることからも、確かなこととして言うことができる。もちろん、自分の作品に「ひょっこりひょうたん島」の名前を付したことについては、池澤夏樹が処女作『夏の朝の成層圏』（八四年）以来、大作『マシアス・ギリの失脚』（九三年）などによって「島・共同体」の在り様について、一種の「憧れ」のようなものを持っていたということと関係していた、と考えることもできる。それは、本質的には「近代文明」から隔絶した「島・共同体」が「ユートピア」の可能性を探るヒントを与えてくれる存在だったからだと思われる。その意味で、一種の「島」とも考えられる「さくら丸（双頭の船）」の船上に実現した共同体は、まさに池澤夏樹が長年追い求めてきた「ユートピア＝もう一つの世界」と言っていいものだったのではないだろうか。

さらに言えば、「さくら丸」船上に実現したユートピア（共同体）は、今までのように航海を続けようとする人たち（小ざくら丸を拠点として）と、陸に乗り上げ「さくら丸」を半島にまで成長させる組とに別れるのだが、「さくら海上共和国」として独立した「小ざくら丸」の人たちが独立記念式典・出港式で歌う「国歌」は、「ひょっこりひょうたん島」の主題歌にある「ひょっこりひょうたん島」という言葉を「さくら海上共和国」に入れ替えただけのもので、これを見ただけでも、池澤がいかに井上ひさしの「ユートピアへの思い」から多くのものを学んでいたかが分かる。

さらに言えば、この『双頭の船』の構想に寄与したのは、空想科学小説の大家ジュール・ヴェルヌの晩年の名作『動く人工島』（一八九五年作）だったのではないか、ということもある。『動く人工島』は、科学技術の粋を集めて建造された巨大な人工島が、地上の楽園を目指して太平洋への航海の途につくが、この理想郷＝人工島も待ち構えていた海賊の襲撃と内部分裂の結果瓦解していくことになる、というSF小説である。このような『動く人工島』のあらすじと、『双頭の船』の船上に「ユートピア

＝理想的な共同体」が構築されながら最終的には上陸派と海上派に別れる結末は、かなり似ている。なお、作家デビューする以前の池澤夏樹がSF作品の翻訳者であり、多くのSF作品を読んでいたという事実を考慮すると、『動く人工島』から『双頭の船』を構想したのではないか、という推測が可能になる。

また、『双頭の船』がいかに特殊な「ユートピア」であったかについて言えば、それはこの増殖し続けてきた船（さくら丸）が、東日本大震災の被災者（生者）と共に「死者」（被災者の家族や知り合い）もまた、船上コミューン（共同体）の一員として受け入れるという「民話」的な構造を持っている点にある。「死者」が生者（肉親）の幸せになった生活を見届け、その後海上から向こう側（他界）へと戻っていくことになっているという構想は、まさにこの『双頭の船』が東日本大震災の犠牲者と被災者への「鎮魂」をも意図しており、そのような意図は「鎮魂」こそ共同体の「再生」につながるという確信が作者にあってこそ可能だった、ということである。

〈5〉「核」認識と『アトミック・ボックス』

『双頭の船』が対象とする被災地の中にフクシマによって「無人」となった帰還困難地区などが含まれていたのは、処女作の『夏の朝の成層圏』以来ずっと作品の中で「核」の問題について触れてきた――ということは、池澤夏樹の中で現代世界について考える際に「核」問題が欠かすことのできない要素として存在していたことを意味していた――池澤夏樹にしてみれば、言うまでもないことであった。池澤夏樹にとって「三・一一」は、東日本大震災とフクシマの両方を含むものだったからである。そこで、先にも少し触れたが、「フクシマ」について池澤夏樹がどのように考えていたか、まずは池澤夏樹の「原子力エネルギー＝原発」への考えを見てみよう。

結論を先に言えば、原子力は人間の手には負えないのだ。フクシマはそれを最悪の形で証明した。もっと早く気づいて手を引いていればこんなことにはならなかった。
エネルギー源として原子力を使うのは止めなければならない。稼働中の原子炉はなるべく速やかに停止し、廃棄する。新設はもちろん認めない。それでも残る厖大な量の放射性廃棄物の保管に我々はこれから何十年も、ヒョットしたら何千年も、苦労することだろう。

（「昔、原発というものがあった」『春を恨んだりはしない』所収）

これが池澤夏樹の「核＝原発」に関する考えの全てと言ってもいいだろう。しかし、このような原理的な思考の基底に存在していたのは、次のような「核」に関わる今日的状況に対する認識である。同じ「昔、原発というものがあった」から引く。

一九五三年暮れにアイゼンハワー大統領が「平和のための原子力」を唱えた時、関係者は喜んだ。原水爆という破壊の装置を作ってしまった自分たちのふるまいに自ら脅えていたから、それが生産の装置にもなると聞いて安心したし希望も持った。しかし、結局のところ核兵器と核エネルギーは双子であって、どうやっても切り離せないのだ。平和利用はむしろ核武装の言い訳として使われた。現に核兵器を持たないと言っている我が国はすぐにも爆弾に転用できるプルトニウムを大量に保有している。この期に及んでもまだコスト計算をごまかして原発にしがみついている。爆弾を作る潜在能力の保持が原発経営の真の目的ではなかったか、と疑われてもしかたがない。

なお繰り返すことになるが、池澤夏樹は早い時期から「核・原発」の存在は現代世界にとって桎梏的存在であると主張してきた数少ない文学者の一人だが、具体的には、二〇世紀も終わりに近づき「世紀末論」がマスコミ・ジャーナリズムをにぎわし始めた一九九〇年代の初め、彼は「文學界」の一九九〇年六月号から九三年一月号まで「楽しい終末」と題する評論を断続的に連載し、その第二回（九〇年九月号）に「核と暮らす日々」を、第三回（同年十月号）に「核と暮らす日々（続き）」を書いている。その中で、「科学の発展の不可逆性」について触れながら、「原発」に関わって人間がいかに「愚か（不完全）」にしか対応してこなかったかについて、以下のように書いていた。

覚えておくべきは人はすべて愚かであるということ、少なくとも世界中で稼働中の数百基の原子力発電所を完全に無事故で何百年も運転できるほど賢くはないということだけである。そしてチェルノブイリが教えているのは、あの場合の経路を辿る形で事故が起こることがあるということと、起こった事故が大きければあのように広い範囲に深刻な影響が出るということの二つ。誰にとっても後者の方が重大な意味をもつことは歴然としている。原子炉の関係者ではない一般人にとって大事なのは、事故に至る経路ではなく事故の結果の方だ。

ロシア人やアメリカ人だけでなく日本人もなかなか馬鹿だと思わせるような事故が起こっている。その典型は、一九八九年一月六日の福島第二3号炉の再循環ポンプBの大規模破損。再循環システムは原子炉圧力容器の下の方から出ている直径五百ミリ前後の太い配管とポンプや弁によって構成されており、これだけ大口径の管の破断はすぐに冷却水の喪失につながりかねない。六日の午前四時二十分、問題のポンプが異常に振動しているという警報が鳴った。回転数を下げても振動は消えない。しかたなしに原子炉自体の出力を段階的に下げていったが、やはり事態はかわらない。最終的には翌日の午前〇時に発電を停止し、その四時間後には原子炉そのものを停めた。

ここから分かるのは、池澤夏樹が早い時期から『春は恨んだりはしない』の「七　昔、原発というものがあった」で「結論を先に言えば、原子力は人間の手には負えないのだ」と書いたような考え方を持っていたということである。引用部分の冒頭「人はすべて愚かであるということ、少なくとも世界中で稼働中の数百基の原子力発電所を完全に無事故で何百年も運転できるほど賢くはない」は、かつて反公害の立場から「科学論」を展開していた宇井純が、「技術（池澤流にいうならば「工学」ということになる）に一〇〇％というものはない。みな九五％、九七％に仕上がれば、切り上げて完成した（一〇〇％になった）ことにしている」と言っていたことを想起させる（『公害原論』七一年、他）。また、それとは別に「人はすべて愚かである」というのは、人間に最終的に「核」をコントロールできないという冷厳な事実を基に、先の吉本隆明が「自然科学的な『本質』からいえば、『核』エネルギーを解放したということは、即時的に『核』エネルギーの統御（可能性）を獲得したことと同義である」（『反核』運動の思想批判　番外」『「反核」異論』八二年所収）など言うことがいかに「愚かな」ことで、「科学は万能である」というような考え方は「神話」でしかないことの宣告でもあった。

さらに、池澤夏樹の「反核」についてその特徴を言うならば、原爆にしろ原発にしろ、一度「核エネルギー」の存在を知ってしまった人類は、「愚か」にも核による「滅び」と「再興」を繰り返すようになるのではないか、と危惧していることである。池澤夏樹は、「核と暮らす日々（続き）」の終わりに、以下のような文章を書きつけている。

さて、大きな事故か何かをきっかけに世界中の世論が一致して核兵器が廃絶され、原子力発電所もすべて閉鎖されたとして、われわれは核とすっかり縁を切れるだろうか。核はそれぐらいのことでは立ち去ってくれない。人類は今後いつまでも核の知識に耐えていかなければならない。一九五九年という冷戦もさなかの時点で発表されて今も読みつがれている『黙示録三一七四年』というSFがある。作者はウォルター・ミラー、ほとんどこれ一作で名を残した人である。世界規模の核戦争が起こり、人類のほとんどと文明の大半は失われる。残った人々は極端な知識嫌悪に陥り、オブスキュランティズム（反啓蒙主義―引用者注）がすべての知的活動をおしつぶし、世界は中世以前の状態に戻る。しかし、その段階からまた人は少しずつ知識を集め、文明を作り、研究を進めて、かつての失われた文明を再興する。そして、結局はまた核兵器が作られ、使われる。（中略）つまり、何がどうなっても人は核の知識から逃れることができないのだ。中世に戻ったところでその時点から科学は再出発し、やがてまた人は核を手中に収める。われわれが核エネルギーの利用法を知っているという事実は消しようがない。月がないふりをするのが無意味なのと同じように、核エネルギーが存在しないふりをするのもナンセンスである。

一歩間違えば、ある種の人々が陥っている「核ニヒリズム」とも言うべき思想的頽廃と同じ立場に池澤夏樹は立っているのではないかと受け取られかねない。しかし、池澤夏樹がそのような「核ニヒリズム」へ陥らず「反核」の立場を堅持しているのは、『楽しい終末』の「序――あるいは、この時代の色調」や「核と暮らす日々」などで繰り返し書かれている「ぼくが生まれたのは一九四五年七月のある土曜日だった。（中略）さて、特記すべきぼくの生誕の日の九日後、ニューメキシコ州の砂漠で世界最初の核兵器の実験がおこなわれた」という記述からもわかるように、「核＝原水爆・原発」の問題をマンハッタン計画による原爆開発から、一九四五年八月六日・九日のヒロシマ・ナガサキを経て、冷戦時代の米ソによる核開発競争、そしてスリーマイル島、チェルノブイリの原発事故、そしてフクシマに至るまでの、全歴史過程を視野に入れて論理展開しているように思えるからである。

そのような池澤夏樹の「核」意識を前提に、直接的には「フクシマ」に触発され、日本にも冷戦時代に原爆開発計画があったということを物語の発端とするミステリー仕立ての『アトミック・ボックス』は、まさに池澤の「核」認識の集大成と言っていいかもしれない。物語は、今から三十年ほど前の冷戦時代に日本で極秘のうちに進められた「あさぼらけ」と名付けられた原爆開発計画に従事していた科学者（ヒロシマの胎内被爆者――後に科学者となる子供を妊娠していた母は、八月六日の被爆者だった）が、ある事件をきっかけに身の危険を感じるようになり、自分の身を守るためには自分が関わった原爆製造計画の一部を個人的に保持することが必要と考えたところから始まる。身の危険を感じた胎内被爆者の科学者は、研究者の職を辞し故郷（瀬戸内の島）に帰って漁師になり、権力からずっと監視され続けながら死ぬまでその「秘密の資料」を隠し続けるのだが、彼が死んだと分かったとたん、残された妻と娘があくまでも「原爆開発計画」を「秘密」にしたい権力（計画を立案し、実行した陰の支配者と彼の意のままに動く警察）から追われ続ける逃亡劇を繰り広げ、大学の講師になっていた娘が最後には「あさぼらけ＝原爆製造計画」の全貌を明らかにするというのが、物語の展開である。がんで亡くなった元科学者は、漁師をしながら「手記」を残していたのだが、そこには次のような一節があった。

一年半前の三月十一日のことだ。

地震が起きておおきな津波がきて福島第一原子力発電所がこわれた。とんでもない量の放射性物質が空気中に放出された。たくさんの人たちがそれにおびえた。おびえることはこれから何十年もつづく。半減期というのは容赦のない冷酷な数字だ。わたしはそれを知っている。

おまえにも洋子にも言っていないが、わたしは被爆者だ。広島で母の胎内にいたとき原爆にあっている。あのとき数ヶ月までそだったわたしをやどして母は広島郊外の小学校の教師をしていた。

あの朝、爆心地からそんなに遠くないところにいて黒い雨を浴びた。そのことを母はわたし言わなかった。たぶん満州に行っていた父も知らずじまいだっただろう。

当たり前と言えば当たり前のことだが、ここにはフクシマがヒロシマ・ナガサキとリンクしている核状況の必然が、自然な形で書かれている。もう一つ、「手記」にはヒロシマ・ナガサキとフクシマとが放射性物質の「半減期」によって繫がっている事実について記述した個所がある。

三月十一日のフクシマのニュースを見ながら、あのすさまじい破壊の映像を見ながら、あれが帰ってきたと思った。わたしのからだの中に福島があった。眠っていたけれど消えたわけではない。半減期はそれを許さない。

わたしはだれにも言わないまま、かくれた被爆者としてこの三十年ほどを生きてきた。被爆二世のおまえのからだにそれが影響していないか、最新の医学をしらないわたしにはわからない。三世になるおまえの子供にはどうなのだろう？

この「手記」の文面にこそ、作者池澤夏樹のモチーフはあると言える。戦後の冷戦下から今日まで、アメリカの「傘の下」に存在することを当然なこととし、なおかつアメリカの許容する範囲という前提の上で「潜在的核保有国」の道——原発から排出される原水爆の原料となるプルトニウムを大量に保持することで、日本は世界から「潜在的核保有国」と見なされている——を歩み続けてきた日本にあって、一般的にヒロシマ・ナガサキ（原爆）とフクシマ（原発＝原子力の平和利用）とを繫げて考えることは、一部の被爆者や反原発論者を除いてあまり行われてこなかった。そのことを考えると、『アトミック・ボックス』は作者の深い洞察力によって書かれた稀有な長編だったのである。

なおここで繰り返し注記しておきたいのは、フクシマが起こるまで多くの日本人が、ヒロシマ・ナガサキとフクシマは「核」という同根から発したものであり、決して別な出来事ではなかったという冷厳な事実を認めようとしてこなかったということがある。おそらく、このような「核」に対する日本国民の「無知・無関心（アパシー）」は、原発＝原子力の平和利用という「まやかし」が横行し、長い時間を掛けて原水爆（核兵器）は「危険」だが原発は「安全・安心なエネルギー源」というような宣伝・教育が学校現場をはじめマスコミ・ジャーナリズムの世界などを通じ横行してきた結果にほかならなかった。もちろん、そのように原水爆と原発とを別けて考える日本国民の習慣は、一九五四年三月に起こったビキニ事件――静岡県焼津漁港所属の漁船第五福竜丸がアメリカのビキニ環礁での水爆実験で「死の灰」を浴び、機関長久保山愛吉が死亡し、乗組員全員が被爆した事件――をきっかけに起こった原水爆禁止運動が、冷戦の煽りを受けソ連派と中国派に分裂し、多くの国民が原水爆禁止運動＝反核運動に嫌気を感じるようになった、ということとも大いに影響していたと考えられる。

とは言え、スリーマイル島の原発が事故を起こし（一九七九年）、チェルノブイリ原発が大爆発を起こし（一九八六年）、一九九九年九月には茨城県東海村のJOCで二人の死者を出す臨界事故が起こっても、「我関せず」とばかりに、この狭い「地震大国」日本にフクシマが起こるまで、五十四基もの原発を容認してきた日本国民の在り様について、『アトミック・ボックス』を書いた池澤夏樹の「憤り」は如何ほどのものであったか。以上のような「核＝原水爆・原発」の歴史を視野に入れ『アトミック・ボックス』に読んだ時、主人公宮本美汐の父親耕三が参加することになった「原爆製造計画」が、戦前に軍部の命令もあって「原爆製造」の研究を行った東大理化学研究所の仁科芳雄教授の優秀な弟子による、戦後の「興味」本意から始めた研究が発端であったとするこの物語の展開には、先に触れた「核と暮らす日々」などに示された「科学」は本質的に強力な自制力＝防御態勢（警戒心）を備えない限り「暴走」する、という池澤の考えが反映されていると考えられる。例えば、本質的には中立（中性）的であるはずの「科学（科学者）」が何故「暴走」するのか、池澤夏樹は近代社会ではそこに「政治」が介在するからだとして、「原爆製造計画」に疑問を持ち始めた宮本耕三と同僚とに次のような会話を行わせているが、この会話に示された思想にこそ、日本（人）の核（原水爆）認識の平均が現れているのではないか、と言える。


「なぜ国産を目指すんですか？　アメリカ製のを輸入して、それで間に合っているんだから、わざわざ手間をかけて開発する必要はないんじゃないですか？」

「ぼくもよく知らない。きみと一緒で知らない方がいいと思って考えないようにしてきた。でもまあ想像するに、万一にもアメリカからの輸入が途絶えた時のために基礎研究だけはしておいた方がいい、ということなんじゃないかな」

「途絶える可能性がありますか？」

「国際政治・国際経済は何が起こるかわからないからね」

「国の威信ということはないんですかね？　あれくらい自前で作れないと一流国ではないというような」

「それもあるかもしれない。そう考えるのが愛国心かどうか、微妙なところだと思うが」

「昔、あんな目にあったのに」

「それは感情論。この国を巡る現実は冷酷という意見もある」


　そして宮本耕三は「原爆製造計画（あさぼらけ）」の秘密を握ったまま故郷に戻り漁師となるのだが、漁師になって結婚し、子供（美汐）ができた一年後にチェルノブイリを経験し、また二〇一一年三月十一日に東日本大震災（フクシマ）を経験したことから、その時には癌にかかっていたということもあり、かつて日本にも核抑止論を信奉する権力の中枢にいた者によって計画された「原爆製造計画（あさぼらけ）」が存在したことを公表するかどうかを娘に託して、自らの生を終える。その間について、宮本耕三の手記には、次のようなことが記されていた。少し長くなるが、池澤夏樹の核に対する核心的な思想がよく出ていると思われるので、引く。


　美汐が一歳の誕生日を迎えた一か月後、ソ連のチェルノブイリというところにある原発が深刻な事故を起こしたという報道があった。

　炉心溶融という見出しの文字を見て、耕三は金田の言っていたことを思い出した。

　彼は「発電は恐い」と言った。製造後は眠っていればいいだけの原爆に比べたら超臨界状態をずっと維持しなければならない発電所の方が恐い。

　それが現実になった。この世界に、自分たちが生きて暮らしているこの島に、呼吸しているこの空気に、放射性降下物（フォールアウト）が混じる。一息ごとに体内に入る。（中略）

二〇一一年三月十一日、日本の北の方で大きな地震が起こり、津波でたくさんの人が亡くなり、原発が破壊された。大量の放射性物質が漏れ出した。

それをテレビで知った耕三はその日すぐに新聞の購読を申し込み、原発に関する記事をすべて読んだ。遠い過去に眠らせたはずの悪魔が甦ったかと思った。

金田の言ったとおり、原発は核兵器より恐い。自分の人生の間にＴＭＩ（スリーマイル島原発事故―引用者注）とチェルノブイリと福島と、三回の大きな事故が起こった。放射性物質が人を襲った。更にそれより遠い過去には自分自身の被爆体験があった。忘れていた嫌なことが押し寄せる。

そして、宮本耕三は、次のように述懐する。

なぜ漁師に徹して生きてきたか？

自分でも気づかなかったが、「あさぼらけ」に関わっていた自分を悔いる思いが心のいちばん底にあったのだ。あんな仕事をするのではなかった。そう思ったから原爆から、工学から、仮想のものを数字で扱うことから最も遠い営みを選んで生きてきた。

最先端のコンピューター技術から、生きもの（自然）相手の漁師へ、この宮本耕三の「転身」の根っこには、「核エネルギーは人間の手には負えない」という池澤夏樹の「思い」が託されていたと考えられる。また、宮本耕三の「自分はあの時、人間ぜんたいに対してとてもいけないことをしてしまった」という言葉からは、そこに反省と自己処断もあったと言っていいだろう。宮本耕三が娘の美汐に「原爆製造計画（あそぼらけ）」の存在を知らせようとしたのも、そのような核意識と自省の気持ちがあったからにほかならなかった。

そして、父親から日本にも「原爆製造計画（あさぼらけ）」があったという「信じられない秘密」を「手記（遺書）」という形で打ち明けられた美汐は、「秘密」が公になることを恐れた権力から追われる身となるのだが、「逃亡」の過程で「被爆を胎内に抱え」た父親が「人間の倫理」で「核」の存在と対峙していたことを知り、「国家の論理」を振りかざして「あさぼらけ（原爆製造計画）」をなかったもの、つまり歴史から抹消しようと目論む権力と、いろいろな人の手助けがあって対決することになるのだが、このハードボイルド的な展開にも池澤夏樹の明晰な「核」認識があった。『アトミック・ボックス』の最終章「最後の対決」における美汐と「国家＝権力」を象徴する瀕死状態にある大物政治家（大手雄一郎）との会話（美汐の言葉）に、それはよく表れている。

「あなたは国家は個人の運命を超越すると思っていますね。国を動かす者にはそうしなければならない時があると。核兵器を人々の上に落とさなければならない時があると」

老人は目を閉じていた。

「政治家は人間を数と見ますよね。有権者として見て、納税者として見て、守られるべき羊の群れとして見る。一人一人を見ていては国は運営できないと考える」

聞いているのかいないのか、老人は目を閉じていた。（中略）

「でも一人一人には考えも、思いも、意地もあるんです。数でまとめられないものがある。私は今ここであなたに人間としての倫理で勝ちたい」

そして、美汐は「数をまとめる立場の政治家たちに対して、一人一人の個人がどう抵抗するか、聞いてください」と宣告し、大手雄一郎に「私はあなたに負けたのだと思う」と言わせる。『アトミック・ボックス』は、美汐の逃亡を助けてくれた新聞記者（支局勤務）の勤める大手新聞社が、一面に「**逝った重鎮の負の遺産／国産原爆開発計画「あさぼらけ」／北朝鮮の核の原点ここに**」（ゴシック原文）という記事を載せ、終わる。

故に、このような『アトミック・ボックス』という長編小説の内容から私たちが感受するのは、「個人の論理」が、「国家の論理」に勝利することがあるのだということであり、池澤夏樹が想定する「もう一つの世界」でも、やはり現実世界と同じように「核」は人間の生活にとって桎梏でしかなく、「核と人類は共存できない」という言葉は「普遍原理」だということである。その意味で、池澤夏樹がその「普遍原理」を携えて「もう一つの世界」の構築に向かったのは、必然だったのである。

第二章　津島佑子の晩年

〈1〉「反核・反戦」——倫理的であろうとすれば……

不倫の末に愛人と心中した父（太宰治）という「宿命」を背負うところから人生を始めざるを得なかった「団塊の世代」を代表する女性作家の一人津島佑子は、一九七一年に母子家庭が抱えた諸問題に取り組んだ作品集『謝肉祭』でデビューした後、家族問題や生と死（長男の死）に関わる問題、「言葉」による伝達の不可能性などをテーマに、現代文学の最前線で活躍するようになる。『葎の母』（七六年）で第一六回田村俊子賞を、『草の臥所』（七七年）で第五回泉鏡花賞を、『寵児』（七八年）で第一七回女流文学賞を、『光の領分』（七九年）で第一回野間文芸新人賞を立て続けに受賞したのをはじめ、『黙市』（八三年）で第一〇回川端康成賞を、『夜の光に追われて』（八七年）で第三八回読売文学賞を、『真昼へ』（八八年）で第一七回平林たい子賞を、『風よ、空駆ける風よ』（九五年）で第六回伊藤整文学賞を、『火の山——山猿記』（九八年）で第三四回谷崎潤一郎賞と第五一回野間文芸賞を、『笑いオオカミ』（二〇〇一年）で第二八回大佛次郎賞を、『ナラ・レポート』（二〇〇五年）で平成一六年度芸術選奨文部科学大臣賞と第一五回紫式部文学賞を、『黄金の夢の歌』（二〇一二年）で第五三回毎日芸術賞を受賞したのも、いかに彼女が時代の核心を衝く文学作品を世に送り出し続けて来たかの証と言えるだろう。

そして、そんな津島佑子のデビュー作から遺作となった『狩りの時代』（二〇一六年）までの小説やその間に書かれたエッセイ、特に「三・一一（フクシマ）」以後に刊行された『ヤマネコ・ドーム』（二〇一三年）、『ジャッカ・ドフニ――海の記憶の物語』（二〇一六年）、『半減期を祝って』（同）、『狩りの時代』とエッセイ集『夢の歌から』（同）を読むと、彼女が何を求めて現代文学の最前線を走り続けてきたのか、あるいは晩年に至って彼女はどのような思想（境地）を獲得するようになったのかが、明確な輪郭を持って私たちに迫ってくるように思われてならない。

「三・一一（フクシマ）」が津島佑子に与えた衝撃、それは「三・一一」から約十ヵ月経った二〇一二年一月から、「草がざわめいて」という月一回のエッセイを「東京新聞」に連載するようになり、その第一回「サン・ブリュー駅前広場から」の冒頭に、「今年は元日早々、私の住む東京も震度四、マグニチュード七の大きな地震に見舞われ、おい、「原発事故収束」だなんてだれかが宣言しているけれど、おれはまだ存分に暴れるつもりでいるぞ、原発だって安心できないんだからな、と地下のナマズにどなりつけられた気分になった。」と書いたことからも容易に理解できる。「三・一一（フクシマ）」は、津島佑子の内部で生々しく生き続けていたのである。この連載冒頭の一文が読者に突きつけたものは、フクシマによって明らかになった「核＝放射性物質」の恐ろしさ、つまり「核状況」の反人間的在り様に対する「警告」であったことで、そのことは証明される。言い方を換えれば、内部に湧出する「反原発＝反放射能」の思いを、一市民として、また文筆に関わる者として様々な角度から以後はきちんと記していくという宣言でもあった、と言っていいだろう。

連載の最終回「『人情』と放射能」（二〇一二年十二月十三日号）は、撒き散らされた放射能の「除染」作業に期待する被災地の農民を気の毒に思う「人情」と、「眼に見えない放射性物質へのおそれ」のどちらに自分の感情が傾いているのかを自問した後、次のように書かざるを得なかった「内面」の現実を明らかにしたものであった。ここからは、津島佑子の「核」やフクシマに対する思い（考え）の中心がどこにあるかがよく分かる。


「人情」といわれるものはじつは社会の「空気」みたいなもので、いつも正しいとはかぎらない。内向きの「人情」が戦争や死刑を期待し、深刻な差別を生むこともある。「人情」が、最近の日本社会でとても肯定的に語られるようになっていること、そのこと自体が、私にはおそろしく感じられる。「人情」という正体不明の「空気」が放射能汚染を軽視し、本当の責任を問うべき対象を見失わせることになる。一方で「人情」とは関係なく、当然のことながら、放射性物質は確実に、私たちを含んだ生命体を傷つけつづけているのだ。なんという不条理！

けれどそうした現状に危機感をおぼえ、「人情」ではなく「人間としての倫理」を求めるひとも確実に増えている。絶望することはない。希望は、ほら、ここにある、と多くのひとたちが力強く叫びはじめたこの地道だけど、素晴らしい変化に私もはげまされているし、将来、ここから日本の社会は大きく変わっていくのかも、と期待しないわけにはいかなくなる。

東日本大震災（フクシマ）の復興・復旧に関わって飛び交った「がんばろう　日本」（「がんばろう東北」）とか「絆」と言った情緒的なスローガンに対して、それは「人情」であって「いつも正しいとはかぎらない」と断じ、その「人情」に対して人間としての「生き方」が問われる「倫理」を対置する津島佑子、彼女はその「人間としての倫理」を前面に押し立ててフクシマに対処すれば、そこに「希望」が見えてくると断言したのである。しかし、フクシマから九ヵ月後に、「ここから日本の社会は大きく変わっていくのかも、と期待しないわけにはいかなくなる」とした津島佑子の「期待」は、果たして実現の可能性を維持し続けたか。フクシマから一〇年を経た現実は、津島佑子が亡くなる半年前の二〇一五年八月十一日に政官財による「エネルギー確保」の大合唱の下で九州電力川内原発一号機が再稼働したのを皮切りに、その後四国電力伊方原発三号機（二〇一六年八月十二日）、関西電力高浜原発四号機（二〇一七年五月十七日）、同三号機（同年六月十一日）、玄海原発三、四号機（二〇一七年九月十四日）と相次いで再稼働が認められ、更には老朽原発の運転延長も認められるという状態になっている。この国の原発政策は、あたかもフクシマ以前に戻ったかのような様相を見せ始めているのである。

今や、フクシマが起こったことによって原発の「安全神話」は崩壊し、それまで原発の建設を推進してきた「原発は、最も安価なエネルギー供給源」という謳い文句（宣伝文句）も、原発が老朽化した際の廃炉費用や使用済み核燃料の再処理費用、更には高レベル放射性廃棄物の最終処分場の建設費用、等を勘案すれば、「嘘＝意図した情報操作」でしかないことが判明したというのに、である。そのことに加えて、原発を運転し続けるのは、使用済み核燃料を再処理して核兵器の原材料であるプルトニウムを確保するため、つまり「潜在的核保有国」としての地位を保持するためでもあり、将来の「核武装」を考慮してのことであることも明らかになってきている。つまり、原発の問題は、今では政府や電力会社が強調する「安価なエネルギー源」という衣を脱ぎ捨て、「軍事（政治）」的要請、あるいは「安全保障上の問題」という鎧で覆われた姿をむき出しにするようになってきているということである。

そんな核状況の中における津島佑子の「反核」への思いは、日本ペンクラブ編の『いまこそ私は原発に反対します。』（二〇一二年三月）に寄せた「『夢の歌』から」に、より明確に語られている。このエッセイの冒頭部分で、津島佑子はフクシマが起こって間もなく、「動揺しつづけていた私の耳に、ある日、オーストラリア北部特別地区に住むアボリジニのミラー族」が、「自分たちの土地から産出されるウランの取引先のひとつが、東京電力だった。となれば、福島第一原発の事故は私たちにも責任の一端があることになる」、という内容の手紙を国連へ送ったという声が届いた、と記し、その末尾で次のように書いた。

　ウラン採掘から核実験、原発立地、原発労働者、核廃棄物の最終処理候補地、どこを見ても、先住民や弱い立場のひとたちを犠牲にすることではじめて成り立っている原子力産業。その点だけでも、人類の一員として私は原子力産業を受け入れがたい。これ以上、人類を愚かな存在にしたくない。どの国でも、使用済み核燃料の最終処理の方法が今もってわからないからには、少なくとも原発事故を起こしてしまった日本国内にある原発はすぐに停止させ、使用済み核燃料をこれまで以上に一本も増やさないようにするのが、「常識」というものだろう。（中略）
日本に住む私たちは、これからマーシャル諸島のひとたちが経験してきたような、つらくて長い時間を覚悟しなければならない。だからこそ、太平洋のひとたちと手をつないで、「核のない未来」に一歩ずつ近づきたい。地球の生命体にとってあまりに危険な人工放射能を作る、不気味に巨大な原子炉をご神体のように崇める代わりに、植物、動物、虫などの無数の生命に溢れたこの地上で、「夢の歌」の叡智を私は聞きつづけたい。どんな時代になっても、人間は自然の一部として生きるほかない、と今度の大震災で日本の私たちは思い知らされたのだから。（傍点引用者）

私たちは忘れがちであるが、鎌田慧の『日本の原発地帯』（八二年）や『原発列島を行く』（二〇〇一年）を繙けばわかるように、日本の原発が「僻地」と言っていい漁村の近くに作られ続けてきたという事実がある。この日本の現実を素直に認めれば、津島佑子が「（核・原発は）先住民や弱い立場のひとたちを犠牲にすることではじめて成り立っている」と言ったことの意味がよく理解できるだろう。津島佑子は、オーストラリアのアボリジニが住む地域のウラン採掘地や南太平洋のアメリカやフランスの核実験場となった島々を取り上げていたが、津島佑子より先に小田実がグローバル化した「核」問題の全てをテーマに盛り込んだ『ＨＩＲＯＳＨＩＭＡ』（八一年）で、ウラン鉱山で働いたりその鉱山の下流域に住むインディアン（ネイティブ・アメリカン）が放射能障害で苦しむ現実を描き出していたことを思い出す。繰り返して言うが、原発は「少数民族」や「貧しさ」の犠牲の上に建設されてきたのである。津島佑子は、地域（僻地）振興という美名の下で、札束で頰をひっぱたくようにして原発の建設が進められてきたことの「おかしさ」について、フクシマの起こる遙か以前から理解していたと言っていいだろう。

なお、津島佑子がオーストラリアのアボリジニの他に、例えば台湾の高砂族などに深い関心を寄せてきたことは、日本統治時代の一九三〇年に台湾で起こった先住民族（高砂族）の抗日蜂起事件である「霧社（むしゃ）事件」に材を取った『あまりに野蛮な』（二〇〇八年）を書いたことを見ればわかる。この長編で、津島佑子は『火の山――山猿記』のような自らの出自（一族）に関わる「歴史」とは別に、日本の近代史（侵略の歴史）にも関心を持っていることを明らかにした。またそれは、それまで「政治的なこと」にはほとんど踏み込むことのなかった津島佑子が、この長編では植民地台湾で先住民族を抑圧する日本帝国主義を批判し、先住民族の「蜂起」に関しては最後まで虐げられ続けて来た先住民族（少数民族）の側に理があるとの立場を堅持していたのである。

さらに言えば、先の引用の（中略）の部分には、「日本がベトナムなどの国々に（原発を）輸出するなど、もってのほか」という言葉もある。このことは、原発の再稼働が「エネルギーの問題ではなく、核兵器の材料であるプルトニウムの確保のため」という理由の他に、「経済的理由」としての原発輸出の問題及びフクシマを過去に封じ込めようとする意図が綯（な）い交ぜになったものであることが判明する。その莫大な建設資金と運転資金（ランニング・コスト）及び高濃度放射能廃棄物の処理を必要とする原発は、紛れもなく資本主義（金儲け主義）体制を維持していくための強力な装置になっているということにほかならず、単なる「エネルギー問題」などではなかったということである。

そんなこの国の「核（原水爆・原発）状況」に対して、引用の傍線部に明らかだが、津島佑子は「個（生命）の尊重」を基底とした「共生」の思想を対置することで、「反核」の意思を伝えようとしていたのである。先の『夢の歌』から」の中に、次のような文章がある。

核実験の「死の灰」におびやかされ、さらにウラン採掘の作業でも放射線被害をまぬがれなかったアボリジニのかれらには、原子力についていくらでも怒る資格があり、そして今度の福島原発事故について、日本はふたつも原爆を落とされた国だというのに、どうして原発をやたらに増やしつづけてきたのか、と厳しく問い詰める資格もあるだろうに、むしろウラン鉱山の所有者として責任の一端を感じ、そのことをとても悲しんでいる、というのだ。原発事故の責任も、その悲しみ、苦しみも、さらに「核のない世界」を願う心をも、わたしたちは日本のひとたちと共有しています、と告げてくれたことになる。

そして、津島佑子はオーストラリアのアボリジニから寄せられたメッセージに対して、「日本の東京という大都会に住み、東京電力の電気を否応なく使っている私は、この気品に充ちたメッセージを、どのように受けとめればよいものか」と自問する。もちろん、この津島佑子が自らへ向けた問いは彼女自身にだけではなく、私たち日本に住む人間、及び世界の人々の全てに向けられたものだ、と理解すべきである。

津島佑子がいつ頃から確固たる「反核・反戦」思想を抱くようになったかは定かではない。ただ、彼女は一九九一年一月十七日始まった「湾岸戦争」に対する文学者による異議申し立てである「湾岸戦争に反対する文学者声明」に、柄谷行人や自分と同世代の中上健次、田中康夫、立松和平らと共に「署名発起人」として名を連ねるということがあった――因みに、若手女性作家として泉鏡花賞や野間文芸新人賞を受賞していた津島佑子は、何故なのか理由はわからないが、一九八一年十二月に始まった文学者の反核運動「核戦争の危機を訴える文学者の声明」への署名運動には、中上健次と共に署名していない――。このことを考えると、「殺すな！」をスローガンに一九六〇年代の半ばから盛んになったベトナム反戦運動を経験した「団塊の世代」特有の反戦意識の延長線上に、津島佑子の「反核・反戦」意識は醸成されていったのではないか、とも考えられる。湾岸戦争は、アメリカ軍が誇る最新鋭の巡航ミサイル（トマホーク）や劣化ウラン弾、クラスター爆弾、等々の最新兵器を惜しげもなく使ったアメリカ軍（多国籍軍）の圧倒的「勝利」で終わったが、この戦争に日本は一三〇億ドルの拠出金を強いられ、否応なく「加害者」として戦争に加担した。この「理不尽」としか言いようがない現実に対して、若手の文学者たちを中心に多くの人々が「反戦」の意思表示をしたのである。「湾岸戦争に反対する文学者の声明」は、以下の二つあった。

（声明一）〝私は日本国家が戦争に加担することに反対します。〟

（声明二）〝戦後日本の憲法には、「戦争の放棄」という項目がある。それは、他国からの強制ではなく、日本人の自発的な選択として保持されてきた。それは、第二次世界大戦を「最終戦争」として闘った日本人の反省、とりわけアジア諸国に対する加害への反省に基づいている。のみならず、この項目には、二つの世界大戦を経た西洋人自身の祈念が書き込まれているとわれわれは信じる。世界史の大きな転換期を迎えた今、われわれは現行憲法の理念こそが最も普遍的、かつラディカルであると信じる。われわれは、直接的であれ間接的であれ、日本が戦争に加担することを望まない。われわれは、「戦争の放棄」の上で日本があらゆる国際的貢献をなすべきであると考える。われわれは、日本が湾岸戦争および今後ありうべき一切の戦争に加担することに反対する。〃

憲法学者のほとんどが「違憲」と判断した集団的自衛権行使容認を中核とする安保法制が国会を通過・成立し（二〇一六年九月十九日）、いよいよこの国が「戦争のできる国」へと変貌した今日、日本国憲法第九条を楯にした湾岸戦争反対の声明は、いかにも「時代遅れ」のようにも見える。しかし、特定秘密法の制定から集団的自衛権行使容認、平成の治安維持法と言われる共謀罪をも強行採決で成立させ、血眼になって原発再稼働や老朽原発の運転延長を促進し、更には原発輸出を画策する保守政権（安倍自公政権）の在り方を言外に批判する津島佑子の反核思想やそのことを基底とする生き方は、やはり「湾岸戦争に反対する文学者声明」への署名を原点として、少しずつ育まれてきたものと考えていいのではないか、と思われる。

没後に刊行されたエッセイ集『夢の歌から』に「母の声が聞こえる人々とともに」という「あとがき」を書いている娘の津島香以は、「三・一一フクシマ」後の津島佑子の姿を次のように伝えている。

二〇一一年三月十一日から一週間が経ったころ、母は台湾やインドの友人に向けて、レポートを書き送っていた。台湾の知り合いの何人かから、安否を気づかうメールを受け取っていたので、それに応える形で、母が見聞きしたことや感じたことを伝え、被災地への支援をお願いし、最後に「この機に私たちは真剣に自分たちの生活を見直すべきではないだろうか、そのためにも国境を越えて、一緒にNo more FUKUSHIMA!の声をあげましょう。」というアピールを付け加えた。母が書いたレポートはすぐに台湾の新聞に掲載され、韓国語にも翻訳された。（中略）

母はそれから、国内の友人や知人で、海外につながりを持つ人々にあててメールを書いた。自分ひとりの外国での知り合いは限られている。みんな、世界に向けて、日本の状況を伝え、No more FUKUSHIMA!と呼びかけて欲しいと。何人かが電話やメールで賛同の意思を伝えてくれた。ニュージーランド出身の友人はいち早くNo more FUKUSHIMAS!と複数形にしたほうがいいとアドバイスをくれた。でも、そういった反応はごく少数で、なにも返信してくれない人がほとんどだった。

秘かに、しかし確信を持って、自分のできる範囲でフクシマ直後から「反原発＝No more FUKUSHIMAS!」の意思を発信し続けた津島佑子。この「生命（いのち）」の大切さを創作の原点としてきた作家の必死の「反核」への思いを想像すると、同じ世代の村上春樹がフクシマが起こった年の六月にスペインのカタルーニャ国際賞の受賞記念講演で、「我々日本人は核に対する『ノー』を叫び続けるべきだった」と他人事のように語ったことの浅薄さを思わないわけにはいかない。

だが、そのような津島佑子も自分の「No more FUKUSHIMAS!」を伝えたいという必死の願いが、もしかしたら福島の人々を苦しめことになるのではないか、という友人からの指摘を受け、「No more

FUKUSHIMAS!」の呼びかけを断念してしまう。先の娘津島香以は、この「No more FUKUSHIMAS!」という呼びかけを断念した後の津島佑子の思いを、次のように伝えている。

「No more FUKUSHIMAS!」という呼びかけを取り下げたとき、母は同時に覚悟を決めたのではないだろうか。この事故によって私たちが失ったものはなんだったのか、近代とは、国とは、民族とは、人の尊厳とはなんだったのか、自分の作品を書くことで、自分の言葉で、見付けていくしかないと。だってそれが文学なのだから。母は「No more FUKUSHIMAS!」と言い続けていた。そのことは多くの人には届かなかったかもしれない。でもそれは、ひとりひとりの人間の、心の奥の、より深いところに届いて、人を動かしてきたのではないだろうか。

このような津島佑子の「No more FUKUSHIMAS!」の思いが作品として結実したのが、『ヤマネコ・ドーム』であり、『ジャッカ・ドフニ――海の記憶の物語』、短編集『半減期を祝って』と絶筆となった長編『狩りの時代』だった、と今では言うことができる。なお、『ヤマネコ・ドーム』や『狩りの時代』に先行する作品として、「戦争」を子供として切り抜けてきた人たちの在り様を問うた『葦舟、飛んだ』（二〇一一年　毎日新聞社刊）があることも、ここで記しておきたい。津島佑子は、「戦争」こそ人間の倫理に敵対する人間の「愚考」だと考えているとと思うからである。

〈2〉「反差別」の戦後史から「共生」・「反核」へ――『ヤマネコ・ドーム』論

帯に「逃げるか？　残るか？　三・一一後のこれからを示唆する渾身の問題小説」と書かれている長編『ヤマネコ・ドーム』を、何故「原発」問題を主題とした小説と言うことができるのか。物語の最初と最後に、「フクシマ」が登場するからなのか。因みに、フクシマがこの小説に登場する最初の部分は、以下の通りである。主人公の一人ヨン子がコガネムシの木の葉を貪り食う音を聞いて、一緒に育ってきた古い友人で植木職人になったカズ（この時はすでに死んでいる）なら、フクシマの放射能やその影響を受けた植物やコガネムシについて、このように話すだろうと想像する場面においてである。

ぎょっとして、めまいがしたよ。はじめて見るんだもの。ひどいことが起きちゃったんだ。東京の植物もおかしくなっている。ぼくには、放射能のせいだとしか思えない。三月のあの原発事故のあと、にょきにょきシュウメイギクのばかでっかい葉っぱが出てきて、びっくりさせられたし、カイドウの葉っぱも、これはもう、ふつうに伸びてきたけど、いやなさび色をしてた。植物ごとにどうやら、放射能の影響がちがうらしい。そして、こいつさ。関係ないのかもしれないけど、ぼくにはどうしても放射能で異常繁殖しているとしか思えない。そもそもコガネムシなんか、長いこと、東京じゃみてないんだから。僕の考えすぎかな。たぶん、そうなんだろうね。だけど、水道水も、海も、放射性物質に汚染されているんだ。だったら、ぼくが世話をしてきたあのバラの花にも、芝生にもどの木にも、放射性物質が降り注いでいるとしか、考えられないじゃないか。土も汚染されているんだ。おそろしいよ。これじゃ、ぼくの仕事がもう、できない。……

ここから一挙に占領期の「落とし物」とも言うべき占領軍将兵と日本人女性との「恋愛・性的関係」——実は主に売春や強姦——によって生まれた「混血児たち」と、彼らを育てた母親たちの「戦後」が、様々に錯綜する物語として展開していく。そして、物語の終章において、「フクシマ」によって「放射能汚染」された東京から主人公たちが必死に「逃げ」ようとしている様が、次のように描かれる。


うん、そうだよ、とカズがター坊の池のどこかから、ミッチとヨン子にささやきかけてくる。ぼくたちの土も、水も、草木も、虫も、鳥も、なにもかも例外なく、動物も、人間も、ぼくたちの夢も、ぼくたちの悲しみも、痛み、苦しみすらも、放射能は汚染してしまったんだ。そして時間が止まってしまった。

ター坊のお母さん、ここから逃げましょう。おれたちといっしょに。（中略）

どこへ？

とりあえずの場所は決めてあるけど、それからあとのことはわかりません。

世界は、もう消えたのに。

けれどまだ、あなたも、おれたちも消えてない。まだ、こうして生きている。残された時間を、残された場所で、いっしょに過ごさせてください。気味のわるいほどふくらんだ、怪物のようなこの東京は、もういいかげん見捨てましょう。だいじょうぶ、いろいろな手つづきはあとからでもちゃんとできます。

なにもかも終わってもう、死んだも同然なのに。

ここには「フクシマ」、つまり核存在（被ばく・放射能汚染）に対する作者津島佑子の認識（覚悟）が示されていたと言っていいだろう。この津島佑子の「核」認識は、相次ぐ原発事故や核兵器を使った局地戦争のために放射能汚染が深刻になった地球から、「第二の地球」と言われてきた火星へ、選ばれた世界各地の人々が「移住」を試み、結果的には「失敗」して最後に地球で「生き延びる」方法を模索する、という大江健三郎の二つの近未来小説『治療塔』（九〇年）とその続編である『治療塔惑星』（九一年）を彷彿とさせる。「核」によってこの地球上の生物が生きる権利を著しく制限されてしまう、という認識を津島佑子と大江健三郎は共有していた、と言っていいかも知れない。とは言え、実際には、福島県から二〇〇キロ近く離れた東京に住みながら、フクシマが起きたことによって抱かざるを得なかった津島佑子の核＝放射能汚染に対する恐怖心と、世界の核状況に対する大江健三郎の『ヒロシマ・ノート』（六五年）以来強固に培われてきた「核」存在に対する「危惧」とはその発想が本質的に異なっていた、とも考えられる。

津島佑子の核（放射能）への恐怖心は、「ぼくたちの土も、水も、草木も、虫も、鳥も、なにもかも例外なく、動物も、人間も、ぼくたちの夢も、ぼくたちの悲しみも、痛み、苦しみすらも、放射能は汚染してしまったんだ」の言葉が示すように、日頃から「自然との共生」を心掛けていた作家の原発（事故）による「自然への攻撃」に対する「怒り」や「やりきれなさ」という感情から生まれたものにほかならなかった。この『ヤマネコ・ドーム』の中で、登場する子供たちを本気で放射能に汚染された「東京」から脱出させようとしている津島佑子の「思い」は、先に触れた「草がざわめいて」などのフクシマ後に書かれたエッセイと同じく、「核と人間は共存（共生）できない」という明確なメッセージに裏打ちされたものであった。

そして、以上見てきたようにフクシマが登場するのは最初と最後だけでありながら、それでもこの長編の帯文に「三・一一後のこれからを示唆する」と書かれ、更に高度経済成長下で続々と原発建設が計画されるようになった一九七〇年代半ばから持続的に書かれてきた原発文学の歴史にこの長編も連なっていると思えるのは、どのような理由によってであるか。つまり、始めと終わりに出てくるフクシマが「添え物」ではなく、この長編が時代の核心を射抜く原発文学である所以は何か、ということである。

それは、結論的に言ってしまえば、この長編が良くも悪しくもアメリカの強い影響下で出発した「戦後」、つまりヒロシマ・ナガサキからフクシマに至る「核」存在に掣肘された「戦後」の歴史を描くことを意図した壮大な物語として構想されているからにほかならない。具体的には、『ヤマネコ・ドーム』という小説の主人公たちが、まさに「戦後」を象徴するアメリカ人将兵と日本人女性――彼女たちは、田村泰次郎の『肉体の門』（四七年）で描き出された占領軍（アメリカ人将兵）相手の「パンパン・ガール」とか「オンリー」とかと言われた売春婦（街娼や専属娼婦）や、占領軍将兵にレイプされ

「望まぬ妊娠」を強いられた女性たちだった――との間に生まれた「あいの子」（混血児・ハーフ）であることに、作者の意図がよく表れていた。津島佑子は、彼ら「混血児」の成長史（生き死に・行方）を描くことで、「戦後」の日本がどのように歩んできたのか、そこに日本国憲法の理念を象徴的に表す「自由・平等」に反する「差別」はなかったのか、さらには一般的に「アメリカの影（影響）」の下で経済成長を成し遂げたとされる日本の在り方は、全面的に是認されていいのか、という大きな問いをこの物語で私たち読者に投げかけていたからである。言葉を換えれば、『ヤマネコ・ドーム』はそのような津島佑子の「戦後」史観をベースにして構想された物語だったのである。

このような『ヤマネコ・ドーム』の基本構造にフクシマに至る日本の「核」政策、具体的にはアメリカの「核の傘」の下で「非核三原則」などという実際とは異なる「まやかし」で民衆の眼をくらまし、その陰で「原子力の平和利用＝原発」建設に邁進してきたこの国の「核」政策を重ねれば、津島祐子がどのようなモチーフ（創作意図）をもってこの長編を書き進めたかが、自ずと明らかになると言える。津島佑子は、占領軍（アメリカ軍）の「落とし物」である混血児たちを歴史から消し去ろうとしてきたこの国の戦後に対して、「非核三原則」や「原子力の平和利用＝原発建設」という実態とは異なる「核政策」を行ってきた保守政治が主導してきた戦後史は、人間一人一人の存在を「粗末」に扱う歴史の連なりと言ってよく、糾弾すべき対象と考えていいのではないかと言っているのである。『ヤマネコ・ドーム』は、その津島佑子の「戦後史」観を明らかにしようとした側面を持つ長編だった、ということである。この『ヤマネコ・ドーム』に、先に記した「学童疎開」や中国大陸からの「引き揚げ」という「戦後」の問題に挑んだ『葦舟、飛んだ』を加えれば、津島佑子の「戦後史」観は完成する、と言えるかもしれない。

物語は、混血孤児たちが収容されていた「ホーム」の近くの池で、オレンジ色のスカートをはいた「ホーム」の仲間であるミキちゃんが何者かに殺された事件を縦軸に展開する。具体的には、この物語は多くの混血孤児たちが「養子縁組」などによってアメリカやフランスなどに散っていく中、ミキちゃんの「死」に自分たちが関係していたのではないかと思い続けてきたミッチ、カズ、ヨン子の三人が他の混血孤児とともにベトナム戦争や「九・一一（アメリカ同時多発テロ）」などを経験しながら、彼らの「紐帯＝絆」を強め、事あるごとに自分たちの「原点」である日本に集まり、それぞれが身に着けた「知」や「技」を駆使して問題を解決していく（もちろん、解決できないまま、放置される問題も多々ある）小説ということである。

ただ、最後まで彼らが「戦争（敗戦）の申し子」であることは、声高に語られることはなく、「隠蔽」され続ける。ここに、津島佑子の「あいの子（混血孤児）」に対する「慈しみ」と、彼らの存在をできることなら表から見えないようにしようとしてきた「日本」や、そのような日本の在り方を許容してきた国民の多数に対する「静かな怒り」とも言うべき感情を読み取ることもできる。言葉を換えれば、この長編の作者津島佑子は、アイヌや「在日朝鮮人・韓国人」の存在を無視したとしか思えない「単一民族」幻想に捉われてきた日本では、「黒い肌」や「青い目」を持った混血孤児たちは「日本人」としてついに受け入れられることなく、フクシマが起こったことをきっかけにそのような差別的な現実から「逃げる」しかない人々の物語としてこの作品を造形したのである。

さらに言えば、「国家（権力）」とかフクシマのような「重大事故」の犠牲になるのは、常に「弱者」

であり「少数者」であるという現実に対する津島佑子の「怒り」も、この長編『ヤマネコ・ドーム』の表紙カバーに、アメリカの核実験で放射能汚染されたマーシャル諸島ルニット島に存在する「ルニット・ドーム（ヤマネコ・ドーム）」の写真を使ったことを考えれば、容易に理解できるのではないだろうか。「ルニット・ドーム」とは何か、津島佑子は作品の最後のページで次のように記している。

アメリカの核実験はビキニ環礁だけでなく、エニウェトク環礁でも四八～五八年にかけて行われ、そこに住んでいた人たちも強制移住させられた。しかし、ここではアメリカ軍による除染作業ののち、八〇年、住民たちは帰島が許された。戻ってみれば、いくつかの島々は核実験によって消え失せ、ルニット島には除染作業で生じた膨大な汚染物質を集めた「ルニット・ドーム」なるコンクリートの巨大なドームが作られていた。その周囲にはマーシャル語と英語で、「危険　近づくな」と記された看板が建てられたが、二五年経った時点で、すでにその文字は薄れ、読みにくくなっていた（竹島誠一郎氏の報告による）。

津島佑子

この部分は、「『夢の歌』から」（『いまこそ私は原発に反対します』所収）の中のアメリカによるマーシャル諸島（ビキニ環礁・エニウェトク環礁）における核実験による放射能汚染・放射線被害について述べた部分と照応している。なぜ、「ルニット・ドーム」が「ヤマネコ・ドーム」になったのかは不明として、周知のようにアメリカの核実験場となったマーシャル諸島の島々に暮らす人々が深刻な「放射能汚染」に未だに苦しんでいる現実――マーシャル諸島の放射能汚染に関しては、写真家豊崎博光の『マーシャル諸島　核の世紀一九一四―二〇〇四』（上下　二〇〇五年　日本図書センター刊）に詳しい――が存在すること、ビキニ事件およびフクシマを経験した日本人（被曝者）はこの事実を「他人事」と思ってはならず、マーシャル諸島の人々と連帯すべきである、と津島佑子は断固として宣言し、「反原発」の隊列に連なるとの固い決意の表したのである。この長編の最後に、「エピローグ」のように日本人のほとんどが知らない「ルニット・ドーム」を持ち出したのも、まさにその決意の表れと考えていいだろう。

物語の最後でミキちゃんが死んだ池を思い浮かべながら、「ミッチは思い描く、さまざまな放射性物質をたっぷり含む煮こごりがどんどん縮んでくれて、池の底深くどこまでも沈んでいくさまをも」と書いた津島佑子の「願い」を、私たちはどこまで共有できるか、物語はそのように問いかけているのである。

なお、津島佑子の「反核」への思いがいかに強かったか、従弟から十五歳でダウン症のため早逝した自分の兄を「フテキカクシャ」と言われた記憶から逃れられない女性を語り手に、アメリカや仙台、東京、山梨とバラバラに住む「親族」の物語として展開する『狩りの時代』に、若き日にアメリカに渡って著名な原子力学者になった「一族の長」たる人物が「死の床」にあって、夢想の中で経験した（ことになっている）フクシマについて、次のように述懐する場面がある。津島佑子の「反核」意識がいかに強固であったか、『狩りの時代』にこの一節を書き込んだだけでも、よく分かるだろう。

とつぜん、永一郎の体が大きく揺れる。

なにが起きたのだろう。揺れはどんどん大きくなる。ベッドから永一郎の体が落ちてしまう。（中略）

カズミの悲鳴が聞こえる。

なんてことなの、原子力発電所が爆発したわ。こんなことが起きるなんて。わたしたち、どうなるの？　永一郎さんは原子力の可能性を信じていたけど、こうなってみると、所詮は、私たち人間には制御できるものではなかったんだわ。

永一郎は思う。

カズミはあんなことを言っているが、本当なんだろうか。原子力のことだから、いったん制御を失うと、たちまち暴走をはじめ、そうなるとだれにもその暴走を止められなくなる。核エネルギーとはそういうものなのだ。それが今はじまったということなのか。

さらに「夢の中」の永一郎は、自分が「核」研究に携わるようになった経緯について、また「核」存在がいかに人類にとって「危険」な物質であるか、次のように語る。

永一郎は改めて演説をはじめる。

……まがまがしい放射性物質がばらまかれて、人類がむしばまれていくのであります。わたしはたまたま、核エネルギーの研究に取り憑かれ、一生を捧げたいと願いました。無限増殖する核エネルギーのイメージに、若かりしころのわたしはどれだけ魅了されたことか。逵一郎ともその友人と

も時を忘れて語り合ったものだ。（中略）
大船に乗ったつもりで、どうぞご安心を。原子力には国の存亡がかかっていますからね。
わたしたちはそんなことを聞かされつづけました。いつの間にか、とんでもなく傲慢になっていたということになるのでしょうか。わたしはいま、この狭い地球で原子力と人類は共存できないだろう、と思うようになっております。冷静に考えれば、そうした結論しか導き出されません。研究がはじめられてから百年近く経ち、多くの学者たちがこのエネルギーが武器に使われることがあってはならない、と警告を発してきました。にもかかわらず、なにも変わらない。

ここに見られる核エネルギー学者「永一郎」の見解（核認識）は、フクシマ以降に一般化したものと同じと言っていいが、ここで問題とすべきは肺がんで苦しんでいた津島佑子が「最後の小説」である『狩りの時代』の最終局面で、重要な登場人物にこのような「核認識」を語らせたということである。団塊の世代に大きな影響を与えた吉本隆明が、フクシマが起こってもなお原発の問題は「科学」によって解決できる、などといった脳天気な言説を振りまいていたことを思えば、ウラン鉱石の採掘がオーストラリアの原住民であるアボリジニに放射能被害をもたらしてきたことから始まって、今日では原子力（核エネルギー）学者までが「核」に対して疑義を抱くようになった現実を物語の中に忍ばせた津島佑子の「勁い意思」を思わないわけにはいかない。この『狩りの時代』で取り上げられている「核認識」に関して更に付け加えれば、「核」がナチス・ドイツに追われたユダヤ系科学者によって開発が始められ、それはナチスの「優生思想」に基づいて行われたホロコースト（ユダヤ人大量虐殺）と深い関係があったことを、先に触れた「フテキカクシャ（不適格者）」が一九三八（昭和十三）年八月十六日〜十一月十二日まで日本各地を訪問したヒトラー・ユーゲントの山梨県滞在との絡みで言及されていることにも、津島佑子がいかに確かな「歴史認識」に基づいて人間の生き方を追求しているかが現れており、ここには彼女が一貫して真摯に人間の本質的在り様を考えてきたかが反映されている、と言える。

〈3〉「共生」と「反差別」の物語――『ジャッカ・ドフニ――海の記憶の物語』

津島佑子の遺作の一つとなった『ジャッカ・ドフニ――海の記憶の物語』もまた、「自然」との共生を根源から打ち砕くフクシマから始まる物語であり、また「日本は単一民族国家」という幻想の下で安住しているこの国を根源的・歴史的に批判しているという点において、前作『ヤマネコ・ドーム』と同じようにこの社会の在り様に対する疑義をバネに書かれた長編と言ってよく、その意味でも「批評性」豊かな現代小説と言うことができる。

まず、この長編の特徴がよく現れている構成について言えば、副題にもなっている「アイヌ民族」の少女と江戸幕府に追われる切支丹少年の交歓を中心とした「海の記憶の物語」、すなわち「一章　一六二〇年前後　日本海〜南シナ海」、「二章　南シナ海」、「三章　ジャワ海」に深く関係する物語と、それぞれの章の前に置かれた「わたし（あなた）＝語り手」の物語である「二〇一一年　オホーツク海」、「一九八五年　オホーツク海」、「一九六七年　オホーツク海」という北海道（アイヌ・モシリ）とアイヌ関わる物語が交互に展開する形になっている。つまり、この長編は「わたし（あなた）」を主人公（語り手）とした現代の物語と、キリシタン弾圧がより激しさを増すようになった江戸幕府成立からしばらく経った時代の若きキリシタン少年とその少年に淡い恋心を抱いたアイヌの少女の物語が交互に展開する形によって成っている、ということである。

「わたし（あなた）」がオホーツク海を臨む北海道の地を歩き回る現代の物語は、紹介したように、「二〇一一年」から「一九八五年」、「一九六七年」へと時代を遡る構成になっている。このことが意味するのは、作者に重なる「わたし」がアイヌやイヌイット（北方少数民族）の実情やその苦難――和人（日本人）による手酷い収奪と差別――に満ちた歴史を認識・再認識する過程を描くことで、「単一民族神話、それは批評家の岡和田晃に言わせれば「歴史修正主義」ということになるが、そのような歴史観にどっぷり浸って平然としている現代人に、改めて日本人としての生活を強いられているアイヌなどの「少数民族」の存在について、更には日本もまた他の多くの国と同じように元々は複合（多）民族国家であることを断じて忘れてはならないといった強いメッセージを、津島佑子が読者に向けて発しようとしたということである。

津島佑子が、中国の少数民族や台湾の原住民（少数民族・高砂族）、さらにはオーストラリアの原住民アボリジニ、アメリカの核実験場となった南太平洋マーシャル諸島の住民たち（チョモロ族）について深い関心を寄せてきたことは、『『夢の歌』から』などの文章を読めば明らかである。つまり、日本の少数民族であるアイヌやニブヒ（さらにはそこに「沖縄人」を加えていいかも知れない）を含む少数民族が、効率を第一とする「近代」＝資本主義体制の進展とともに社会の片隅に追いやられている（差別・

冷遇されている）現状に、津島佑子は「憤り」に似た感情を持ち続けてき、その思いをこの『ジャッカ・ドフニ』という長編小説に凝縮させたのではないかということである。この長編の最後に置かれた「一九六七年　オホーツク海」の中で、作者に重なる語り手が最初に北海道を旅行したとき、偶然『アイヌの歌』という小さな本を手に入れたことが書かれている。そして、語り手の「わたし」はその小さな本に書かれていた「アイヌは人間、日本人は隣人『シサム』と呼ばれます」という言葉に自分の蒙を啓かれ、移動する列車の中で「ここはアイヌ・モシリ、わたしはシサム、アイヌは人間、ここは人間の大地」とつぶやき続けていたことを告白する。また、この語り手（作者）はこの小さな本から次のような知識を手に入れたことも明かすのだが、ここにこの『ジャッカ・ドフニ――海の記憶の物語』のモチーフはあったと言っていいだろう。

夕方、テシカガ駅からバスに乗り、あなたは青年の家にたどり着く。（中略）
ラウンジにある大きな石炭ストーブは冷えきっている。五、六月になれば宿泊客が少しは増え、石炭ストーブも活躍しはじめるのかもしれない。今は冷たい鉄のかたまりにすぎない石炭ストーブの横に、古雑誌、古新聞の束が置いてある。そこから古新聞を適当に引き抜き、部屋に持って帰る。
ベッドに入って、うつらうつらしながら、古新聞の紙面をながめる。地元の新聞なので、シリーズの読み物として、サハリンの戦前から戦後にかけての人種的事情や日ソの開発をめぐる問題などが書かれている。けれど眠気が強すぎて、記事の内容はぼんやりあなたの頭を通り過ぎていってしまう。トナカイ遊牧のウィルタ（今まで、オロッコと呼ばれていた）のこととか、戦後南サハリンがソ連領になったため、多くの朝鮮人が身動きのつかない状態になったこととか、オロッコやギリヤーク（ニブヒともいう）も日本兵として駆り出されていたこととか、アイヌの貧困問題とか……。

作家がアイヌに興味を持つようになった経緯を明らかにしたこの遺作で、作家に重なる「わたし（あなた）」が何故「一九六七年」という年に北海道を歩き回っていたのか、その本当の理由は今となっては闇の彼方だが、この一九六〇年代後半という時代について考えれば、津島佑子と同世代の立松和平や青野聡、宮内勝典といった後に作家となる若者（学生）たちが、高度経済成長を成功させた「日本（社会）」の在り方に疑問や違和感を抱きつつ、「今とは違う価値観」を求めて、あるいは「もう一つの世界」の可能性を求めて、国内外をリュックサック一つで「放浪（旅）」に出ていたという事実がある。このことを考えると、白百合女子大の学生だった津島佑子もまた、「既成秩序」への違和感から、あるいは「太宰治の娘」というレッテルがもたらす「抑圧」から逃れるために、「敗北者」が目指すと言われていた「北の大地＝北海道」を歩きまわっていたと考えることができる。

そしてそこでアイヌに出会い、そのアイヌとの出会いから始まった「少数民族＝民族としての誇りを失わずに、しかし虐げられ続けた人々」との付き合いの歴史を顧みるところから浮上した「二〇一一年・フクシマ」の総括、その集大成が『ジャッカ・ドフニ――海の記憶の物語』にほかならなかった。物語は、先の「目次」紹介からもわかるように、アイヌの血を受け継ぐ少女と隠れキリシタンの少年との「淡い恋」を縦糸に、いつか日本に帰還することを夢見ながら日本を脱出し、「マカオ」「ジャカルタ」（バタビア）といった異郷で精いっぱい生きることになったキリスト教徒の生き死に（経緯）を描いたものである。巻末に、『切支丹文学集』（五七年　日本古典全書　岩波書店刊）や『アイヌ叙事詩神話・聖伝の研究』（七七年　同）、『マカオの歩み』（C・ギーエン・ヌーニョス著　九三年　学芸出版刊）などの参考文献が掲げられているのを見ると、作者が江戸幕府成立前後のキリシタンや渡日宣教師、アイヌの動向を十分に調査し、その上でこの長編を執筆したと分かる。

しかし、一九六七年から二〇一一年までという「現代」における「わたし（あなた）」の動向を描いた部分はもちろん、この長編の全体が「日本」という国家が「少数民族」や「異教徒」や「反体制派」などの「異端」を排除するところに成り立ってきたことへの批判になっている、と読める。言い方を換えれば、この長編に取り掛かる前に「ガン」であることを知らされていた津島佑子は、「遺言」の意味も込めてこの小説で、少数民族を含む様々な民族や人種との「共生」を目指す世界の常識からは「異常」と目されてきた「日本」に対する批判を徹底させようとしたのではないか、とも考えられる。

津島佑子の「日本批判」は、作中の次のような記述に現れていると言っていいだろう。次の引用は、アイヌの娘「チカ」が慕う若きキリシタンの「ジュリアン」（洗礼名）と「ペトロ」（同）が、逃亡先のマカオで、故国日本におけるキリシタン弾圧が更に激しさを増してきたということを知り、そのことについて話し合う場面である。

――……町の人たちがそこまできりしたんを憎むのも、わしにはようわからんべよ。すでに、処刑されとるんやから、そいでもう、充分やないか。お上からきりしたんが禁じられとるいうても、町のひとたちまでがそんげん憎しみのかたまりになるっちゅうのも、ひどくつらか。きりしたんはもはや、町のひとたちの眼には、人間ではのうて、動物以下の邪悪な存在にしか見えなくなっとるんか？

ペトロが深い息を洩らして言った。

――憎しみがうえからあたえられて、そいに身をまかせるのは、まっこと、気持よかごたるし、いくらでん伝染するんや。憎まなけりゃならん理由なんぞ、だれも知らん。知りたいとも思っちゃいない。チョウセンを攻めたニホン人もチョウセン人に対して、同じやったそうな。憎しみというより、残酷さを楽しむ心が、人間にはもともと隠されておるんやろうな。

このような会話から、津島佑子がアイヌはもとより反基地運動を果敢に戦っている「沖縄」や一貫して日本人から「差別」されてきた在日朝鮮人・韓国人など「マイノリティ＝少数者」の存在に対して共感を寄せ、その上で「日本批判」を行っていることがわかる。もとより、このような「読み」は深読みかもしれないが、次のような記述を見ると、津島佑子の「日本批判」は読者が思っていたのよりも更に徹底したものだったのではないか、と考えられる。

戦後、アバシリに住むようになってから、ゲンダースさんは「土人」ということばになによりもおびえつづけたという。「土人」だと知られたくなくて身を縮めていた。「土人」だから結婚できない、と長いこと、悩んでいた。そんなおびえを、和人のあなたはどのていど想像できただろう。（中略）「土人」ということばは、原発の事故で古い過去からふたたび噴き出てきた「ヒバクシャ」ということばをも、あなたに連想させる。あなたが中学生のころ、この言葉が得体の知れないおびえとともに、まわりでどれだけささやかれていたことか。原爆による「ヒバク」で実際に苦しむひとびとを置き去りにした身勝手なおびえ。被害を受けたひとたちがさらに、心理的に追いつめられてきた日本の社会だった。「ヒバクシャ」は、「ツナミ」ということばとともに日本の枠を乗り越え、そのまま国際語になっている、と聞かされ、びっくりしたこともある。日本の広い地域が「ヒバク」したいま、「ヒバクシャ」であることを自分で認められず、その事実から逃げつづけようとするひとたちが、今後増えていくのだろうか。あるいは、これから以前のような漠然としたおびえだけがはびこるようになるのだろうか。

ここで、津島佑子が長崎の被爆者である林京子と一九六九年に廃刊となった同人誌「文藝首都」の仲間だったことを思い出すのも、あながち見当はずれではないかもしれない。一九六七年に「文藝首都」の同人となった津島佑子は、一九六二年入会の林京子の被爆体験を基にした『二人の墓標』（「文藝首都」掲載時の原題『その時』六六年一月、後大幅に改稿され「群像」七五年八月号に再掲載される）や『曇り日の行進』（六七年十月）はもちろん、芥川賞を受賞した『祭りの場』（七五年）以降の原爆文学作品も読んでいたと思われるからである。これまで、津島佑子と「文藝首都」との関係では同人仲間として中上健次の名前が登場するのが普通であったが、具体的にどのような交友があったかは別にして、「核」あるいは「被ばく」（ヒバクシャ）ということでは、案外津島佑子は林京子の作品から多くのことを学んできたのではないか、と考えていいのかもしれない。

その意味で、津島佑子が虐げられ差別され迫害されてきたアイヌなどの少数民族や隠れキリシタンに重なるフクシマの避難民（被ばく者）の行く末にどんな思いを抱いていたか、このことはさらに深く考える必要があるだろう。それは、亡くなる直前の執筆と思われるフクシマから三十年後の世界を描いた短編『半減期を祝って』（二〇一六年三月）の、「三十年後の世界で、人口の多い某国がますます力をつけて、極東のニホンという国は競争力を失い、鎖国に近い状態に陥っているのかもしれない。（中略）生活は確実に苦しくなっていて、自殺者数が増え、死刑の執行数も増えているにもかかわらず、平和がなによりですね、と今となってはだれも見なくなったテレビのインタビューに通りがかりのひとが答えたりする」と書いた後の、次のような文章を見ればそれは理解できる。

四、五年前に、独裁政権が熱心に後押しをして、「愛国少年（少女）団」と称する組織、略して「ASD」ができ、それが熱狂的にもてはやされるようになった。（中略）

なんでも「ASD」にはきびしい人種規定があって、純粋なヤマト人種だけが入団を許されているというのだ。アイヌ人もオキナワ人も、そして当然、チョウセン系の子どもも入団を許されていないのだけれど、一番評価が低いのはトウホク人で、高貴なヤマト人種をかれらは穢し、ニホン社会にも害毒を及ぼしているという。無能なくせにプライドばかりが高くて、ニホンの代々の権力者が残してくれた貴重な歴史の記録をひもといてみても、ニホンの政権に対し、なにかというと反乱を起こし、独立しようとしてきた事実が直ちに判明する。つまり、トウホク人は一番危険な人種として、このニホンに存在しつづけてきたのだった。したがって、ニホンはかれらにこれ以上温情をかける必要はないということになる。

「共生」よりも「排除」の論理が強くなったフクシマから「三十年後」の世界。ヒロシマ・ナガサキからフクシマに至る「核」被害の歴史と、それに対する国や非被爆者が大半を占める現代社会の「核」に対する対応の歴史を顧みたところに成立したと言っていい『半減期を祝って』からは、フクシマ以後いかに津島佑子が鬱屈と絶望を深めていったかを感受することができる。またそれは、フクシマが起こって驚愕した津島佑子が国内外の友に向かって「No more FUKUSHIMAS!」、とメッセージを送り続けた原基だったのではないか、と思われる。

確かなのは、津島佑子がフクシマ以後、『ヤマネコ・ドーム』と『ジャッカ・ドフニ――海の記憶の物語』、そして『半減期を祝って』、更には『狩りの時代』を携え、強固な「反核」「反原発」思想の持ち主として私たちの前に登場するようになった途端に、「彼岸」へと旅立って行ってしまったということである。ただ、『ヤマネコ・ドーム』以下『狩りの時代』までの長短編を読むと、津島佑子自身は「反核（反戦）」や「反差別」、「共生」への思いのたけを存分に展開することができた、と満足しているのではないかと思えてならない。

なお、「ジャッカ・ドフニ」とは、トナカイ遊牧民ウィルタの言葉で、「大切なものを収める家」という意味であるという。私たちは果して内に「ジャッカ・ドフニ」を持っているだろうか。

第三章　立松和平の到達

〈1〉「異化」への欲求

知る限り、立松和平ほどいち早く「一九七〇年前後の学園闘争」＝「政治の季節」体験を小説化＝表現した作家はいない。具体的には、第一回早稲田文学新人賞を受賞した『自転車』（「早稲田文学」七〇年十月号）を皮切りに、『今も時だ』（「新潮」七一年三月号）を経て、『冬の真昼の静か』（「すばる」七五年十二月号）、『光匂い満ちてよ』（「文体」七九年四月、七月号）、そして『光の雨』――満を持して九三年八月より「すばる」誌に連載を開始するが、三回十月号まで進行したところで、連合赤軍事件で死刑が確定していた坂口弘から、自著『あさま山荘１９７２』（上下巻　九三年四月、五月　彩流社刊）の「盗用」があるとの抗議があり、中断する。そして、前作とは全く異なる構想の下で九八年三月、四月、五月「新潮」誌に分載、七月新潮社より刊行される――で、立松の「政治の季節」体験を基にした一連の作品は完結する。

「序」にも引用したが、『光匂い満ちてよ』が刊行された後のエッセイ「鬱屈と激情」で、立松は自分の「政治の季節」体験がいかに重要であったか、「ぼくの精神形成の多くは、七〇年前後の学園闘争におうところが大きい」と書いた後、その「重い体験」を引きずりながらいかに悪戦苦闘していたか、そして自分が書く「政治の季節」体験に基づく小説はどこに焦点を定めたものでなければならないかについて、次のように書いていた。

試行錯誤はあったにせよ、絶望的な運動の退潮とともに、末端にいたぼくも引退がっていった。あとはご多分にもれず、個人的な生活との闘いだった。いやあの頃のことはつべこべいうまいと決めたはずだ。今や十年以上も昔のことではないか。つべこべいわないためにも、小説を一本書くのだと決めた。それを書いてから田舎で生きよう、と。実際、身のまわりでなまなまと生きている人間たちが眼に入り始めていた。彼らは今を生きている僕と同じように、泣き、笑い、闘っているのだ。まったくどこも違わない。市役所にも、隣近所にも、またたとえば祖先の土地足尾にも、その日その日をしたたかにやりぬいている人間ばかりがいるではないか。僕の声は彼らの声なのだ。改めて彼らを見ることは必要もないくらい、ぼくと同じだと気づいた。

立松の年譜を繙くと、早稲田大学在学中に執筆した『とほうにくれて』(後『途方にくれて』)が「早稲田文学」の一九七〇年二月号に掲載されたことから、四月からの入社が決まっていた出版社(集英社)への就職を断念、大学も卒業を延期し(翌年一年遅れて卒業)、「作家になる」決意を固め、アルバイトなどで日銭を稼ぎながら、「早稲田文学」を拠点に『部屋の中の部屋』(同年四月号)や、先に記した『自転車』などの執筆に専念するようになる。しかし、苦節三年、この間に駆け落ち同然で結婚した妻が妊娠したことを知り、作家として「自立」する夢をとりあえず「封印」して、一九七三年四月から故郷宇都宮市の市役所職員として働くようになる。先の引用で、「実際、身のまわりでなまなまと生きている人間たちが眼に入り始めていた。彼らは今を生きている僕と同じように、泣き、笑い、闘っているのだ。まったくどこも違わない。市役所にも、隣近所にも、またたとえば祖先の土地足尾にも、その日その日をしたたかにやりぬいている人間ばかりがいるではないか」と書くことができたのも、この間「苦闘」の日々を経験していたからであった。

立松の市役所勤務は、一九七八年十二月までの五年九ヵ月になるが、この間に立松は作家としての立ち位置を探るべく様々な試みを繰り返してきた。『帰郷心象』(七六年四月)、『この陽ざかりに』(七七年十二月)などの市役所もの、『虎』(七三年十月)、『炎天』(七六年十二月)、『タイガー・ヒル』(七八年九月)などの放浪もの、『石の中』(同年七月)、『荒れた光景』(七七年六月)、『火の車』(七八年十月)などの足尾を舞台にした作品群、等々、立松は「その日その日をしたたかにやり抜いている人間」の様々な在り様をおのれ自身の生き様と重ねながら、現代文学作家としての地歩を着実に築いてきた、と言っても過言ではない。そんな市役所職員と作家という「二足の草鞋」を履きながらの悪戦苦闘の日々にあって、立松が決して忘れなかったもの、それは自分の精神形成に多大な影響をもたらしたと自覚してきた「七〇年前後の学生闘争」体験を総括することであった。

一九七六年四月、当時は季刊であった「すばる」誌二十二号に発表した『冬の真昼の静か』は、立松がいかに「七〇年前後の学園闘争」体験を胸に秘めながら「二足の草鞋」を履き続けてきたか、の証の一つである。この作品は、立松が早稲田大学時代に所属していた「文章表現研究会」の体験を下敷きにしたところに成立したものと言えるが、例えば、次の引用が如実に物語るように、処女作『途方にくれて』以来の「大きな力（例えば、国家権力）」に順ろうことを拒絶する意識、言い方を換えれば「抵抗精神」の確認をこの作品で行った、と考えていいだろう。

無防備で向きあっていた。憎悪が渦巻いた。やつらが憎かった。自分らの弱さが憎かった。警棒の下で骨の鈍い音がした。殴られても手錠をかけられてもかまわないが、その前に、やつらのさきにあるものと、せめて渡りあいたかった。頭に飛んできた警棒を腕でよけた。同じ警棒が千昭の額にとんでいくのが見えた。眼と鼻を焼く濃い霧の中で顔をおおっている香世を横抱きにして、ぼくは、身体を浮きあげた。出口にいくまでに二度転倒した。香世を背負って階段を這った。原色のライトが滲んで流れ、新鮮な空気が肺にしみた。

長引く授業料値上げ反対闘争の末に、大学に機動隊が常駐するようになった結果、「大学奪還」を叫びながら街頭闘争への転戦を余儀なくされた「演劇サークル」の面々、物語は「語り手」の主人公が機動隊員に逮捕されるところで終わるのであるが、問題は立松が大学二年（一九六八年）の二月二十日に起こったベトナム戦争への日本の加担に反対する「王子野戦病院闘争」と思われる街頭闘争を、何故八年後の市役所職員時代に書かざるを得なかったのか、ということにある。おそらく、立松の内部で培われてきた戦後日本の在り方に対する「違和」は、たとえ公務員になっても消え去ることなく、常にその意味を検証すべきものとして内在し続けていた、としか考えられない。そうであったが故に、一九七〇年前後の「政治の季節」における最大の課題であった「ベトナム反戦」運動の意味を、八年後になっても問わずにいられなかったのだと思われる。戦時下に青春を送った野間宏や武田泰淳らの戦後文学者が「平和」になった戦後になっても片時も「戦争」のことを忘れることがなかったように、一度「政治＝学生運動」を経験した者にとって、その時の体験は決して消すことのできないものだったのである。

その意味で、「七〇年前後の学園闘争」が退潮期に入るやいなや顕在化するようになったセクト（党派）間の「内ゲバ」に巻き込まれ、「殺人」まで冒すことになってしまった活動家を主人公にした『光匂い満ちてよ』（七九年十月）は、「精神形成の多く」を負っていた学生運動体験の意味を立松なりに「総括」した作品であったと言っていい。つまり、「解放」や「救済」を夢見て蟷螂の斧のように権力に「異議あり」を突きつけてきた者たちが、ほんの些細な相違から殺し合いにまで発展した「内ゲバ」を繰り広げるようになってしまった顛末を、一人の若者が陥った「頽廃」と見紛うばかりの「自暴自棄（アナーキー）」な心情を、父母や友人との関係を絡めながら描き出したのが、この『光匂い満ちてよ』であった。

立松は、先の引用（「鬱屈と激情」）の中で、「つべこべいわないためにも、小説を一本書くのだと決めた」と書いていた。まさにその一本が『光匂い満ちてよ』だったわけだが、立松の「七〇年前後の学園闘争」体験の「総括」は、この長編で実現したと考えていいのだろうか。立松が市役所を退職する少し前のエッセイで、「怒りをうたえ」（七六年二月）というのがある。周知のように、この「怒りをうたえ」というのは、一九六九年一月十八日・十九日の安田講堂攻防戦が象徴する「東大闘争」を撮ったドキュメンタリー映画の題名である。市役所職員だった立松は、宇都宮大学の学生に誘われてこの記録映画を一晩かけて見るのだが、その時に抱いた思いを次のように記していた。

ぼくは現在二十七歳、間もなく二十八歳になるが、二十歳頃を振り返ってみると、立っている場所のあまりの違いに驚く。横ぶれしてしまったようなのだ。一日一日横に歩いてきた自分に、怒りのような感情を抱いている。しかも、この歩みはまだ止まりそうもない。一九七六年の二十八歳と、一九六八年の二十歳との振幅が、ぼくの主題だと思っている。一九六八年の二十歳の地点から。今立っているこの場所を見ようとする。

怒りが悲しみなどにならねばいいと思う。どうにか毎日をやりすごしてきたが、個別的な闘いの地平は、個人の生活との戦いにすり替わっていった。日常の中で数限りない崩壊をとげ、友人たちの崩壊も目撃してきた。不幸の予感は皮膚感覚になった。前も後ろも崩れていた。品物にあふれた街に暮らしながら、板橋の四畳半でぼくは栄養失調に陥りさえしたのだ。わずかなペイの差を求めてバイト先を渡り歩いた。親しい仲間たちと週に二度深夜の神社で激しく剣道をはじめ、私服刑事を見張りに立たせた。剣道有段者の刑事は手の内の絞り方など口出しするようになった。そこからも仲間たちは一人去り二人去り、無理して買ったぼくの防具も新しいまま押入れにはいった。ぼくは女と暮らしはじめていた。

前進することも、また後退することもできずに「宙ぶらりん」な状態にあって、ただ「横ぶれ＝横に歩く」ことしかできないことの自覚、これはまさに「七〇年前後の学園闘争」体験を生の原点としてきた者特有の「転向意識無き」転向の典型だったと思われるが、そのような意識とは別に、「宙ぶらりん」な状態からの「脱出」を願って、自分が関わった「七〇年前後の学園闘争」の意味を問いつつ、立松はひたすら小説を書き続けた。この立松の在り様を『光匂い満ちてよ』の内容との関係で考えれば、「七〇年前後の学園闘争」に関わってきた誰もが、運動の末期に至って「内ゲバ」を招来するとは思わなかったということがある。そして、そうであるが故に、現実は決して「明るく」もなく、また「輝かしい」未来が待っているわけでもないのに、「万民が幸福になること」という「一点の光」を願って闘ったのだという意味を込めて、立松は作品のタイトルに「光」の言葉を入れたのだろう。もちろん、立松は「光」が仏教の世界では阿弥陀（仏）の「智慧」や「救済力」を意味することを知ってこの言葉を使っていたとも考えられるが、立松が本格的に「仏教」に出会うのはこの時よりもずっと後になるので、この長編ではやはり学生運動体験を通じて育んだ「楽園」待望を「光」と考えるのが妥当だろう。

その意味で、「つべこべいわないためにも、小説を一本書くのだと決めた」ことによって立松に見えてきたものは、「身のまわりでなまなまと生きている人間たち」であり、彼らの世界（生活）と自分のそれとがいかに類似しているか、の発見であった。

彼らは今を生きている僕と同じように、泣き、笑い、闘っているのだ。まったくどこも違わない。市役所にも、隣近所にも、またたとえば祖先の土地足尾にも、その日その日をしたたかにやりぬいている人間ばかりがいるではないか。僕の声は彼らの声なのだ。改めて彼らを見ることは必要もないくらい、ぼくと同じだと気づいた。

先にも引用した立松の「本音」が現われている言葉と言っていいが、立松はこの「本音」に導かれて生涯の文学的テーマとなる「足尾」と「境界」を発見することになる。周知のように「足尾」は、立松の母方の曾祖父が坑夫（後坑夫頭）として近代の黎明期に成功した足尾銅山の再開発に関わったということもあり、『荒れた光景』などの閉山間際のさびれていく足尾の町を舞台にした作品から芥川賞候補作となった閉山に伴う一連の出来事を描いた『赤く照り輝く山』（七八年十二月）や『閉じる家』（七九年五月）を経て、遺筆になった足尾鉱毒事件の田中正造を主人公にした『白い河――風聞・田中正造』（二〇一〇年六月）まで、立松が追い求めたテーマの一つであった。立松は、「足尾」を軸に日本近代の功罪を探り続けていたのである。これもまた、「七〇年前後の学園闘争」がベトナム反戦運動を軸とした世界の反体制運動（アメリカの黒人解放運動＝公民権闘争、西ドイツの新左翼による反資本主義運動、フランスの「パリ五月革命」、中国の「文化大革命」、中南米の民族解放運動、等々）と連動しながら、日本の近代に対する疑義を根底に潜めていたことと無関係ではなかった、と言っていいだろう。何故なら、足尾銅山の再開発から閉山までの過程は、銅山から産出される銅が兵器の材料となって、「戦争の時代」でもあった日本の近代を支え続けたとも考えられるからである。立松の書斎の一角を占めていた足尾銅山に関する資料の山は、立松がいかに「足尾」にこだわり続けてきたか、を物語るものであった。

また立松は、一九六〇年代の半ばから本格化した高度経済成長の成功、それは時の宰相田中角栄が提唱した「日本列島改造論」（一九七二年）――工業の再配置と交通・情報通信の全国的ネットワークの形成を梃子にして人とカネとモノの流れを巨大都市から地方に逆流させる、言わば「地方分散」を推進する政策――に象徴されるが、その産業構造の根本的転換、つまり第一次産業（農・林・漁業）から第二次産業（製造業）、第三次産業（通信・サービス業、等）への移行に伴って地方都市近郊（旧農村地区）に生じた「境界」が、いかにそこに生きる人間を翻弄するか、を描き出すことに成功した。言葉を換えれば、押し寄せる「都市化」の波に翻弄される農村青年の悲喜劇を描いた『遠雷』（八〇年）四部作（『遠雷』、『春雷』八三年、『性的黙示録』八五年、『地霊』九九年）や『雷獣』（八八年）、『百雷』（九一年）、『雷神鳥　サンダーバード』（九三年）、『黙示の華』（九五年）などの作品によって、立松は見せかけの「豊かさ」の裏側で起こっていた地方都市近郊（旧農村地区）の悲喜劇を描き出したということである。

この地方都市近郊（旧農村地区）に存在する「境界」の発見は、実はこの「境界」が社会のどこにも存在するとの認識を立松にもたらし、その結果、立松は明治維新へと至る江戸時代末期の官軍と東北雄藩との戦いであった「戊辰戦争」に取材した作品や、戦後の混乱期を必死に生きた両親をモデルにした作品の執筆へと小説世界を広げていったのである。短編集『天狗が来る』（八四年）や長編『歓喜の市』（上下　八一年）などがその成果だったわけだが、「足尾」と「境界」という生涯を貫くテーマを発見した後のこの時期（一九九三年）、立松はもう一度「七〇年前後の学園闘争」の意味を確認するためだったのだろうか、『光の雨』という「政治の季節」に青春時代を送った者にとっては喉に刺さったとげのようになっていた「連合赤軍事件」をテーマとした長編を書き始める。

しかし、この立松の「自己確認の試み」は、「気の緩み」や「驕り」があったというわけではなく、たぶん言い訳にもならない「多忙」が主原因で、「連合赤軍事件」で死刑を宣告されていた坂口弘に、自著『あさま山荘1972』からの「盗用」を指摘されるという、作家にとっては「致命傷」となるような大失態を演じることになる。この「盗用」事件（『光の雨』事件）については、立松自身が認めるように「弁明の余地」のないものであったが、ただ立松が何故この時期に「連合赤軍事件」を素材に「七〇年前後の学園闘争＝政治の季節」についてその意味を問おうとしたのかについては、やはり「鬱屈と激情」において「ぼくの精神形成の多くは、七〇年前後の学園闘争におうところが大きい」と書いたように、立松自身の発語＝表現の「原点」だったから、と考える以外に答えを見つけることができない。

〈2〉「ブッダ」（仏教）との出会い

とは言え、先行した三田誠広の『漂流記1972』（八四年）が連合赤軍事件を「戯画化」して失敗したことを知っていた立松は、三田の轍は踏みたくないとの強い思いを持っていた。しかし、そのような「心配り」を持って始めた『光の雨』も、思いもよらず連合赤軍事件の当事者である坂口弘から

「盗作」を指摘されたことで、立松の文壇内＝現代文学の世界の位置を危うくする「盗作・盗用事件」としてクローズアップされることになる。朴訥な語り口と真摯に文学と向き合う姿勢から多くの編集者から可愛がられ、それまで順風満帆すぎるほどの歩みをしていただけに、自分が蒔いた種とは言え、立松は「致命的」な事件を起こしたということになる。この「盗作」事件が立松の「こころ＝精神」にいかに大きな「衝撃」を与えたか、以下のような「回想」はそれを如実に物語るものであった。

僕が謝って、彼が許してくれて、それで一件落着とならなかったのはどうしてなのか。（中略）とりわけ、マスコミに叩かれることは、マスコミを舞台に作品を書いてきた人間には生きながら火あぶりの刑を受けているみたいで、苦しいことでした。

あの坂口氏との手紙のやりとりから判断しても、連合赤軍のことを書こうとしたぼくと、その事件の当事者との関係は決して悪くなかったと思うのです。ところが、マスコミをはじめとする第三者、その周辺の部分から放たれた非難の対応が、ぼくには辛かった。多勢に無勢という意識もありました。攻撃してくる相手の個人の顔はまったく見えないのも、理不尽なことでした。（中略）

それにしてもこういう苦しい事件、もつれたトラブルを経験すると、ふだんは隠されている人間のいろんな部分が見えてくるものです。ぼくの側から一方的に言わせてもらえば、騒ぎの後方からヒュッヒュッと石や礫(こいし)が飛んでくる。振り向くと、それまですごく親しいと思って心を許していた人物が投げている。そういうシーンもたくさんありました。

（「地涌の菩薩に助けられて」『ぼくの仏教入門』九九年所収）

要するに、「順風満帆」で現代文学の世界を疾走してきた立松が初めて経験した「人間不信」と「裏切られた」思いについて語っているのだが、ここで忘れてはいけないのは、この引用でも明らかにしているように、立松は連合赤軍事件を小説化しようとしたとき、連合赤軍事件の当事者坂口弘の著作『あさま山荘1972』から「盗用（盗作）」したという事実である。立松の「人間不信」や「懊悩」は、全てはそこから始まったということである。その上で引用部分について考える時、一つのエピソードを思い出さざるを得ない。それは、この「盗作事件」が起こった時に一週間ほど「行方不明」になっていた立松と再会した時のこと、彼が筆者に話してくれたことで一番印象深かったのは、「誰とも会いたくなかったから、和歌山県新宮市に行って、毎日中上健次の墓の前で、何でこんなことを起こしてしまったのか、と中上に『悔恨』の思いを話していたんだ」ということであった。おのれの「驕り」や「油断」から起こったこととは言え、『光の雨』事件＝盗作事件を経験したからこそ、立松は人の「情け」というか「助け」というか、この社会が「共生・共助」で成り立っていることに改めて気づかされたのだろう。先の引用に続く次のような言葉は、その証である。

その一方で、この世には菩薩が隠れて存在しているんだなあとも実感した。本当に親身になって助けてくれる人がたくさんいたということです。えっまさか、と思えるような人が手を差し伸べてくれたり、名も知らぬ人からずいぶん手を差し伸べてもらいました。対人関係でも、ただ漫然と付き合っていたのでは見えない部分がたくさんあることにも気づきました。（同）

立松のこのような「覚醒」は、『光の雨』事件を経験した直後に、前から約束していたインドの仏跡を巡る旅の過程を記録した『ブッダその人へ』(「佼成」一九九四年一月号〜九五年十二月号　単行本九六年十一月刊)の中で行われるのだが、この本の中には立松が本格的に「仏教」への傾斜を強めていくことになった契機のことも書かれている。

そのヴェーサリーで日が暮れ、私たちは暗闇をパトナに向かっていた。エンジンの音が響いているほかには何の音もしなかった。相変わらず私は思索をつづけていた。日ごとに思索は深まっていくのがわかり、新しい小説の書き方もつかみかけていた。

その時、私の目の前の暗がりに小さな黄金色のものが浮かんでいたのだ。ブッダであった。私は沈黙のなかでブッダと向き合っていた。ブッダも沈黙していたが、姿を見せることによってこれほど雄弁に語ってくれることもなかった。私は静かにブッダを見ていた。(中略)黄金の仏を見ながら、私はこれからの生き方や、やがて書かれるべき小説のことを考えた。まず考えがおよんでいったのは小説を書く方法論であった。この時に考えた方法でじきに小説は書かれるであろう。(中略)「従地湧出品第十五」に説かれていることは、現実すなわち娑婆世界で苦難を堪えて生きるものこそ、仏弟子であるということだ。苦難の中で清らかに生きることから、菩薩行がはじまる。菩薩は娑婆世界の虚空(こくう)に住している。妄執に満ちた現実世界に生きながら、その現実に引きずり込まれることなく、泥水から生じる蓮華のように咲く。これこそが菩薩行である。

菩薩は娑婆世界の虚空に存在するということが大切だ。私たちが生きているこの空間のいたるところに菩薩はいる。現実に生きる私たちは、自分自身が菩薩になる可能性を持っているということだ。この世に生を享けたからには、菩薩にならなければならない。
（「黄金の仏」）

長い引用になったが、ここで重要なのは、立松が『光の雨』事件＝盗作事件によって一度「作家の死」を経験しながら、たくさんの「地湧の菩薩」に助けられる中でインド行を決行し、そこで「黄金の仏」を「幻視」することで「再生」へと至る道に確信を得たということである。言い方を換えれば、立松はこのインドの仏跡巡りにおいて、最初にインドを旅した時にも持参した岩波文庫の『ブッダのことば――スッタニパータ』（中村元訳）をポケットに忍ばせ、折あるごとにそこに記されている「ブッダのことば」を道標にこれからの道を考え続けていたのだが、そこで「黄金のブッダ」を幻視することになったというのである。もちろん、ここで問題なのは、立松が本当に「黄金の仏＝ブッダ」を幻視したかどうかではなく、『光の雨』事件で苦しんだが故に、立松は自分を助けてくれる「地涌の菩薩」が数多存在することに気づき、その結果「地涌の菩薩」の集合体というか、悩める衆生を「救済」する存在としての「黄金の仏＝ブッダ」を幻視することになった、ということである。ただ、第七章で詳述する宮内勝典も書いているように、「インド」という場では何が起こるかわからないところがある。「（黄金の）仏陀」を見たいと思っていた人間には、確かにブッダの姿は見えるだろうし、そのような幻視（現象）など鼻から信じない者には立松の体験など、まさに「夢まぼろし」に過ぎない。立松は、仏陀（仏教）と真に出会いたいと思ってインドへ行ったが故に、「黄金のブッダ像」をタクシーのフロントガラス越しに見ることができたのである。

つまり、立松はこの時のインド仏跡巡りの旅において「真に」仏教と出会ったと言っていいかもしれない。立松は、同じ『ブッダその人へ』の中の「法輪を転ずる」において次のように書いている。

> 絶望こそが、希望のはじまりなのである。絶望をおそれることはない。絶望とは思想の発展過程による第一歩で、ものごとはそこからしかはじまらない。
> 私はブッダの教えを身をもって知るのである。絶望は素晴らしい。絶望こそが人生の母なのだ。生きるとは、日常生活の中で苦行を続けているようなものである。人は誰でも人生の巡礼者なのだ。
> （中略）
> 私もまた巡礼者であった。絶望をなんとか希望に変えようと心の中で苦闘している悩める巡礼であった。絶望は素晴らしいのだが、それは苦悩を乗り越えてはじめていえるのだ。

このように手放しで「絶望」を賛美されると、思わず魯迅の「絶望の虚妄なるは、希望の虚妄なるに相同じい」（『野草』二五年）をそこに対置したくなるが、「希望」の源泉としての「絶望」という考え方を立松が得たということは、繰り返すが、それだけ『光の雨』事件＝盗作事件から立松が受けた心の傷が深かったということを意味していたのである。

その意味で、一九九三年十一月〜十二月にかけてのインド仏跡巡りの旅は、立松にとってターニング・ポイントとなる旅であった。その証拠に、先の引用にもあるように、インドへの旅の途中で確信を得た「新たな構想と方法」の下で、立松は事件から五年後に全く新しい『光の雨』を発表する。「盗作」問題を引き起こしたできるだけ現実に起こった「連合赤軍事件」を忠実に描くという方法を棄て、立てこもった軽井沢の別荘における機動隊との銃撃戦と「同志殺人」の罪で死刑判決を受けていた主人公が、時代が変わり、死刑制度が廃止になって「特赦」で娑婆世界に帰ってくるところから物語を始めたのである。そして、主人公は移り住んだアパートの隣人である若い高校生カップルに、なぜ自分たちが「革命」を夢見て青春を疾走したのかを語り、語り終わって後、静かに光の雨に打たれながら息を引き取っていくという結末を持つ物語に仕上げたのである。「正義」と思い続けてきた「革命の夢」を若い高校生たちに語る、つまり戦後文学を代表する作家の一人埴谷雄高が主張する「精神のリレー」を試みることは、自分たちが心ならずも「殺してしまった」同志へのせめてもの贖罪になることを信じて、主人公は光の雨が降り注ぐ中彼岸へと旅立っていったのである。主人公の次のような高校生たちに贈る「最後の言葉」こそ、立松が「絶望」と「懊悩」の中から摑んだ「生きる意味」にほかならなかった。

> あの時代を生きたものも、死んだものも、みんな普通の子どもだったよ。本当はみんないい子だったとぼくは思いたい。赤子のように震えて裸で生きていた。君たち二人とどんな違いもない。このいまを生きている君たちの夢は何か。ぼくらは革命の夢を見ていた。すべての人間があらゆる点で平等で、誰もがその天分を十全に開かせることのできる、いまだこの世に出現したことのない理想の世界を作ろうとする夢の虜（とりこ）なっていた。ぼくはもう死ぬのに、その世界がどんなものなのかま

だわからない。もちろんこの世に出現もしていない。誰もわからない世界をつくろうと真剣だった。たくさんの子供たちがそんな世界の夢を見ていた時代があり、その一人がぼくだった。君たちは僕らの子供のそのまた子供だが、夢を引き継いでくれとは絶対にいわない。こんなにも長くて苦しい物語を、本当によく辛抱して聞いてくれた。ぼく、は、こうして、一人、で、死んで、い、く、の、が、嬉、し、い。あ、り、が、と、う……。本、当、に、あ、り、が、と、う……

この主人公の「最期の言葉」は、あの六〇年代末から七〇年代初めにかけての「政治の季節」＝学生叛乱の時代を経験した立松及び同世代人の裡に秘めた思いを代弁するものであった、と言っても過言ではない。立松は、まさにこの主人公の「最期の言葉＝台詞」を書くことによって「再生」への道を確認したのではないだろうか。つまり、あの「政治の季節」において「革命の夢を見ていた」のも、また「いまだこの世に出現したことのない理想の世界を作ろう」としていたのも立松自身であり、あの学生叛乱に参加した者全員の「願い」でもあったということである。

立松の出世作は、多くの人が認めるように地方都市と近郊の旧農村地区の間に横たわる「境界」に生きる農業青年を主人公とした『遠雷』（八〇年）であったが、『春雷』（八三年）、『性的黙示録』（八五年）に続く第四作目の『地霊』（九九年十一月刊）は、『ブッダその人へ』の連載（「佼成」九四年一月号～九五年十二月号）が終わるころから書き始められ（「文藝」九五年春号～）、四年の歳月をかけて書き終わる（同誌　九九年秋号）。しかし、当初は都市部と旧農村地区の「境界」が現出する様々な問題に焦点をあわせた『遠雷』三部作の「続き」を書くつもりが、『光の雨』事件（盗作事件）を経てインドへと旅立ち、そこで『黄金のブッダ』を幻視したが故だったのか、いつの間にか「境界」の物語から「宗教」の在り方を問う長編へと、その作品内容が変わっていった。ここには、明らかに立松の「仏教＝ブッダ」体験が反映していたと考えていい。自分の欲望のままに殺人を犯して服役中の『遠雷』三部作の主人公が、仮釈放で帰郷し、そこで廃墟然とした住宅団地群とかつての親友が自分の母親を従えて新興宗教の教祖になっていることを知るが、その現実を素直に受け入れることのできない主人公は、流れに身を任せてソープランドで遊び、そのことが法律違反だということで仮釈放が取り消され、獄中へ戻っていくという『地霊』のストーリー、ここで立松が問うているのは、「盗作」事件の経験から意識するようになった「救済」とは何かということである。

「救われたい」と思っても、「救われる」ためにはそれ相応の心（精神）の在り様が問われるというメッセージが込められたこの『地霊』は、立松の「仏教」への傾斜という点から考えると、その以前の改作『光の雨』以後に書かれた『ラブミー・テンダー――新庶民列伝』（二〇〇一年）や、『下の公園で寝ています』（〇二年）、『不憫惚れ』（〇六年）、『晩年』（〇七年）などの「庶民＝タダの人」を主人公にした作品群に連動している、とも考えられる。さらに、『地霊』に関しては、『日高』（〇二年）、『浅間』（〇三年）、『二荒　ふたら』（〇七年　のち『日光』〇九年に改作される）の「生と死」を巡る物語群や、『木喰』（〇二年）、『奇蹟――風聞・天草四郎』（〇五年）を経て『救世　聖徳太子御口伝』（〇七年）へ、そして二〇〇〇枚を超える大長編『道元禅師』（上下　〇七年）から絶筆『良寛』（一〇年）に至る仏教小説群の基底をなす長編だった、という見方も可能である。また、次節に詳説する『猫月夜』（〇二年）から『寒紅の色』（〇八年）、『人生のいちばん美しい場所で』（〇九年）という在りのままに生きることがいかに「素晴らしい」かを描く作品群も、「仏教」の影響が色濃く反映していると言うことができる。

〈3〉「全肯定の思想」を獲得して……

立松が真の意味で「仏教＝ブッダ」と向き合うようになるのは、繰り返し述べてきたように、『光の雨』事件＝盗作事件によってそれまで経験したことのない辛い悲しい「地獄」を経巡るような経験、言い換えれば「作家としての臨死体験」を経験したことによるが、それはまた立松自身の生き方の根底に仏教（ブッダ）の究極の教えとも言うべき「全肯定の思想」が据えられたことでもあった、と言っていいのではないだろうか。立松の書いたものの中に「全肯定の思想」が最初に登場するのは、『ブッダその人へ』である。この書の第三章「死を見据えて歩む」の中に、次のようにある。

ゴータマ・シダッタが出家して求道(ぐどう)にはいったのは、この世は憂いに満ちているという苦の認識からであった。生老病死から人は逃れることはできない。一切皆苦(いっさいかいく)なのである。死が実際に見えるところまできて、この世は楽しいとブッダはいう。これは深い眼差しである。否定からはじまった求道の旅が、いつしか全肯定に変わっている。ここに救いがあるのだ。すべてを積極的に肯定していこうというブッダの世界観がある。

この世を全肯定しても、生きるかぎりは諸行無常(しょぎょうむじょう)に身をさらしていかねばならない。それが私たちの宿命である。そこに私たちの生の問題がある。

これは、見方を換えれば、『光の雨』事件によって経験した「苦＝作家としての臨死体験」を心底から認識することによって得た、立松の「一切皆苦を背負いながら、これからも生き抜いていく」という決意表明でもあったと言っていいだろう。そしてこの時、立松が「全肯定思想」の体現者として考えていたのは、他ならぬ宮沢賢治であったように思われる。立松は、同じ「死を見据えて歩む」の中で、「死の床にいき、そこから生還してきた心の怯えを率直に表現」した宮沢賢治の「夜」という詩を紹介した後、次のように宮沢賢治が辿り着いた「全肯定の思想」について書く。

> 死とは孤独なものである。どんなに華やかな生涯を送ってきた人でも、一人で死んでいかねばならない。まして宮沢賢治は我執を捨てた行者というべき無欲な人物である。孤独の深さが胸を打つ。私の父もこうやって旅立っていったのだ。
>
> 宮沢賢治は手帖に「雨ニモマケズ　風ニモマケズ」の詩を書きつけた。「ミンナニデクノボートヨバレ／ホメラレモセズ／クニモサレズ／サウイフモノニ／ワタシハナリタイ」とは、どんな迫害や困難にも耐えしのび、菩薩行をおこなって仏になった常不軽菩薩(じょうふぎょうぼさつ)を思い浮かべる。石を投げられても、杖で打たれても、常不軽菩薩は「われ敢(あ)えて汝等を軽しめず。汝等は皆当に仏と作(な)るべきが故なり」と礼拝(らいはい)した。私はあなたたちを軽んじない。あなたたちは軽んじられてはならない。なぜならあなたたちは菩薩行によって正等覚者(しょうとうがくしゃ)となる人だからである。常不軽菩薩はすべての人にこう語ったのだ。ここには人間への無限の信頼がある。肯定がある。

立松は、宮沢賢治の詩の一節をタイトルにしたエッセイ「労働を舞踏へ」（八三年）などを見ればわかるように、若い時から宮沢賢治の文学と考え方に惹かれていたが、それは宮沢賢治の生き方にそれとは分からないまま「どんな迫害や困難にも耐えしのび、菩薩行をおこなって仏になった常不軽菩薩」の姿を見ていたからではなかったか、と思われる。『ブッダその人へ』と同じころに書かれた「宮沢賢治と常不軽菩薩」（九六年）というエッセイの中で、宮沢賢治の「全肯定の思想」を基底とする生き方と、宮沢賢治と郷里を同じくする石川啄木の生き方とを比較して次のように書いていた。

宮沢賢治はどうなりたかったのであろうか。もちろん人には生きる上での理想があり、その上での生活がある。理想とはおおよそ夢のようなもので、めったにかなうことがなく、人は現実との差異に悩む。石川啄木の「悲しみ」はその典型的な例で、日本の知識人の感性は多かれ少なかれその差異から生まれてきたのである。文学はその感性に依拠していたがゆえに、そのにない手である文学者は貧しくなければならず、不遇のうちに夭折（ようせつ）しなければならなかった。

もちろん宮沢賢治も例外ではないのだが、差異の苦しみの中で、宗教的なきらめきをつかんだことが、終始苦しみと悲しみの中にいた石川啄木と違うのである。法華経読みの賢治は、現実をいたずらに悲しむことはせず、人生に対してより積極的であった。その態度が胸を打つのである。

この後、立松は賢治の文学的には高い評価を得ていない「不軽菩薩」と立松自身が「絶唱」と位置付ける「雨ニモマケズ」の二編の詩を引用して、結論として「賢治の理想は、私たちの理想である」と書きつける。立松が、四十年近い作家生活を振り返り、同時に「今ある現実」を受け入れる生き方を選んだ人間を主人公とする小説を書くようになったのも、立松なりに「全肯定の思想」とは何かについて、確信を持つようになったから、と思われる。そして、これが大事なことなのだが、「全肯定の思想」についいて覚醒するきっかけになった『ブッダその人へ』の「旅」や「執筆」、そしてその気付きに基づき書き改めた『光の雨』を完成させたのが、立松が五十歳前後の「老い」の入り口に差し掛かった時期であったということである。この立松が「老い」を意識し始めたということであれば、太宰治に倣ったわけではないのだろうが、立松が『晩年』と題する人の「生き死に」をテーマとする短編連作を、五十二歳の時に書き始めている（季刊文芸誌「三田文学」一九九九年夏季号〜最期まで）ことも、まんざら無関係という訳ではないだろう。二十九編の短編を集めた単行本『晩年』（二〇〇七年）の「あとがき」で、立松は次のように書いていた。


　私のまわりには、彼岸に旅立っていった人がなんと多いことだろう。その人々の列は、今もつづいている。時の流れとともに、人々は列をなして冥界へと向かう。もちろんその列に私もいつかは加わるのであるが、この世に在る間は、一人一人を惜別の念とともにていねいに見送りたいと願う。

（中略）

　棺の蓋を覆ってからでなければ、その人のことはわからない。そんな意味の諺があったが、生きている間は人には自我や見栄などがどうしてもあり、その人の本性はくらまされている。人は死ぬ時、その人を繕っていた属性が剝がれる。一瞬、ありありとその人自身として存在することがある。そのことこそまさに短編小説の生起する瞬間である。

このように身のまわりの死者について書いていくということは、私自身の人生について綴るのといっしょのことだ。

このような思いがあったからこそ、自らの人生を振り返るような長編『猫月夜』（上下　二〇〇二年山陽新聞や神奈川新聞など十八の地方紙に一九九九年二月十三日〜二〇〇〇年四月五日まで連載）を書いたのではないだろうか。一人の表現者たらんとして一心不乱にレンズをのぞき込む男とその男が世に出ることを願って毎日を過ごしている妻、そしてその娘。この夫婦は、夫が忙しくなってすれ違いが多くなったことから離婚することになるのだが、離婚してもなお彼らはそれぞれが「幸福であること」を強く願い続ける。このような男と女の在り方について、立松はこの長編の「あとがき」で次のように記す。

まだはじまらない時間が膨大に前方にひろがっている青年期なら、さほど意識しないですむことも多い。年齢を重ねるにつれ、喜びの体験も連ねてくるにせよ、人生の苦しさも厳然として意識しないわけにはいかない。人生は矛盾に満ちている。

「会うが別れのはじめなら」という。会うと別れはまったく反対のことであるにもかかわらず、一人の時間の流れの中に同居している。もっというなら、生と死とは両極のことであるのに、生きるとは死に向かっての一歩一歩であり、一方はなければ一方も存在せず、両者は深い関係にある。矛盾したことが一人の時間の中に流れているからこそ、人生は苦しいのだといえる。
この矛盾を背負った人生を自分自身も生きるように書くというのが、私の小説家としての一つの流儀である。誰でも不幸になろうとして生きているのではない。いつも幸福になろうとして、無数の選択を幸福に向かってしているのである。ところがなかなかうまくいかないのが、人生というものなのだ。

その意味で、立松が亡くなる一年前に上梓した書下ろしの『人生のいちばん美しい場所で』（二〇〇九年）は、まさに「特別」な人間ではなく極「普通」の人間が自分の心の命じるままに生きようとしたならば、どのような結果（境地）が待っているのか、を追い求めたところに成った作品ということができる。物語は、認知症を患った妻の介護に専念するため将来を嘱望されていた男が勤め先を早期退職し、夫婦二人きりの「汚物まみれの生活」を決意するところから始まり、老後を妻と共にキャンピングカーに改造したワゴン車で気ままに過ごそうと思っていた友人から、「妻が死んだので不要になった」と言って譲ってもらったその車で、認知症の妻と一緒に「思い出の地」を巡り、最後に那須の塩原温泉で至福の時間を持つというものである。主人公夫婦が夜遅く塩原温泉に着き、宿の下を流れる箒川（塩原渓谷）の岸辺にある露天風呂へ行く途中で思う次のような思いこそ、まさに「至福の時」であった。

裸で立っているとさすがに寒かった。私は先に湯に入って深さを確かめ、手を取って妻を導きいれた。管理されている露天風呂なので、湯加減もちょうどいい。肩まで湯に沈み、妻とならんで背中を岩の湯船の端につけた。月光が湯気を通して薄茶色の湯の中に染み、妻の身体を仄白く浮き上がらせた。乳房の先が少女のように尖っている。この妻を私は今でも美しいと思う。永遠に美しい。湯の中に手を伸ばし、思わず私は乳房をそっと掌の中にいれた。その柔らかさが、遠い日の四畳半の下宿で初めて妻の肌に触れた時の感激を蘇らせた。あの時の抜身の刃のような鋭さはとうに失われた。この女といて、もちろん私は幸福だった。もしかすると今幸福の絶頂にいるのかもしれないと、私は改めて思ったのだった。何かいいたくても、言葉が出てこない。めざしてきた花野とはこの湯の中のことかもしれない。

この長編に通奏低音のように鳴り響いていたのは、認知症の妻との生活という逃げることのできない現実を抱えながら、それでも必死になって「幸福と何か」、言い換えれば人生にとって「いちばん美しい場所」へ至る方法は何処にあるのか、という問いである。結局それは「妻との関係」の中、つまり「日常生活」の中にあったということなのだが、この結論こそ立松が「全肯定の思想」を手に入れることによって得た生き方に他ならなかった。

その意味で、もし立松が六十二歳という作家としては若い部類で亡くならなかったとしたら、その後の創作は必ずやこの『人生のいちばん美しい場所で』の延長線上で書かれたのではないか、と思われる。もちろん、絶筆となった『良寛』（二〇一〇年）のような「仏教小説」や『白い河――風聞・田中正造』（同）のような生涯のテーマであった「足尾」に関わる物語も書き続けたと思うが、繰り返すが、創作活動の中心はやはり『人生のいちばん美しい場所で』の線になったのではないか。それが、あの「七〇年前後の政治の季節」から今日まで生き抜いた者の使命だと思うからである。

それにしても、長編五十二編、中短編二一五編を収録した『立松和平全小説』（全三十巻＋別巻一　勉誠出版刊）が完結した今、立松和平という稀代の多作作家が、何を「求めて」小説を書きつづけ、この時代を駆け抜けて行ったのか。「夭折」とまでは言わないが、決して「十分に生きた」とは言えない立松の「無念さ」を思うと、今更ながら立松らの世代が背負わなければならなかった「責任」の重さを痛感せざるを得ない。たぶん、立松はもっともっと書き続けたかったのではないだろうか。仆れる三日前に行った筆者と立松との対談のタイトルは、「書くことは生きること」であった。

第四章　中上健次の回帰

〈1〉〝時代〟の只中へ

　中上健次の最初期の作品、具体的に言えば単行本『十九歳の地図』（七四年八月　河出書房新社刊）や『鳩どもの家』（七六年二月　文藝春秋刊）、『十八歳、海へ』（七七年十月　集英社刊）に収められた諸短編――それは今『中上健次全集』第一巻に収められている――ということになるが、それらの短編類を通読して感じ取れるのは、まず中上も他の同世代作家も、森鷗外や二葉亭四迷から始まるこの国の近代作家と同じように、「若書き＝粗削り」の時代があった、ということである。例えばそれは、処女作と言われる掌編集『十八歳』（「文藝首都」六六年三月号　原題『俺十八歳』）の「歌」の「Michell ma belle/These are words that go together well（以下略）」の後に置かれた次のような「若き」大江健三郎の文体に似たナラティヴ（表現・語り）に、よく表れている。

俺は胃の奥からしぼり出したような大声で、西川に教わった歌をうたった。そうどなりながら、小雨が乾いた舗道を遠慮しがちに塗ってゆく中を、自転車で疾走した。俺の中古の自転車はサドルのスプリングが馬鹿になってしまっているので、こんな良い道でも尻が鳴る程に痛くなる。いつでもきっと女の尻のように赤くなっている。

あるいは、次のような同じ『十八歳』の「川」の一場面。

息をきらせながら竹中の小路を駆けぬけた。小路を出るといきなり熊野川が視界に飛び込んで来る。陽の光を浴びて熊野川が輝いている。夏のにおいが鼻をつく。材木の香りだ。俺と弟は、夏の純白の光をあび、雄々しく流れ、蒼く白く光っている熊野川を見る。体のどこかがぴくぴく震える。互いに顔を見あわせた。俺たちはその一瞬に言葉を見失っている。弟は生唾を飲み込む。おびえたような声で、意味もなく俺にゆっくりとうなずく。俺と弟は同時に蟬取り用の網を放りなげ、急いで裸になったのだった。夏そのもののような熊野川をめざして走り出した。ふくよかな材木の香りの中に向かって歓声をあげながら走る。

「俺と弟」という設定は、中上自身の履歴に従ったものだとしても、中上の初期作品に金井美恵子が『全集』第一巻の挟み込み「一番はじめの出来事――中上健次の初期短編の成立をめぐって」の中で指摘しているように、大江の『飼育』（五七年）や初めての長編『芽むしり仔撃ち』（五八年）の影響を見るのは、今や「常識」になっていると言える。
もっとも、中上自身は初期作品が大江に似ていると言われるのを酷く嫌っていたようで、「文藝首都」時代の仲間（同人）であった勝目梓は、同じく『全集』第二巻の挟み込み「本気の人」で、次のようなエピソードを披露していた。

中上と親子ほど年齢の離れた編集同人の一人が、彼に面と向って『きみは大江健三郎のエピゴーネンだ』と言い、言われたほうが涙を流しながら、身を揉むようにしてはげしく反論するという一幕があったのも、そうした酒の席でのことだった。よほど悔しかったにちがいない。その悔しがりようが、いかにも若き日の中上健次らしくて、いまでも私はその場のようすを鮮明に思い出す。

この引用だけでは、勝目梓が「若き日」の中上のどの作品が同人仲間から「大江健三郎のエピゴーネン」と思われていたかどうかは定かでないが――こんなエピソードを披露したということは、半ば勝目も「文藝首都」の編集同人と同じような感想を持っていたのではないか、と思われるが……――、それとは別に中上が「大江健三郎のエピゴーネン」と言われたことに涙を流しながら年配の編集同人に抗議したということは、今思えばそれだけ「若き」中上も大江健三郎を意識していた、と言うことができる。東大在学中に『飼育』で芥川賞を受賞した大江は、「個人の自由」と「社会」や「歴史」との関係を重視する戦後文学の衣鉢を継ぐと公言してきたが、思春期の入り口で「六〇年安保闘争」を経験し、その後の高度成長期に青春時代を送った中上たち「団塊の世代」は、すぐ上の古井由吉や後藤明生、黒井千次らの「内向の世代」よりも大江にシンパシーを抱く傾向にあった。

そのことは、中上だけでなく第三章で詳論した中上を生涯「ライバル」視していた立松にしても、早稲田大学在学中に執筆した学生運動に取材した実質的な処女作と言っていい『溜息まじりの死者』（作品末に「六八年二月二十八日脱稿」と記されている。九〇年二月刊の『初期作品集二　つつしみ深く未来へ』六興出版、に初めて収録）――この一三〇枚余りの中編は、河出書房の「文藝」が募集していた「学生小説コンクール」に応募し最終選考にまで残るが、河出書房の倒産により日の目を見ることなく段ボール箱にしまわれていた作品である――を見れば、この世代の作家たちがいかに「大江健三郎のエピゴーネン」として出発したかがわかる。

僕は弟の眼窩の深刻な闇の深さを今目のあたりにし、僕の汚れた手をその闇に差しのべたいという衝動に、自責に身震いしながら耐えている。僕が弟に背負わせたあの暗がりを知り、なんとか僕自身のものとしようとするあがきが、僕の今までの生活のすべてだった。弟の痛みを共有することなしには僕の生活は少しも前進しないことを、僕は知っている。僕は今、こうして弟の直前に立って生々しい弟の闇を感じ、やり場のない呻きとともに自分の無力感に対する自虐の衝動に、少しの明るさを見い出す。僕の罪は加害者として顔中涙でひきつらせながら弟の暗闇を少しでも一緒に分け持つことで僕等は兄弟であることができる。僕らは兄弟としてやっていくしかない。

（立松和平『溜息まじりの死者』）

さらに、中上の初期作品に顕著な特徴を言えば、これも同世代作家と似ていると言っていいのだが、「自分探し」に悪戦苦闘していた様を全く隠そうとしていないところにある、と言っても過言ではないだろう。「大学受験」を理由に上京した中上がやっていたことは、予備校に通う振りをしてジャズ喫茶に入り浸り、そこで知り合った自分と同じような「フーテン」をやっている連中とハイミナールなどの市販されていた睡眠薬やマリファナを飲んで「ラリる」ことであり、文学談議、音楽談議に花を咲かせることであった。この頃の中上は、いつ爆発するかわからないようなマグマを「内部」に抱えながら、その日その日をやり過ごすような「荒れた生活」を繰り広げていたのである。処女作『十八歳』(「文藝首都」六六年三月)は固より、『JAZZ』(同　六六年十二月)、『隆男と光子』(同　同)、『海へ』(同　六七年九月)、『不満足』(同　六八年二月)など、「文藝首都」に掲載された作品は、まさに「方途」が見つからないままもがき苦しむ中上の真姿を伝えるものであった。当時の自分の在り様について、中上は秋山駿(司会)と佐木隆三との座談会「剝き出しにした生きざまを書く」(「情況」七六年三月)の中で、次のように語っていた。

決定的に滅茶苦茶やったよ。何が滅茶苦茶かというと、とにかく自分の肉体が邪魔なんだって感じでね。だから、喘息の薬、塩酸エフェドリン貰って注射でやったり、睡眠薬はほとんどやったし、それから鎮痛剤ね。そういう時に六・一五てのがあったんですよ、一〇・八の前に。僕はホントの偶然で、オモシロイかなって感じで行ったのですが、実にミジメな感じだったのです。はじめてデモに出て、そこはたまたまブントの旗の下だったんだけど。(笑)機動隊にけちらされて、雨でズブ濡れになって逃げた。僕は一〇・八は行かなかったんです。フーテン同士で行こうか行くまいか相談しながら、結局行かなかった。いや、行ったけど、遅かった。デモ隊が暴徒化しているときいて、とんで行ったけど、山崎君が死んだ後だった。その後、その夜、薬で酔いつぶれたのを憶えている。それで、一一・一二だっけ、あれに行った。それもまたひどいもんだった。俺が投げた石が当たらないで、機動隊の石に自分がぶつかったりしてね。（笑）

新左翼系の論壇誌「情況」であるが故のリップ・サービスもあっての、後半における「（一九六七年）一〇・八佐藤栄作訪ベト（ナム）阻止闘争」（第一次羽田闘争）や「一一・一二佐藤訪米阻止闘争」（第二次羽田闘争）と自分がどのように関わっていたかの「語り」だと思うが、冒頭の「決定的に滅茶苦茶やったよ」は、十代後半の中上が自分でも処理することのできないストラグル（もがき・苦闘）を胸中に抱えていたかを、如実に伝える言葉に他ならなかった。

また、中上は『岬』（七六年）で芥川賞を受賞した直後の、岡松和夫、岡田睦、高橋昌男、高橋三千綱、立松和平、秋山駿（司会）が参集した座談会「次代の書き手はどこにいるか」（「早稲田文学」七六年三月）の中で、秋山駿の「何か文学をやっていく上での、今もっている中心となるものを少しずつ言ってほしいんです」という言葉を受けて、次のように語っていた。

やっぱり生身を書きたいということかな。いわゆる〝知識〟というものじゃなくて、人そのものを書きたい。人と人が、生身と生身がぶつかってできるドラマを書く。つまり生身と生身がぶつかるときの決して心理でも知識でも、あるいは意識の流れとかでも捉えられないもの。もっと生であって、人間の中心を貫くものをパアッととってくるような文章。人が「いる」じゃなくて「ある」んだということを感じさせる文章。やはり現場に戻ってみると、生のことを、人間も生で、文章も生で、生のことを書きたいというところかな。

ここで連発されている「生身を書く」とか「生身と生身がぶつかってできるドラマを書く」とか「人間の中心を貫くもの」といった、「論理」ではなく「感覚＝生理」でしか捉えられないような中上の言葉を、司会の秋山駿を含めて座談会のメンバーがどれだけ理解していたかどうか。そのことに関しては明らかではないが、ここには芥川賞を受賞してもなお当時の中上は「書くべき主題＝表現したいもの」が明確な輪郭を持たないために、焦れて藻掻いている様子がよく表れている。

なお、この座談会で面白いのは、「女を書くことについて」という部分で、中上が「女を書くってことは、逆に男を書くって言うことになるってことですよね、当然。女から男を照り返さない限り男っていうのは出ない」と言っていることである。何故なら、中上の作品歴を見ていくと、『全集』の第二巻に収められた初期の諸短編の大半が「生身の人間を書く」、つまり様々な場面において「女を書く＝男を書く」作品を意識したものになっていると思うからである。具体的には、短編集『蛇淫』（七六年五月　河出書房新社刊）に収められた表題作や『荒くれ』、『水の家』、『路地』等、同じく短編集『水の女』（七九年三月　作品社刊）に収められた表題作や『鬼』、『赫髪』、『かげろう』等、『中上健次全短編小説』（八四年三月　河出書房新社刊）に収められた『羅漢』や『神坐』、『藁の家』、『幻火』等、主に一九七〇年代の中頃から八〇年代初めに書かれた作品には、「女＝男」を描くというより「性＝男女の動物的関係」を描いた作品が目立つ。例えば、次のような場面。

女と較べると初枝は交接する楽しみにも喜びにも無知同然だった。女は猛の性器の下で呻き、猛に乳房をもみしだかれるのがたまらなく甘く苦しいと自分から猛にあわせて腰を振り、猛に圧えつけられたまま体に力を入れ身を小さくすごめるようにして気を行く。終ると決まって猛を拭った。女は、猛の手を乳房に置き、猛に何度も唇を吸ってくれとすり寄せて、猛がいま一度自分の上に乗る事を待つ。猛は下に置かぬもてなしとはこのことだと一人わらい、いたぶってやろう、苦しみに呻くように呻かせてやろうという気が起こるのを待っている女を可愛いと思った。（『蘖の家』）

まるで、一時期夕刊紙や芸能週刊誌で流行った川上宗薫や宇野鴻一郎の「ポルノ小説」や「官能小説」を想起させるような「生身」の男と女の「性（セックス）」表現だが、中上は自分が育った紀州（新宮）における「男と女の関係」はそんな生易しいものではなく、「性＝生の根源」から発したものだとばかりに、例えば『赫髪』では次のような書き写すのも恥ずかしくなるような描写を繰り広げていた。

蒲団に入って女が裸の体を擦り寄せ、光造の手を以て自分の女陰に触らせ、耳に「なあ濡れてるやろ?」と息を吹きかけて言った。女は光造が仕事に出て行った後からたまらず自瀆したと言った。

乳首が張ってチクチク痛んだ。体の中に消し忘れた火がありそれが間断なしに女の柔らかい肉の体をおおい、靴下のにおい下着のにおい部屋の中にこもった男の不思議なにおいが苦しくてたまらず指で傷をつけないように自瀆した。女は裸に裸をすり寄せてその温もりを楽しむのか、

「夜まで帰って来なんだらこんなふうにしてくれる人のとこへ行てしまおかしらんと思たんよ」

と言い、光造の体を上に乗せようと胸を起こしにかかる。下になった女は足を立て腰を上げ光造が中に入ると思い切り声を上げた。声は押し潰される子宮の奥から胸の中を通って胃に這い上り、そこが苦しみの中心だと言うように声を上げた。（中略）何人の男を女はこんなふうに迎え入れて来たのだろうと光造は女が徐々に身が硬く締まりはじめるのを感じながら考えた。女の夫はこんなふうにして夜毎女と交接し、女を苦しめ責め苛んでいたのだろうか。光造は女と同時に射精しながら、体中でおこりが起こったような快楽の一瞬に、女の色艶の悪い赤い髪がその夫の趣味なのだと思った。（中略）性器に刺し貫かれる女陰を観ながら女が声をあげ、女陰をしっかり閉ざすように腰を左右に動かす女の楽しみは、夫が教えたものだった。

大江健三郎は、中短編集『性的人間』（六三年　新潮社刊）を上梓する前後、具体的に言えば外国人相手の娼婦を主人公に、性的不能者と同じような状態にあった占領時代の日本を物語化したような長編『われらの時代』（五九年　中央公論社刊）を発表以後、頭蓋骨が欠損した子供を授かった若い夫婦の葛藤を描いた『個人的な体験』（六四年　新潮社刊）を書くまでの数年間、アメリカの現代作家ノーマン・メイラーの「二十世紀後半の文学的冒険家にのこされた未開地はセックスの領域だけだ」の言

葉を信じたのか、立て続けに「性」に関わる評論を発表する。第一エッセイ集『厳粛な綱渡り』（六五年　文藝春秋刊）の第四部「性的なるもの」に収められている、「われらの性の世界」（「群像」五九年十二月号）に始まって「性のゆがみと文学」（「朝日新聞」六三年二・三月号）で終わる一連の諸論考、例えば「『われらの時代』とぼく自身」（六三年六月　新潮文庫『われらの時代』あとがき）の中で、大江は自らの「性」表現について、次のように書いていた。

A　ぼく自身は、性的なるものを表現するにあたって、直接的、具体的な性用語を頻発する、むしろ濫用するくらいだ。ぼくは性的なるものを暗示するかわりにそれを暴露し、読者の性的なるものへの反撥心を喚起しようとさえする。

B　ぼく自身にとって性的なるものは、外にむかってひらき、外の段階へ発展する、ひとつの突破口であって、それ自体としては美的価値をもつ《存在》ではない。別の《存在》へいたるためのパイプとしての《反・存在》として、小説の要素となっているものであって、ぼくはぼく自身の目的へ到るためにそれをつうじて出発する。

さらに続けて、次のように読者を「挑発」する。

ぼくは読者を荒あらしく刺激し、憤らせ、眼ざめさせ、揺さぶりたいのである。そしてこの平穏な日常生活のなかで生きる人間の、奥底の異常へとみちびきたいと思う。その手がかりとしての性的なるものを方法に採用したのであって、ぼく自身は性的なるものが目的世界をかたちづくる要素のひとつとなっている、ロレンス風の流派とはちがう場所にいるつもりだ。
それでは性的なるものを方法として、ぼくがなにをめざしているかといえば、それは先にこの小説（『われらの時代』―引用者注）を書きはじめるときの意図としてのべたとおり、反・牧歌的な現実生活の研究をおこなうことである。そして、現実生活の二十世紀後半タイプの平穏なうわずみをかきたて、なめらかな表層をうちくずすために、性的なるものがもっとも有効な攪拌機、あるいはドリルだと信じるからである。

ここまで引用すれば、『全集』第二巻に収録されている中上の「ポルノ小説」ばりの諸短編は、大江の「性的なるもの」を書くという『われらの時代』や『性的人間』執筆のモチーフから影響を受けたのではないかという言い方を、中上本人が認めなくとも誰も否定できないのではないか。中上たちの世代は、先の立松和平もそうであったが、誰もが先行する大江健三郎の強い影響を受けて出発したのである。
そのような「初期」中上の在り様について、中上と同時期「文藝首都」の同人であった津島佑子は、初期短編を収めた集英社文庫『十八歳、海へ』（八〇年七月刊）の「解説」で、次のように書いていた。

同時代の人間の作品は、この意味で、よりきわだって、読者の個を刺激するということが言えるのだろう。逆に言えば、たとえ同時代の人間の書いたものであっても、そこに、時代によって与えられているものに対する〝困難〟が希薄にしか、作者に意識されていないのならば、読者にとっては、うっとうしいだけの作品になってしまうということにもなる。テーマで表層的に、〝時代〟と取り組んでいても、それは必ずしも〝時代〟のなかにしか生きることのできない人間である自分自身と作者が取り組んでいるという証拠にはならない。テーマ、ということならば、それを選ぶのは、むしろ、作者の内発的な、孤立した力の望む仕事だと、私には思える。〝時代〟がその作者に与えるものは、小説の場合、やはり言葉であり、文体である、と言えるだろう。

さらに続けて、次のように書いている。若き時から中上の在り様をよく知る作家の言葉として、重く受け止める必要があるだろう。

「十八歳、海へ」という、中上健次の初期作品集を読み返しながら、私が得た感想は、この作家は、まるで抵抗することを知らない幼児のように、〝時代〟をその身に引き受け、そこから自分を表現することしか知らない作家として、はじめから呼吸をしていたのだな、という感嘆の念だった。まだ初期の作品であるから、ここにある作品は、別な言い方をすれば、〝時代〟を引き受けることによって生じる〝困難〟が、作者の内発的な力を、この段階では、見えにくいものにしてしまっている、とも言える。(中略)あくまでも、作者自身の内発的な力を表現するには、自分に与えられた〝時代〟が必然的に要求する言葉、文体を用いらなければならなかった。すでに前の時代に完成された表現方法を手本にすることはできない。しかし、ではどのように表現すればよいのか。誰も教えて

くれることではなく、自分で悪戦苦闘しながら、その答を見つけるしかない。(傍点引用者)

この津島佑子の言葉を「初期」の中上作品に当て嵌めて言い換えるならば、作者は混沌とする「時代」の全てを引き受けようとしながら、どこに着地するかわからないような「行き場を失った内発的力」を持て余し、その「内発的な力」に翻弄されていた、ということになる。

〈2〉「紀の国・熊野」へ、回帰

津島佑子に、「どのように表現すればよいのか。誰も教えてくれることではなく、自分で悪戦苦闘しながら、その答を見つけるしかない」と言われた中上が見つけた答は、一度は飛び出して来た「紀州(熊野・新宮)」への回帰であり、「路地」の再発見にほかならなかった。短編集『化粧』(七八年三月講談社刊)に収められた『修験』(「文藝」七四年九月号)から『虹の滝』(「季刊芸術」七七年十月)に至る諸短編は、「作者自身の内発的な力を表現するには、自分に与えられた〝時代〟が必然的に要求する言葉、文体を用いらなければならなかった」(前掲引用)と自覚し、「発語の根拠」が生まれ故郷の「紀州(熊野・新宮)」に存在していることを確認するものだった、と言えるからである。連作集『化粧』の冒頭に置かれた『修験』には、「紀州(熊野・新宮)」に帰還し「紀州」とはどんな場所であったのかを確かめようとしている「中上健次」を彷彿とさせる男が描かれている。

> 彼は熊野川沿いの道をバスで遡り、瀞（どろ）村から、那智に抜ける道を選んで歩いてきたのだった。彼は身長一メートル七十三センチ、体重九十五キロの、戦後の今日でもけっして普通ではない大男の類に入る人間だった。彼は高校時代に相撲と柔道をやっていた。（中略）大男、総身に智恵がまわりかね、とは、この男のことをさすのだと、ひそかに彼の近辺にいる者は思っていた。熊野というのが、いったいどういうことを意味するのか、どういう処なのかさておいて、熊野の男だというその言葉だけで、あいつはああそうかと、人を合点させるところがあった。（中略）
>
> 大男、総身に智恵がまわりかね、とは、大男が薄のろだというのではなく、その大きな身体をもてあまし制御できかねているということだろう。大男とは、体力と生命力がありすぎる者のことでもあると言って良い。（中略）大男というのは、普通の身長、体重を持った者から較べると、そこに座っているだけで、なにやらきなくさく暴力のにおいがするものである。熊野の山を徘徊していた修験僧は、彼と同じような大男であったと言える。大男どもが、あり余る体力と生命力をなんとか減じようとして、歩きまわり、足首に麻縄をくくりつけ崖っぷちからぶらさがり、法華経を憶持することをしていたとも言える。

この『修験』には、「彼」が「女との間に娘二人が出来、女の両親とローンの返済を折半することにして、手狭になった貸家を払い、東京の郊外の建売に移った。そこで、娘二人と女、その両親と、合計六人で住ん」でいる、とも書かれていて、特別な存在ではないことが強調されていた。

また、足早に言ってしまえば、中上の「紀州（熊野・新宮）」への回帰は、津島佑子などとは全く異なった場所から表現を始めた同世代作家金井美恵子が、『全集』第一巻の挟み込み「一番はじめの出来事」で指摘しているように、「（自裁した）兄の死」を核とする「死」を司る場において人間の在り様を考える試みだった、とも考えられる。「熊野那智の青岸渡寺が、西国三十三ヵ所の一番札所であるためか、それとも、その町が、熊野の真中に位置するためか、子供の頃から行の者、遊行の者をみてきた。」で始まる連作集『化粧』の第四作目『浮島』に、次のような文章がある。

熊野三山のひとつである速玉神社に関して、羽市木の花の窟のすぐ裏に住む一遍上人研究家の清水太郎氏にうかがうと、神社とは、又、死体の集まるところだったのだろうと言う。そう言われれば、阿須賀、速玉は、川のそばにあり、よくそこで、川遊びの、水にのまれた子供の死体が、みつかる。速玉、神倉の神章が、鴉を元にしたヤタガラスであることもわかる。また、ひょっとすると、こうも言えるかもしれない。那智の青岸渡寺と大社は鳥葬、海辺にある補陀落寺は水葬、新宮の神倉は鳥葬、王子、阿須賀、速玉は水葬の、死体が集まるところだった。死体の魂を呼び、鎮めるところだった。その町は、死んだ者の魂と生きている者の魂の、行き交うところであった。

「紀州（熊野・新宮）」は、「死体の魂を呼び、鎮めるところだった。その町は、死んだ者の魂と生きている者の魂の、行き交うところであった」とする中上の言葉を信じるならば、中上が「紀州（熊野・新宮）」に還ったのは、「死んだ者の魂と生きている者の魂の、行き交うところ」を求めてのことであった、と言っても過言ではない。つまり、「死んだ者の魂と生きている者の魂の、行き交うところ」

というのは、抽象的・宗教的に言えば、「死者と生者が交感する場」すなわち「聖地」ということになるが、「中上健次」という一個の人間存在に即して考えれば、中上は自己の拠って来る所以を求めて「紀州」に還ってきたということになる。

第七十四回（昭和五十年度下半期）芥川賞を受賞した『岬』（「文學界」七五年十月号）は、中上が何故「紀州」に帰還せざるを得なかったのかを明らかにする作品と言うことができる。結論を先に言ってしまえば、中上は『岬』において、「国文学　解釈と鑑賞」一九七八年十二月号の松田修との対談「物語の定型ということ」の中で、松田が絵解きした次のような中上文学の主題（問題）を突き詰めた結果と考えられる。

> この対談で初めから面倒な時間の問題を出してしまいましたが、中上さんに即して申しますと、どうしても空間の問題、地域的な問題が強く浮上してくると思うんです。特に「紀州」の問題、「熊野」の問題――それは母体への回帰の願望にも必然的に繋がっていき、親とは、子とは何だろうかという問題にも入っていくだろう――もちろん時間と空間は、クロスオーバーしていることでしょうが、そういう空間の問題からも、いろいろお話を聞かしていただきたい。中上さんの作品に接するとき、今日私どもがどうしても、いやがおうでも、直面する問題は、やはり一種の原郷さがし、私はなぜここにいるのか、ここは何かという、そういう問題があると思います。（傍点原文）

本来、「原郷」が言語学で言うところのある語族の祖語が拡散し始めた場所を指すことを考えれば、中上の短編集『化粧』から明確になった「紀州」への回帰は、自分の小説=表現（発語）の根拠が「紀州・熊野」にあるとの覚醒がもたらしたもの、と言うことができる。このことを作品に即して言うならば、『岬』の主人公「秋幸」の日頃「余計なものをそぎ落したい」と思っている次のような「生活」スタイルに、中上の「原郷さがし」がどんなものであるかがよく現れている、と言えるだろう。

離れの四畳半が、彼の部屋だった。（中略）部屋を飾りたてたり、部屋に物を置くのは、彼の性に合わなかった。高校時代もそうだった。高校卒業して、半年ほど勤めた大阪の建設会社にいた時も、寮には蒲団一組と、下着、衣服のたぐいしか置いてなかった。同僚は、けげんな顔で彼をみた。部屋で、寝て、起きる、いまでもそうだった。女のことさえ、考えたくなかった。やっかいな物一切を、そぎ落してしまいたかった。土方仕事から帰り、風呂に入り、飯を食い、寝る。起きて、顔を洗い、飯を食う。朝、日が入ってくる時は、いや、雨が降らない限り、ちぢみのシャツを着て、乗馬ズボンをはき、地下足袋に足を入れた。毎日毎日繰り返していることだった。日差しは濃かった。母屋では、義父と、義父の子の文昭が、飯を食っていた。

この引用から判断するに、主人公が「そぎ落したい」と願っているのは、「生」を支える最低限度の「労働」――しかもそれは人類が採取生活から稲作や狩猟生活をするようになって身に付けた「肉体労働」――以外の全ての「余分なもの」であり、物語を読み進めていくと判明するのだが、その「余分なもの」を具体的に象徴するのは、自分の「実存」を規定しているといっていい「血のつながり=

血族」、と考えることができる。何故なら、主人公「秋幸」は、父親の異なる三人の姉と、母親が再婚した男（竹原繁蔵）の息子、つまり義理の兄弟と「家族」の関係にあるが、自分の実父は「浜村龍造」という周囲から特別視される男であるという「複雑な血族（関係）」を背負って毎日＝日常を送っている。また、「秋幸」には自殺した異父兄（郁男）がおり、彼が何故自宅の庭の木で首をくくらなければならなかったのか、という疑問に日々呪縛されてもいる。しかも、続編の『枯木灘』では郁男や三人の姉たちの叔父「弦」が二番目の姉と結婚した男の妹の夫に刺殺されるという事件も起きる。つまり、『岬』の主人公「秋幸」は、「死」に囲繞された「日常」を送っており、そのような日々から脱出したいと思う「願望」を封印している。

さらに言うならば、そのような「血」や「死」に囲繞された環境に対して、主人公は「女を買う」という「ささやかな抵抗」とも言うべき行動に出ることによって打開を図る。

天井からぶら下がった蛍光灯に、赤い豆電球を取りつけたものだった。それが点いていた。彼には、その弱い光のむこうは見えなかった。むし暑かった。女は、彼に顔をむけてみていた。二人とも素裸だった。

女はあおむけに寝た彼に、おおいかぶさった。乳房で、彼の胸をこすった。彼の性器に手をまわし、「ほら、また、もうこんなになってるやんか。サービスしたるわ」と、女の中に入れようとする。女を体の上から降ろした。（中略）

さっきまで、町を歩きまわっていた。（中略）彼は一人になりたかった。息がつまる、と思った。

母からも、姉からも、遠いところへ行きたいと思った。あの朝、首をつって死んでいた兄からも自由でありたかった。（中略）自分は、一体なんだろうと思った。母の子であり、姉の、弟であることは確かだ。だが、それがいやだった。不快だった。

（『岬』）

そして、主人公「秋幸」は、歩き回った飲み屋街で買った「女」を、自分が憎み続けてきた「男＝父＝浜村龍造」が自分の母親とは別な女に産ませた「妹」と幻視し、次のように思う。

乳首に歯をあてて噛んでみた。あの男も、こういう具合に、女とやったのか？「いやあ、いやあ」とまた女は言った。首を振った。乳首を離した。歯形が赤くついていた。自分が、あの男の子供を犯そうとしている、と思った。あの男そのものを凌辱しようとしている。いや、母も姉たちも兄も、全て自分の血につながるものを凌辱しようとしている。おれは、すべてを凌辱してやる。女は、彼の首に手をまきつけたまま、呻く。女の奥の奥まで、性器は入っていた。女は目を閉じ、声をあげる。妹か？　と彼は、訊いた。ほんとうに、あの、別れたままの、あいつの血でつながった妹か？女に頬をすりよせた。愛しい。愛しかった。子供の頃から、おまえのはなし聞くたびに、どこでどう暮らしているのか、思案していた。彼は、射精した。女は、きょとんとした顔をしていた。

妹と姦った。妹と知って、姦った。彼はそう確信したかった。けもの、畜生。人にどうなじられてもかまわない、いや、人がどう嘆いてもかまわない。

（同）

心底で「血のつながり＝家族」を拒絶しながら、また同時に否応なく「血のつながり＝家族」を求めてしまうアンビバレンツな主人公の心情は、まさに作者中上健次の心情と言っていいのだろうが、それにしても「家族」を拒否しながら、同時に「近親相姦」の関係になることを承知で、それでも「家族」を求めてしまうというアンビバレンツの心情の先に、袋小路からの脱出口は果たして見出せるのだろうか。『岬』の主人公「秋幸」は『枯木灘』では「二十六歳」になっているのだが、『岬』の時代と変わらず、「複雑な血のつながり」の中で「家族」とは何かを自問しつつ、「父」なる存在の余りの大きさに戦きながら、葛藤＝求道の日々を過ごしている。

　秋幸は二十六歳だった。（中略）日のはじまりと共に働き、日の終りと共に土を相手に体を動かすことをやめる。日に照らされ、光に染められ、季節の景色に染められ、秋幸は自分が一切合財なくなり自由になる気がする。複雑な血のつながりの中にいることは確かだった。だがそれは秋幸だけに限らなかった。文昭も徹も、そして洋一さえもそれ相応に絡みあった関係の中にいる。
　その男龍造蠅の王が、秋幸の実父だった。その蠅の王の周りにはいつも、噂が立ちのぼっていた。大きな男だった。どこの馬の骨やら、と人は言った。或る時、こんな噂が流れた。熊野の有馬の土地に、浜村家先祖代々の碑をたて、元をただせば馬の骨などではさらさらなく、戦国の時代、織田信長の軍に敗れた浜村孫一という武将が先祖である、と言いはじめた。人の失笑を買っていた。「金があればご先祖様までえぇのんと取り換えできるんかいの」人は言った。「そんなことまでして、町の人の仲間入りをしたいんかいよ」一度その碑を見てやろうと秋幸は思っていた。（『枯木灘』）

ここに出てくる「そんなことまでして、町の人の仲間入りをしたいんかい」という言葉が何を意味するのか。これは、「秋幸」も、また「蠅の王浜村龍造」も、さらに言えば秋幸の「家族」も「町の人」には属していない、ということを示唆しているのではないか。

〈3〉「路地」とは何か？

中上健次文学を解読する際の最重要キーワードとも言っていい「路地」が明確な輪郭をもって作品の中に登場するのは、『枯木灘』においてである。それは、以下のような形をもって登場する。

二十六歳なのだった。郁男の死んだ年齢を二年間ほど超えていた。体が大きかった。結婚話もあった。

道をさらに左に折れ路地に入った。路地の家のことごとくは窓をあけはなち、玄関をあけていた。中でテレビに見入っている家もあった。家の前には決まって涼台があり、ステテコ一枚の男や寝巻のような袖なしの服を着た女たちが座っていた。秋幸は歩きながら、その涼台や家の中から、自分を見ている眼があるのを知った。いつも誰かが見ているのだった。秋幸だけに限らずこの路地に入ってくる者はきまって物陰、窓のすき間、路地の家の前や隣の家とのわずかな土地に植えた樹木や草花の陰からの眼に見られていた。三歳の秋幸を刑務所から出たばかりの男が、一目確かめようとしてやって来た時もそうだった。

ここに出てくる「路地」の在り様は、つまり「一般名詞」としての「路地」と言ってよく、どの都会の下町や地方都市の一画に存在するものと「同じ」であるかのように見える。しかし、この長編を読み進むと、「路地」が「特別な」相貌と内実を持った地域であることが判明する。言い方を換えれば、「路地」は中上の文学に馴染んだ者には、彼の文学を解読する重要なキーワードの一つとして存在するということである。

路地では、いま「哀れなるかよ、きょうだい心中」と盆踊りの唄がひびいているはずだった。言ってみれば秋幸はその路地が孕み、路地が産んだ子供も同然のまま育った。秋幸に父親はなかった。秋幸はフサの私生児ではなく路地の私生児だった。私生児には父も母も、きょうだい一切はない。そう秋幸は思った。（中略）

秋幸は男を見ていた。その男は、駅裏のバラックに火をつけ、その足で路地にあらわれたのだった。男は路地に火をつけようとした。火をつけて、路地を消し去ろうとした。その路地は何処からきたのか出所来歴の分からぬ男には、通りすがりに立ち寄った場所だが、秋幸には生まれ、育ったところだった。共同井戸、それは、まだあった。路地の家のことごとくは、軒下に木の鉢を置き花を植えていた。愛しかった。秋幸は川原に立ち、男を観ながら、その路地に対する愛しさが、胸いっぱいに広がるのを知った。長い間、その気持ちに気づかなかった、と秋幸は思った。竹原でも、西村でもない、まして浜村秋幸ではない、路地の秋幸だった。盆踊りが今、たけなわであるはずだった。

（『枯木灘』）

過去の出来事と現在、及び主人公秋幸の「路地」への思いが複雑に絡み合い分かりづらい文章になっているが、要するに秋幸にとって「生」の全てを保障する場、つまり「存在証明」してくれる場が「路地」だということである。

では、その「路地」は具体的にはどのような場であるのか。『枯木灘』には具体的に書かれていないのだが、『枯木灘』に遅れること約三年、「群像」の一九八〇年六月号から八二年三月号まで断続的に連載された短編集『熊野集』（八四年八月　講談社刊）の所々に、「路地」の特殊性が書き込まれている。

その夜、妙に居たたまれず、駅前通りで靴店を経営し、俳句をつくる松根さんを呼び出し酒を飲んだ。狭い新宮の町で最近になって同じ路地の出の者として付き合い、松根さんが私の小説に単に男とも浜村龍造とも名をつけられて登場する実父の血筋だと知ったのだった。浄らかで純粋で無垢で、ナマケモノで、甲斐性がない人間ばかりだと路地を言い、それが有難いとも歯がゆいとも思うその二人が話すのは、路地の事ばかりだった。路地には実父と弟や妹がいた。（中略）

路地の実父の家は決して他の家よりは裕福ではなく、博打を打ち、ヤクザ同然の者として名を売った者の常として、世の中が静まってから土方にくらがえし組をつくっても、少し小金がたまるとムズムズと鼻が動くのがなおらず小さな博打をくり返し、組をつくって十年たって使っている人夫一人もなく、自分の二人の息子と女房の四人で義父の組や姉ムコの組が鼻先で嘲うようなドブさらえや土かきのホマチ仕事を請負ってやっていた。（『桜川』）

ここからは、未だ「抽象的」な言い方でしか「路地」を表現できない中上の「もどかしさ」も感じることができるが、それでも「路地」が「一般」の市街地とは異なる都市（地域）の一画であり、独特な「血縁」で結ばれた場所であることだけは明らかにされている。ただ、例えば『花郎（ふあらむ）』には、「路地の言葉ははっきりと他の地区と違った」とあり、また『石橋（しゃっきょう）』には、中上の「思い込み（幻想）」がつくり出したとしか思えない「路地が、新宮という土地が町として成立する為につくりだした幻想、鏡のようなものなら、それは、ヨーロッパの共同幻想が産みだしたアウシュヴィッツと同じでありラーゲリであり、病院であり、刑務所であるはずだった」というような言葉もあるが、「路地」が紛れもなく「被差別部落（未解放部落）」であることが、『熊野集』の最後に置かれた『鴉』――この短編は、所謂「文学者の反核運動」（正式には「核戦争の危機を訴える文学者の声明」の署名運動）を批判する文面に満ちていたので、「反・反核」を代表する言説の一つとして被爆詩人（歌人）の栗原貞子らに批判された――の中で明らかにされた。中上はこの短編の中で、「路地」の再開発を巡って地主（玉置）と地方資本（おおくわ）、及び路地の土建屋が結託していることを暴きつつ、次のように書く。

ソノ路地ノサナガラ白人ニダマサレタいんでぃあんト同ジヨウナ話ニ反対シテ老婆ラノ先ニ立ッテ意見ヲ代弁シヨウト言ウ青年ハ路地ノ中ニハ誰モナカッタ。他所ニ住ム私一人ガケシカラント息マクダケダ。私ノ眼ニハソレハ市ト市内ニすーぱーまーけっとヲ五ツ持ツおおくわト地主ノ玉置ガ結託シ、ソレニ仕事ヲ狙ウ路地ノ土建屋ラガ後押シシテイル事ダト見エテイタ。（中略）玉置ハ代ガ替ッテカラやくざニ入リコマレ借金デ破産状態ニナッテイル。市ニトッテハ古イ町ノ近代化ニ都合ガヨイ。ソレデ路地ガ被差別部落デモアルカラ同和予算デ県ヤ国ノ指示ヲ仰ギ、マズ山ヲ取リ路地ヲ取ッテ路地出身ノ土建屋ラハドレクライモウケタノダロウカ。路地ノ中デハりべらるナ考エハ通用シナイ。金ヲモウケタ者ハ正義デ、金モウケカタヲ知ラナイ者ハ単ナル馬鹿者ダ。（『鴉』）

短編連作集『熊野集』は、読者には「虚構（フィクション）」というより、中上自身の考えや感性を率直に語った「私小説」的な作品群と言っていいと思うが、中上作品の中には『熊野集』よりもさらに率直におのれ自身の在り様と「熊野・紀州」及び「路地」との関りに言及した『紀州——木の国・根の国物語』（「朝日ジャーナル」一九七七年七月一日号〜七八年一月二十日号まで二十五回連載　七三年七月　朝日新聞社刊）というか、紀行文集というかノンフィクションというか、中上文学を解読するのに重要なルポルタージュ集がある。何故この一冊のルポルタージュ集が重要かと言えば、このルポルタージュ集の中で、以下に見るように「路地」が被差別部落（未解放部落）であるということが、中上の「被差別部落（未解放部落）」論と共に明記されているからにほかならない。言い方を換えれば、初期の『化粧』や芥川賞受賞作品『岬』、さらには中上健次という作家が現代文学の世界でかけがえのない表現者であり思想家であることを証明した『枯木灘』などでは、必ずしも明言しているとは思われない「路地＝被差別部落（未解放部落）」という定式が、このルポルタージュ集では明らかにされていたということである。

更に言うならば、『紀州――木の国・根の国物語』は、中上の生まれ故郷である新宮をはじめとして紀州＝紀伊半島の各地に存在する「被差別部落（未解放部落）」を探訪した記録であると同時に、中上の「差別（被差別）」論、「被差別部落（未解放部落）」論になっている、ということである。

この女性のいう「出生の秘密」とは、自らが被差別者だ、ということであるが、この話を聞いて、言葉もない。「うちの子供らは戸籍を取ると出生地はどこどこの市ということで届け出はあるけど、それ以外の番地は書いてないわね。私なんかも一人になって新戸籍で親兄弟みんなはずれていたやつやさか」。

切って血の出る物語とは、ここでは被差別者であるとの烙印をわれとわが腹の子からぬぐいとろうとする努力である。差別、それは人まで殺す。差別、被差別、口ではたやすい言葉である。簡単に差別は生み出され、差別するが、烙印を押された以上、簡単には被差別から抜け出すことは出来ないのが、この日本社会の構造である。戸籍を何度変えようと、この社会で今現存する被差別の要件のすべてを逃れたとは言い難い。所謂差別語なるものが、穢多、非人から新平民、水平社、と次々、その時代に合わせて〃差別語〃として使われてきたことからも明らかである。その女性の話を聞きながら、藤村の『破戒』における瀬川丑松を想った。切って血の出る物語を経過しているのであるなら、パスする、通り過ぎて素知らぬ顔で暮らしてよい、と私は思った。（「有馬」）

「切って血の出る物語」と島崎藤村の『破戒』がどういう関係にあるのか、また戸籍を何度も変える女性の話と『破戒』がどうつながっていくのか、今一つ分かりにくい部分もあるが、中上自身が「被差別部落（未解放部落）」の出身であり、常に「切って血の出る物語」を求めていることだけは、理解できる。更に言えば、「部落問題、この多様で無限にひろがるそれだけに深刻な課題の解決に迫られつづけているのが地方自治体である。ノイローゼになる市町村長も出てくる。（略）これらの問題などで厚生省、労働省関係の人達と会った場合、それらの人たちに東北訛があったりすると、これはあきまへん、とこちらからサジを投げてかかる。部落の存在しない地方に育った人たちには分かってもらえないからである。島崎藤村の『破戒』が、何度も何度もくりかえし映画化され、論議されても、今日なお、いよいよ深刻なこの問題の現実処理の方策が抽出されたことはきかない」という、三重県松阪市で市制三十周年を記念して発行された『農村部落』と『都市部落』の二巻本の「再版・序」を引き継ぐ形で書かれた次のような中上の見解は、中上健次という現代作家が「被差別部落（未解放部落）」問題に身ぐるみ捉われていることの証でもあった。

この序文が徹底して治者の側からのものである事が分かる。治者とは影の部分、闇の部分を視る事が出来ないのが普通であるのに、松阪市長をしてこの二刊本の調査研究に着手させるのは、日の向こうにある影、光の向こうにある闇が大きく顕在化しすぎているためである。つまり松阪は、被差別部落を視界に入れぬ限り、行政の一つたりとも進まぬ。それ故、治者の側からの調査研究が行われたということであろう。ここで、天皇を出すのは唐突であろうが、日本的自然において古代の天皇とは、日と影、光と闇を同時に視る神人だったように思う。賤民であり同時に天皇であるとは、謡曲「蟬丸」を待たずとも、光と闇を同時に視る人間の眼でない眼を持つ神人のドラマツルギーであるが、「これはあきまへん、とこちらからサジを投げてかかる」という治者は、光と闇を同時に視る不可能な視力を強要されていることに苦悩がある。治者が、差別者であり同時に被差別者である神人でない故に、治者のやる事はことごとく玩物喪志であり、改良主義であり、せいぜい善意でしかない。ということは、被差別は差別するということである。被差別こそが差別しなければならぬ宿命と言い直そうか。この日本では文化、芸能、信仰等において、被差別は差別するというのが一種のテーゼとしてあったはずである。

（「松阪」）

引用の後半、特に「ということは、被差別は差別するということである。被差別こそが差別しなければならぬ宿命と言い直そうか。この日本では文化、芸能、信仰等において、被差別は差別するというのが一種のテーゼとしてあったはずである」という差別論について、このパラダイムに「治者」だけでなく「政治」とか「権力」だとかの概念を導入した場合、果たして中上のように「差別⇔被差別」の関係が成り立つか、甚だ疑問と言わねばならない。つまり、「部落差別」は、「政治」あるいは「権力」の在り様と切っても切れない関係にあるということである。

それは、この『紀州――木の国・根の国物語』の「総括」と言ってもいい「序章」における次のような言葉に対する疑念と同質のものでもある。

霊異というものを、いま一度ひらいて説明するなら、生と、性と聖と、そしてその裏にある死と死穢と賤なるものの事であろう。生は絶えず死に転成するし、死は生に変転する。
中辺路（なかへち）を這うように湯ノ峰に来て、湯に入り蘇生する小栗判官とは、その霊異の典型であろう。聖なるものの裏に賤なるものがある。賤なるものの裏に聖なるものがある、とは小栗判官でもあり、日本の文化のパターンでもあろうが、紀州、紀伊半島をめぐる旅とは、その小栗判官の物語の構造に踏む込む事である。道筋に点在する被差別部落をめぐる旅にもなる。被差別部落が、冷や飯を食わされ続けて来た紀州、紀伊半島の中でも一等半島的状況、紀伊という歪み、特性が積み重なってところでもある、と私は思っている。

差別、被差別、言葉としてはそうであるが、どこからどこまでが差別であり被差別なのかはっきりつかめない。これも霊異の一種である。

差別の構造とは何か、これまたここで論じる時間はないが、この日本において、差別が日本的自然の生みだすものであるなら、日本における小説の構造、文化の構造は同時に差別の構造でもあるだろう。

（「序章」）

確かに、平安時代初期に著された『日本霊異記』（正式には『日本国現報善悪霊異記』）の著者とされる薬師寺の僧景戒は、紀州名草郡の出身であり、その説話も「紀州（紀伊）」に材を取ったものが多いが、「聖なるものの裏に賤なるものがある」として、『枯木灘』以降の『鳳仙花』（八〇年）や『地の果て　至上の時』（八三年）、『日輪の翼』（八四年）等々の物語において、「天皇（制）＝聖なるもの」と「被差別部落（未解放部落）」を「対なるもの」としてリンクさせようと目論んだところに、中上の「差別論」

の最大の「錯誤」があったのではないか。

〈4〉迷走する「路地」

中上が意図して「天皇制」について言及するようになったのは、昭和天皇がいよいよ死の時を迎えようとしていた一九八〇年代の終わりごろからであった。一九八九年一月一日発行の「文學界」二月号の「天皇裕仁のロゴス」と題する歌会始の選者で折口信夫の最後の弟子と言われた岡野弘彦との対談で、次のような発言を行った。

折口の場合、「神やぶれたもう」というのはものすごく大きなことだと思うんですよ。つまり折口は天皇に関してどう思っていたか。
ぼくは天皇というのは神だと思いますよ。つまり、どんな形をとってみても神としかいいようがない。昔のファナティックな国粋主義というか、右翼の文脈に置くのか、あるいは文化の文脈に置くのかという違いですよね。ぼくは文化の文脈に置いて、天皇は神だと思うんです。それが、「神やぶれたもう」と言ったときの折口のある思いの深さをわかります。

たとえ「文化の文脈」に置こうが、「右翼（＝政治）の文脈」に置こうが、天皇が「聖なるもの」を象徴する存在だとすれば、「被差別部落（未解放部落）」で生まれ育ったことを「発語＝物語」の根拠とする中上が、「天皇は神だと思う」と言ってしまうのは、天皇中心の文化論（政治論）である『文化防衛論』（六九年）を著し、一九七〇年十一月二十五日に私兵集団「楯の会」のメンバーと共に自衛隊市谷駐屯地に乱入し自決した三島由紀夫と同じように、まさに天皇（制）に「敗北＝屈服」したことにならないだろうか。岡野弘彦との対談は、昭和天皇の死去を予測して「新しい時代が始まります。文化の磁場としての新しい日本が擡頭します」という言葉で締めくくられているのだが、中上が天皇に関して特別な思いを抱いていたことは、江藤淳との対談「今、言葉は生きているか」（『文藝』八八年春季号）の中で、「天皇の言の葉の肉体だ」などと意味不明な言葉を発しながら、江藤と以下のような問答を繰り広げていることからもわかる。

中上　それは僕もかかわってることです。まさに声の問題です。いつも思うんですが、僕の主人公というのは、ほとんど天皇を書いているみたいなのですよ。超物語ですからね、僕の書いているのは。

江藤　『千年の愉楽』だって……

中上　全部そうです。一番書きたいのは超ヒーロー、スーパーヒーロー、というのは天皇ですよ。これは折口を引くまでもなく、神話、民話や物語の中で言う流され王とか貴種流離譚というのは、貴種が流されるという、そのことですからね。それは僕が書いているのは、天皇のことしか書いてないですよ。どんなにやっても日本でもの書くかぎり、この……つまり……

江藤　避けられない。

「錯乱」と言っては、団塊世代の文学を代表する中上に失礼かもしれないが、本当に中上はこれまで「天皇のことしか書いてこなかった」のだろうか。『十八歳、海へ』などの初期作品も「天皇のこと」を書いたものと言われてしまえばそれまでなのだが、中上は先の岡野弘彦と一九八六年十月号の「俳句」誌上で「天皇の手紙」という対談をしているのだが、そこで次のような「思い上がり」「傲慢」としか思われない発言をしていた。

中上　天皇の手紙（昭和天皇が戦時中に皇太子＝現上皇宛に書いた手紙のこと―引用者注）が発表されたけど、あれはものすごい感心したね、ぼく。あれで戦後の文学はほとんど引っくり返るという。

岡野　なるほど。

中上　戦後文学なんて、野間宏だとか埴谷雄高だとか、あんなものふっ飛ぶような。あれ（天皇の手紙の事―同）があるからこそ、つまり、ぼくでもものを書いているみたいなさ。で、反抗もできるし、いろんなこともできると。やっと、つまり、父親がいなかったわけでしょう、一種。つまり、戦後ってのは私生児の状態ですよ。

岡野　そう、父親がいなかったんですね。

中上　親父が子供を産ましたにもかかわらず、子供は丈夫に育っているにもかかわらず、父親がいない、誰なんだ？　っていうさ。そういう状態だったんですよ。で、違ったということは、もうすごいショックだったですよ。すごいリベラルだし。で、あれはやっぱり、戦後文学者はどう考えるかってことを言わないと駄目ですね。どう思っているのか、ということをぼくは聞きたいですね。

（中略）

中上 三島は多分、あれが先に出てれば死ななかったでしょう。

岡野 死ななかったでしょう。

中上 あれが欲しかったんですよ。つまり、あれが三島やぼくに対しても言っている言葉だし、そういう言葉でしょう、つまり。それはすごいいい言葉ですよ。もう、すごーい。で。きちっと、ほんとにものすごいリベラルね。もう驚くほどのリベラル。

岡野 非常に分かるな。

中上 言葉ですよ、天皇ってのは。

岡野 そうですね。

中上 天皇って、言の葉ですよ。勅（みことのり）というか、御言持（みこども）ちですよ。

写していて気恥ずかしくなるような「天皇（の手紙）礼賛」のオンパレードだが、アジア太平洋戦争の「敗因」は、「我が国人が皇国を信じすぎて、英米をあなどったから」であり、「我が軍人は精神に重きをおきすぎて、科学を忘れた」からであって、このまま「戦争をつづければ、三種の神器を守ることも出来ず、国民をも殺さなければならなくなったので、涙をのんで国民の種をのこすべくつとめたのである」と書いたり、どこにでもいる父親のように息子（皇太子）に「寒くなるから、身体を大切に勉強しなさい」と書いた手紙について、中上は本当に「すごい」と思ったのだろうか、疑問は尽きない。中上は、中上に取り上げられた野間宏や埴谷雄高らの戦後文学者が「反戦・平和」を合言葉に戦後を出発した事実をどう考えていたのか。それに、戦後派文学を代表する作家の一人野間宏が、天皇の「命令」でフィリピン戦線に送られ、地獄の苦しみを味わったことを、「戦争を知らない子供たち」の一人である中上はどう考えていたのか。また、埴谷雄高が戦時下において治安維持法違反で逮捕され、一年ほど豊多摩刑務所に収監され拷問も受けたことをどう考えているのか。この野間や埴谷の「戦争体験」のことを考えれば、天皇（制）の「戦争責任」を等閑（なおざり）にした中上の「昭和天皇礼賛」は、「異常」を通り越して「狂乱」していると言わねばならない。

ただ、一九八〇年代末、「死」を近々に迎えようとしていた昭和天皇の存在を何よりも「かけがえのないもの」として思っているように見えた中上が、ではそれ以前に「聖なる存在」である天皇と対極にある「賤なるもの＝被差別部落（未解放部落）民」についてどのように思っていたのか、『紀州――木の国・根の国物語』とは別な観点から検証する必要があるだろう。中上には、一九七九年に書かれた、その年の二月に新宮の被差別部落の青年を集めて行った連続講座「開かれた豊かな文学」と題する物語論の展開が「失敗」に終わった顚末を綴った「賤者になる」（「毎日新聞」一九七九年八月一八日付夕刊）という文章がある。その中で中上は、その講座では「日本文化、あるいは歌物語の時代からつづいている日本文学と呼ばれるものをことごとく賤民の文化、文学としてとらえるという試み」を行ったのだが、失敗に終わったと言う。そして、その時思ったのは、「（上田）秋成ではないが、穢多でなければ人ではない」、ということだった、と告白していた。この「穢多でなければ人ではない」という言葉を本当に上田秋成が言ったかどうか、またこの言葉は中上の「思い込み」なのではないかとも思うが、それはそれとして、「穢多でなければ人ではない」という言葉の意味も、よくわからない。

とは言え、一九七七年に刊行された野間宏と安岡章太郎との討議「市民にひそむ差別心理」(『差別その根拠を問う〈上〉』朝日新聞社刊所収)の中で、安岡が「差別する側」に置かれた自分を凝視しながら「部落差別」だけでなく、人種差別や民族差別など「差別」全般に言及し、野間が「部落差別」を中心にした大作『青年の輪』(一九四七〜七〇年)の作家らしく「差別される側」に立って発言しているのに対して、中上は次のように後の長編『日輪の翼』(八四年)などで実作展開する「聖⇕賤」論を展開している。

政治的、社会的、文化的ということについてもう少し言うと、日本の社会の文化の構造では、天皇があって部落がある。しかも、それはほとんど紙一重で接しているという構造がありますね。これは日本の、或いはアジアの考え方のパターンですが、聖性を帯びているものがあれば、賤なるものがある。そして賤なるものはフッと聖なるものに転化する。

アジアにおける「聖・賤」関係について調査論及した野間宏。沖浦和光の『アジアの聖と賤――被差別部落の歴史と文化』(一九八五年 人文書院刊)、あるいは「貴・賤」観念や「浄・穢」観念について考究した沖浦和光・寺木信明・友永健三編著『アジアの身分制と差別』(二〇〇四年 解放出版社刊)を紐解いても、中上が言う「日本の、或いはアジアの考え方のパターンですが、聖性を帯びているものがあれば、賤なるものがある。そして賤なるものはフッと聖なるものに転化する」といった考えを見つけることは出来ないが、中上は何を根拠（典拠）にこのような「暴論」としか思えないような論を展開したのだろうか。また、中上は「差別（の構造）」と「小説（の構造）」との関係を次のように言い、結論として現実の問題として「差別はなくならない」とも言明していた。

さっき差別の構造と小説の構造が同じだと言ったのですが、僕は、差別はなくならないと思うんですよ。現実の差別は人間の作り出すもっとも愚かな行為であり、保身術でもあるのですが、ただ、そういう認識、そういう絶望しきっているものが、その魯迅にもあるし、アメリカの黒人作家にもあると思うんです。（中略）

絶望が、何をするにも最初にあると思うんです。絶望しているから、いろんなものが見えてくるんです。絶望しているから、「てやんでぇ」とも思うんですね。だから被差別者イコール小説家、いや、逆に差別者イコール小説家と言いきってもいいと思うんです。人が人を差別する。そんなことがあってはいかんのだけど、これはなくならないという絶望があって、それがまず前提なのだと思う。

マスコミなどでセクシャルハラスメントやらパワーハラスメントやらが盛んに取り上げられ、また根っこに「ナショナリズム（偏狭な国粋主義）」を潜ませた「在日朝鮮人・韓国人」や中国人、あるいは広く一般に「移民」を対象としたヘイトスピーチが横行する現在を考えると、中上が言うように「差別はなくならない」と「絶望」せざるを得ないのが「現実」と言っていいかもしれない。しかし、あらゆる「差別」が「政治」の影響を受け、「歴史」性を帯びているものだとすれば、「差別はなくならない」と「絶望」するのではなく、野間宏や安岡章太郎のように「差別する側に立つ」者も、また中上のように「差別される側に立つ」者も、「夢」かもしれないが、共に「差別の無い世界」の実現を目指すしか方途がないのではないか。現に中上は、先の「差別はなくならない」との発言の後、次のようにも言っていたのだから。

平等でなくてもいいし、差があってもいいということなんですよね。僕は極論を言いますと、ブラック・パンサー(ベトナム戦争が本格化した一九六〇年代後半から一九七〇年代にかけて、アメリカで結成された黒人民族主義運動・黒人解放闘争を展開していた急進的革命組織。アフリカ系アメリカ人〈黒人〉に武装蜂起を呼びかかる一方で、貧困層の子供に無料で食事を配給したり、治療費が無料の人民病院などの建設を行った—引用者注)と同じように、別な国をつくったらいいんじゃないかって感じがするんです。これだけ部落の中に文化があるわけでしょ。別な共和国みたいなのをつくってやればいいんだっていう、そんな感じです。四国だけを要求するとかね。

四国に被差別部落(未解放部落)の人間だけを集めて日本とは「別な国・共和国」をつくる。四国に四県約三八〇万人余りが暮らしていることを考えると、その人々を追い出して「別な国・共和国」をつくることが、いかに暴論であるかが分かるが、それとは別に、この討議の中で野間宏が「差別」はそれがどのようなものであれ、「民主主義」に反するものであり、ということは三島由紀夫のように「日本文化論」として「天皇制」を考えない限り、「民主主義」と「天皇制＝君主制」は相容れないものだと言っていることに注目するならば、前提として「天皇（制）」を容認する中上の「差別（被差別部落）」論は、「民主主義＝共和政体」と対極にあるものと言わねばならない。そして、その「被差別部落」は現実の「政治」や「歴史」と関わるものではないと言う以上、それは「どこにもない」ものにならざるを得ない。だが、現実の問題として「被差別部落」は「どこにもない」のだろうか。

では、中上がその小説や『紀州――木の国・根の国物語』、あるいは様々なエッセイで繰り返し言及している「路地＝被差別部落」やそこに派生する「差別」は、どこに在るのか。結論的には、中上の「夢想」の内部にしかそれは存在しないのではないか、と言わざるを得ない。先に触れた連作短編集『熊野集』の中の『石橋』に「路地」と「小説（文学）」との関係についての言及した個所がある。

路地は小説の帝国主義、いや物語というものの走狗となった私の収奪しきれないほどの宝を無造作に放り出してある暗黒大陸で、そこに私が例のつけ焼刃の突飛な一時的な情熱で言語論を勉強するとたちまち暗黒大陸は言語の帝国として私の前にテキストとしてあり、性を考えるなら性の帝国として眼の前にせり上がる。路地はなぜこうまで私の前にいつもあるのか。私はまた自問した。

高校を卒業して都会に出て丁度ジャズの流行の時代だった事もあって日がな一日ジャズを聴いて暮らした時も路地は私の頭の中にはたえずあったし、（中略）ただ私は、次々と起こる若い左翼の動きの周囲にいて、火炎瓶で燃え上る炎を見ながら路地とそれを二重写しにして架空の市街戦を思い描くだけだった。路地から武器を持って飛び出した者らは駅の踏切に火炎瓶を投げて交通をまひさせ、三重県境になった橋を爆破し、さらに和歌山方向と本宮方面にのびる道路を破壊しバリケードをきずく。帰郷した折り架空の後先を考えない市街戦だけのために下調べを行った事さえあった。その時、私が苦しんだのはその後先の事ではなく路地が都会で思い描くのとは違って絶望するほど人々は無気力で、元気がないという事であり、他所の者の眼には劣等意識と映るほど自分の考えを言わず他人とのこすれ合いを警戒して生きているという事だった。

（「石橋」）

「路地」に秘匿した武器を手にした「路地」の若者たちが、生まれ故郷の新宮を拠点に市街戦（パルチザン戦）を展開することを夢想した若き日の中上、この中上の「幻視」が一九七〇年前後の「政治の季節」を経験した者にとっては、「政治」のリアリズムを無視した「革命的ロマンチシズム」に他ならないことは、多くの者が承認するだろう。しかし、中上が生まれ故郷新宮における「被差別部落」を「解放」するという「夢想」も、「天皇制」の存在を前提とした「賤⇕聖」論に固執し、そこから物語を紡ぎ出そうとする限り、「路地＝被差別部落」は永久に「路地」で在り続け、「解放（解体）」されることはないのではないか。何故なら、現在でも陰湿な形で結婚や就職（職場）などに関して「部落差別」は存在するし、北海道や東北地方を除く日本各地に「被差別部落（未解放部落）＝路地」は存続し続けているからであり、「天皇（制）」も中上が夢想したのは真逆な「聖なるもの」として、この国における差別構造の頂点に立っているからに他ならない。つまり、中上は「現実」を無視した夢想家に堕してしまっていたのではないか、ということである。

その証拠は、『日輪の翼』（八四年）の物語構造にある。この長編は、短編の『聖餐』（八四年）や長編『枯木灘』の続編にあたる『地の果て　至上の時』（八三年）で取り上げた、都市の近代化＝都市再開発による現実の「路地」の消滅という事態に遭遇したことを受けて、それまで「路地」を生活の拠点としていた「七人のオバと三人の若衆」が、「新たな路地」を求めて改造した大型冷凍車で伊勢、一宮、諏訪、恐山など全国の聖地をめぐり、最後にオバたちは「至高の聖地」される「皇居」がある東京に消えていく、という物語である。この「路地の物語」である『日輪の翼』の最後で、中上は「路地＝賤」と「天皇＝聖」との関係について、次のように書いていた。

「オバ、どうしたんない」とツヨシが声を掛けると、サンノオバは高い声で、「まァ聞いてくれ、わしらをいきなり、屑扱いする」と言い、皇居に行くので気持ちが昂ったのがありありと見て取れる口調で、熊野から巡礼に廻るように方々の神仏に祈って来たのに、一等心づもりにしてきた天子様のおられる東京でのっけから邪険に扱われると言う。（中略）老婆らは突然、今まで眠っていた天子様と路地の関係を思い出す。特にサンノオバは、本宮の血を受けていたから、代々天子様の毒見役で、宮中に召されたのが明治の頃まであったのを知っていて、頭の中で畏れ多いと分かっているしそんな事は決してしないと思っていたのに、育つのか育たないのか分からなかった赤子のツヨシに豆や芋を口で噛んで揺り潰して食べさせたように、天子様にも毒見役としてそうしてきた気がしているので、天子様の為ならいつでも矢盾になって犠牲をいとわない誇りがむくむくと湧き出てくる。

多くの「部落差別」について書かれた論や書が教えるように、「被差別部落」を生み出した大きな要因が「身分制」やそれを保障する土地制度にあるとするならば、「天皇制」はまさにその「身分制」や土地制度の頂点に立つ存在にほかならず、「天皇制」を容認するということは「被差別部落」の存在をも容認することに繋がっていく。

故に、真に「被差別部落＝賎なるもの」の解放・消滅を願うなら、まずその「賎」と対極に存在する「聖なるもの＝天皇（制）」は否定されなければならない。その意味で、中上が『日輪の翼』でサンノオバら「路地」の住人たちを「聖＝天皇（制）」の内部に消えさせたのは、そのような形で「路地＝被差別部落」が消滅させることが可能かどうかは甚だ疑問だが、中上の観念の中（『日輪の翼』）では「紀州＝熊野・新宮」の「路地」は消滅した、ということになっていたということなのだろう。

中上は、「路地の物語」である『枯木灘』から『日輪の翼』に至る物語を書いている時、アメリカ西海岸や韓国に長期滞在し、アジア各地やインドを旅し、中上の頭（観念）の中で世界各地に「路地」が存在するという想念を作り上げた――確かに、アメリカには伝統的な「黒人差別」があり、韓国に「白丁」差別が、中国に少数民族差別が、またインドには「不可触選民」差別、などがあり、その点では「世界各地に路地は存在する」と言い方は間違っていない――。しかし、「世界各地の路地」は、皆それぞれの歴史や政体によって創り出されたもので、それらの「差別」に関して「路地＝被差別部落」と同じ、というのは乱暴な論理と言わねばならない。

熊野はまた日本中にどこにでもあり、さらに日本を越えて世界中に存在するとも思っている。私が本の題名にした鳳仙花がロスアンゼルスの花屋にあるように熊野はあり、さらに宗谷真爾氏の『アンコール史跡考』（中公文庫）にくわしいカンボジアにも熊野はあると、今思うのだ。正統には異端、生には死、正常には倒錯、熊野はいくつものマイナスのカードを集めて膨れ上って根をのばし、真夏の昼にこれほどより赤いものが他にあろうかというほどの、急いで火焔のような深紅の花をつける鳳仙花に似ている。

（「熊野・アジア・わが文学」八一年）

紀州熊野で「消滅」した（と中上が思いたい）「路地＝被差別部落」が世界各地に存在するという夢想（妄想）は、作家としての「発語の根拠」を規定してきた「路地」の解体・消滅と「部落差別」の終焉を願ってきた中上にとって、一種の「救い」になるかもしれない。しかし、紀州熊野だけでなく日本各地（東北地方と北海道、北陸地方の一部を除く）に存在する「部落差別」をなくすには、胡乱な道かも知れないが、まず天皇（制）を否定し、民主主義思想の根幹である「共生の思想」を普遍の原理として人々が共有する方向に組織するしか方法はないのではないか。それこそ、中上が尊敬してやまない紀州出身の植物学者にして博物学者でもあった「大知識人」南方熊楠が一九〇六（明治三十九）年からその先頭に立った「神社合祀反対運動」に適うことであったし、また「大逆事件」（一九一〇・明治四十三年）に連座した新宮の医師大石誠之助の「志」に連帯することだったのではないか。

中上の「部落解放」論がボタンの掛け違い、つまり「錯誤」に終始し、それ故に「現実」とあまりにも懸け離れた「夢想（妄想）」に帰結してしまっていたこと、このことを私たちは忘れるわけにはいかない。そして、多くの「中上健次論（研究）」が中上の「路地⇔天皇（制）」をそのまま容認し、「部落差別解消論」を根拠に、中上文学と「部落差別」との関係にほとんど踏み入って行かないのは何故か。中上の「文学」が「路地」を起点に、最後まで「路地」にこだわってきた事実を考えれば、そのような中上の文学は何を求めて展開して来たのか、自ずとわかると思うのだが……。

第五章　桐山襲のエートス

〈1〉『パルチザン伝説』の衝撃

一九七〇年前後の「政治の季節」＝学生叛乱（全共闘運動）を中心的に担った団塊の世代が運動において最大のエートス（精神）としたのは、一つには父や母の世代が犠牲者＝被害者の中心となった――それはまた同時に、明治維新によって成立した近代国家＝大日本帝国による中国やアジア諸地域に対する「侵略」、言葉を換えればそれらの地域に対して日本（人）は「加害者」で在り続けてきたという冷厳な歴史をも引き受けることでもあった――アジア太平洋戦争への「反省」から生まれた「反戦」意識であり、自分たちを育ててくれた「戦後民主主義」の虚妄性を撃つ「現実批判」であった。

例えば、私が入学した大学では、その一九六五年四月の入学式の当日、革共同中核派や共産同（社学同）から「新左翼」の活動家と思しき学生から二種類のビラを渡されたが、その一つは横須賀の米軍基地に入港が予定されていた原子力潜水艦の「寄港阻止」をテーマとした街頭デモへ参加要請であり、もう一つは私が入学する前年に原因不明の失火で焼失した学生会館の再建をめぐる「学館の管理運営権を学生の手に」をスローガンとする集会への誘いであった。もちろん、その日には当時自治会の主流派を形成していた日本共産党（民青）系の学生からもビラを渡されたが、その内容は「便所にトイレット・ペーパーを置け」といった類の「諸要求」が掲げられていたと記憶しているが、入学した大学に食堂を併設していた学生会館がないという事実に愕然としていて、民青系学生から手渡されたビラの内容の細かいことはよく覚えていない。

高校時代に大田洋子の被爆青年の悲恋をテーマにした『人間襤褸』（五一年）を読み「核（原水爆）」について関心を持っていた私にとって、「原潜寄港阻止」のデモへの参加要請は、まさにヒロシマ・ナガサキを経験した日本（人）の誰もが胸に抱いていた「反核・反戦」意識を蔑ろにする日本とアメリカの「権力者＝為政者」に対する叛意であり、「学生会館の管理運営権を学生の手に」という思想には、現在では等閑にされているようにみえる学生の「自治」に関わる問題の提起があった。と同時に戦後の「民主主義」思想を象徴する日本国憲法が謳っている「国民主権」に関わる問題でもあると受け止めることができた――明治維新によって成立した近代国家日本は、一九四五年八月十五日の「敗戦」まで「絶対主義天皇制」の下で一貫して「国民」は存在せず、「天皇の赤子」である「臣民」しか存在しなかった。このことは、「大正デモクラシー」と言われる大正期に出現した吉野作造の「民主主義」思想と実践が、「民主主義」と言う言葉が使えず、「民本主義」という何とも中途半端で歪な言い換えを強要されたことでも容易に理解できるだろう――。

つまり、「原潜寄港阻止」にしろ、「学館の管理運営権を学生に」にしろ、敗戦によって手に入れた戦後的価値の枠内から如何ほども出ることなく、しかも例えば「象牙の塔」などと揶揄的に言われた大学アカデミーが象徴する戦後民主主義の「虚妄性」が明らかになりつつあった現実の中で、誰もが自分の立脚点を探るべく藻掻き苦しみ、そして自分たちの「言葉」でその現状を告発し、「平穏無事」に見える社会に向かって「異議申し立て」を行っていたことの現れだったのである。その意味で、桐山襲が生涯にわたって「発語＝表現の根拠」とした全共闘運動（体験）が、私が経験したような六〇年代後半に始まる「新左翼」系の学生運動の経験から生まれてきたということは、桐山襲の文学を考える際の重要な補助線になっている、と言っていいのではないだろうか。

そのことを前提に、桐山の処女作『パルチザン伝説』（一九八三年）を考えると、この長編が天皇爆殺を企てた反日武装戦線（狼）の活動を描き、また相次ぐ空襲で疲弊しつくしていた敗戦間際の東京で「天皇暗殺」を実行に移した人物が存在したという設定になっていることの意味は決して小さくないと言える。言い方を換えれば、この『パルチザン伝説』の内容を知った時、一九七〇年前後の「政治の季節」に関わった者が大きな「衝撃」を受けたのは、この作品が「不敬文学」であったからでは決してなく、全共闘運動が一九七二年の連合赤軍による「あさま山荘銃撃戦」とその直後に発覚した「十六名の同志殺人」を象徴的出来事として社会の表層から潰えて約十年の歳月を経ていたにもかかわらず、その画期的な学生運動がその身体性をもって指し示した「反日本＝反天皇（制）」及び「革命」への熱き想い（エートス）を、これほどまでに「純粋」に保持し続けた人間がいたことを発見したからに他ならなかった。

というのも、全共闘学生にとっては固より、何らかの形で戦後の学生運動や労働運動・革命運動に関わった人間にとって、戦後民主主義の賜物とも言っていい「象徴天皇制」は、八〇年代に入って柄谷行人が唱えた「天皇制＝ゼロ記号」論――天皇制は、社会の『毒』として存在するのではなく、「症状」として在るのだから、「打倒」すべき対象ではなく、「解消」するようにすればいいのである、といった天皇制論――が典型と言っていいのだが、とりあえず反体制運動論（革命運動論）や思想の問題として一般的には視野に入ってくることはなかったからである（少なくとも、筆者や筆者の周りにいた活動家たちの認識や感覚では、そうであった）。言い方を換えれば、戦後の「象徴天皇制」は、賑々しく行われた「平成」や「令和」の元号制定騒ぎや天皇夫妻を筆頭に皇室がマスコミ・ジャーナリズムに露出しまくっている二一世紀も二十年ほど経った現在とは違って、例えば一九七五年十月三十一日の日本記者クラブ主催の「昭和天皇公式記者会見」において、「戦争責任」を問われた昭和天皇が、「そういう言葉のアヤについて、私はそういう文学方面はあまり研究していないので、よく分かりませんので、そういう問題についてはお答えできかねます」と応じ、また「広島への原爆投下」について問われると、「戦争中のことであるから、どうも広島市民に対しては気の毒であるが、やむを得ないことと私は思っております」と無慈悲とも思える応答したことに対して、このような昭和天皇の先のアジア太平洋戦争の受け止め方こそが、戦後の在り様を十分に総括しないままやり過ごしてしまった戦後世代の「責任」なのではないか、との認識がまだ社会の至るところに存在していたということである。ついでに言えば、「天皇制打倒」は、戦前の日本共産党とその流れを汲む旧左翼のスローガンだった、といった認識が一般的であった。多くの若者たちが、「天皇制」は「個人主義」を基底とする「民主主義」が成熟すれば、自然に「消滅」していくのではないかと漠然と思っていた、と言ったら言い過ぎか。——柄谷行人の「天皇制＝ゼロ記号」論、はまさにそのような国民の意識を集約するものであったとも考えられる——。

このことは、一九六九年一月十八・十九日の東大安田講堂の攻防戦を経た五月十三日に東大教養学部で行われた「三島由紀夫と東大全共闘との公開討論会」において、三島が「文化概念としての天皇（制）」を持ち出し、体制に反旗を翻しているという理由で「天皇を天皇と諸君が一言言ってくれれば、私は喜んで諸君と手をつなぐ」とまで言わせたことの「真意」を当時の学生たちは全く理解していなかったことに、よく現れている。それはまた、三十年後に当時の討論会に参加していた東大全共闘学生たちによる議論（『三島由紀夫VS東大全共闘一九六九―二〇〇〇』二〇〇〇年九月　藤原書店刊）を読むと分かるのだが、彼らは戦時下において日本浪漫派系の文学者が提起した「近代の超克」論を三島の「天皇（制）論」に対置し、三島の「天皇（制）論」を論破しようとしたことにもよく現れている。三島は、公開討論会のすぐ後に書いた「討論を終えて　砂漠の住民への論理的弔辞」（六九年六月『討論　三島由紀夫VS東大全共闘――〈美と共同体と東大闘争〉』新潮社刊）の中で次のように書いていたが、東大全共闘の学生たちは当時も三十年後も三島の「天皇（制）論」をほとんど理解していなかったと言えるだろう。

天皇の問題においてもまた私は、彼等が憎むはずの所の古い左翼的な観念の幻にをかされてゐることを認めざるを得なかった。（中略）彼らは、目に見える天皇像があまりにも週刊誌に毒され、マス・コミュニケーションに毒されてゐる、その毒された媒体を通じてしかこれを評価し得ないことも明らかである。彼らはその根本について少しも疑つてみようともせず、また、マス・コミュニケーションに耐へながら存続してゐる天皇といふものが、何ゆゑこのやうな新しいマス・コミュニケーションと極度の言論の自由の中で存立し得てゐるかといふ、歴史的意味や時間の連続性の問題についてもよく考へてゐないことが察知された。私は『文化防衛論』の中の「道義的革命の論理」の中で、日本における唯一の革命の原理は天皇にしかないといふことを縷説したからここには再説しない。天皇といふものが現実の社会体制や政治体制のザインに対してゾルレンとしての価値を持つことによつて、いつもその社会のゾルレンとしての要素に対して刺激的な力になり、その刺激的な力が変革を促して天皇の名における革命を成就させるといふことを納得させようとしたが、うまくいかなかつた。

三島が現実に存在する（ザイン）天皇とは異次元の「あるべき」（ゾルレン）天皇の役割について述べているのに対して、東大全共闘の学生があくまでも明治維新を推進した勢力よって作られた「近代天皇制＝絶対主義天皇制」を問題にし、そうであるが故に天皇（制）の問題を「近代の超克」に焦点化して三島に応じようとしたことは、彼らがまさに戦後民主主義の申し子そのものであり、三島との「すれ違い」は当然と言えば当然のことだったのである。経験的に言えば、大方の全共闘学生の頭の中にあった天皇（象徴天皇制）は、先にも少し触れたように、いずれ社会主義革命が実現した時には、あるいは社会主義革命が成就せずとも共和政体が実現した場合には、中国革命において満州国皇帝「溥儀（ふぎ）」が革命中国の単なる一市民となったように、象徴天皇制は「自然」に滅びる存在にほかならなかった、ということである。

そうであったが故に、「天皇暗殺」をテーマとする桐山襲の『パルチザン伝説』が「文藝」賞の候補作として「選評」で取り上げられ（一九八二年十一月七日）、またその約十ヵ月後、同作が一九八三年九月七日の「文藝」十月号に掲載された時、全共闘世代の作家によって書かれた本格的な「反天皇制小説」として物議を醸すことになったのである。後に「『パルチザン伝説』事件」と言われるようになることの発端は、この作品が「文藝」誌上に掲載された月の二十九日、「週刊新潮」が「おっかなビックリ落選させた『天皇暗殺』を扱った小説の『発表』」なる標題で大々的に記事にし、記事の内容も「第二の『風流夢譚』事件か」という惹句が象徴するように、「天皇制反対」の思想や運動を許容しない「右翼」及びその同調者を十二分に刺激するものであった。記事中の「『天皇暗殺』を扱うことは、アングラ出版以外では、タブーであるかのような雰囲気が根強くあったが、『パルチザン伝説』は勇敢にもそのタブーを打ち破って見せたのである」などと言う言い方は、あたかも『パルチザン伝説』の作者及びこの「反天皇制小説」を掲載した「文藝」編集部と版元の河出書房新社の「勇気」を讃えているかのように見せてはいるが、記事の最後に「（編集部・河出書房新社の態度は）もうひとつ腰が定まっていないようなのだ」の「週刊新潮」記者の言葉が如実に示すように、『パルチザン伝説』が何故書かれなければならなかったのかに全く想像力を働かせない「野次馬」的な「ためにする＝煽動的な」記事であった。

この「週刊新潮」の記事を書いた記者の駄目さは、何よりも『パルチザン伝説』と『風流夢譚』とが全く異なるモチーフ（テーマ）で書かれた文学作品であることを理解できていない点にあったと言っていいだろう。更に、この「週刊新潮」の記者の文章と同じように駄目だなと思ったのは、『パルチザン伝説』に対する小島信夫の「奇妙な」としか言いようがない文藝賞の「選評」（「天皇と言う実名」）である。

私は四篇のうち「パルチザン伝説」と「日曜日には……」に二つに興味をいだいた。この二作は、題材が似たところがあり、作者が作品あるいは主人公との間に距離をおいて書いているところもそうである。（中略）

私はこの作品の文体が、タテカンバンの檄文のようなものが小説の文体として生きた最初の例だと思った。ところが、実名である天皇の殺害という（天皇制とは直接かんけいはない。私はこのことが面白いと思う）このタワイなくも衝撃的な事件は、私には困ると思わせるものがあった。これは実名であることが必要な小説である。どこかの国のいつともしれぬことなのではない。（中略）

同時に、私個人としては、この作品が受賞したときに、選考委員の一人であるこのわたしにムヤミに脅迫の電話がかかってきて煩わされることは、避けた。何しろ、私はこれからまだ予定している仕事が色々とあって、時間がたいへん大切なのである。それに私は完全と脅迫にたち向うということは、とても出来そうにない。（傍点原文）

この小島信夫の右翼からの「脅迫」を避けたいとする「正直」な気持は、「中央公論」が『風流夢譚』

を掲載したことによって、右翼の青年が中央公論社の社長宅を襲い、社長夫人に大けがを負わせ、お手伝いの女性を刺殺するという「テロ事件」を同時代作家として生々しく記憶していたからだろう、と推測できる。しかし、小島信夫は『風流夢譚』と『パルチザン伝説』を「反天皇制小説」、つまり「不敬小説」として一括りにし、なおかつこの二つの小説が方法的にもテーマの設定においても著しく異なるということについて十分に検討していなかったという点で、「週刊新潮」の記事を書いた記者とほとんどその立ち位置が違っていたわけではなかった。つまり小島信夫は、「週刊新潮」の記事によって煽られた右翼勢力が河出書房新社（「文藝」編集部）に押しかけ、「出版差し止め」や「作者との面接」を要求する騒ぎになったことを受けて桐山が書かざるを得なかった「亡命地にて」（「早稲田文学」八四年一月号）の次のような作家の創作意図を、全く理解していなかった（理解できなかった）ということである。

この事件――それを「事件」と呼ぶならば――の発端は、わたしの書いた三十四歳の処女作ともいうべき小説にあった。それは東アジア反日武装戦線がかつて企画した現実の事件の衝撃力を受けとめ、そこから、この国の〈戦後〉というもの、また一九六八年から始まる現在に至る〈この時代〉というものを考察し、文学的に表出しようとした作品であった。なるほどそこには「特別列車攻撃計画」が語られていたが、それは新聞にも報道された既知の事実であり、その詳細な記録さえ出版されているものであったから、右翼団体がいまさら反撥することはあるまいと、わたしは考えていた。虚構の何たるかを解さぬ不粋な官憲が、作者をパルチザンの一員と大錯誤する可能性はないでもなかったが、右翼団体が即自的な憤激を催す性格の作品であるとは、到底考えられなかった。「三島由紀夫が読めば、誉めてくれるのではないかな」或る知人は、そのようにも言っていた。（傍点原文）

ここから確認できることは、当たり前のことだが、桐山が『パルチザン伝説』をあくまでも「文学作品＝虚構」と考えており、右翼団体による「即自的な憤激」など全く考えていなかった、ということである。この引用の直前部分で、桐山は「右翼団体が騒ぎ始めたという情報が、出版社からわたしの所に届いたのは、九月二十九日の昼であった。宣伝車の巨大なスピーカーの声が、電話の受話器を通してわたしにも聞こえた。（中略）そして、それから数日を経ない或る晩、早く身を隠したほうが良いというアドヴァイスが、余りにも真剣な目と口をもって、わたしに伝えられたのである。（冗談じゃないぜ、身を隠すだなんて――。たかが紙に書かれた言葉じゃないか、たかが、紙に書かれた……）」と記していた。繰り返すが、桐山襲自身は『パルチザン伝説』を発表した当時、この作品が右翼団体からの「攻撃」を受けるとは全く想像していなかったのではないか、ということである。

当時は、「覆面作家」というか「桐山襲」というペンネームを使っていたので多くは知られていなかったが、没後に少しずつ判明した桐山襲の全共闘運動離脱後（早稲田大学卒業後）の履歴を見ると、桐山が学生時代に引き続き東京都の職員として組合活動や地域の反権力運動に関わっており、そのような履歴を知った現在では、桐山襲の「冗談じゃないぜ、身を隠すだなんて――たかが紙に書かれた言葉じゃないか」の言葉は、「本音」だったのではないか、と思われる。さらに言えば、この桐山の言葉に秘められていた思いは、『パルチザン伝説』を書くこと（発表すること）によって「政治＝運動」から「文学」への転位を告知することであり、それはまた『パルチザン伝説』が生半可な覚悟の下で書かれた「文学」作品ではなかったということを意味していたのである。

〈2〉『パルチザン伝説』と『風流夢譚』

その意味で、「週刊新潮」に「第二の『風流夢譚』か」と書かれた『パルチザン伝説』と『風流夢譚』とでは、その描かれた世界はもちろん、作者の「反天皇制」思想も似て非なるものであったと言える。つまり、『パルチザン伝説』は、「週刊新潮」が言うような『風流夢譚』に似た単なる「不敬小説」ではなかったということである。桐山が「朝日ジャーナル」の一九八七年五月二十九日号で、『風流夢譚』事件が起こった当時「中央公論」の編集次長だった京谷秀夫――『風流夢譚』事件を体験的に綴った『一九六一年冬』（八三年九月　晩聲社刊）の著者――との「天皇表現の四半世紀」と題する対談で、『パルチザン伝説』が『風流夢譚』と同種の「反天皇制小説」（不敬小説）として受け止められていることに苛立ちを隠さず、次のようにこの作品の意図を明らかにせざるを得なかったのも、文壇（現代文学の世界）及びマスコミ・ジャーナリズムが余りに『パルチザン伝説』を「反天皇制小説」（不敬小説）一色に染め上げようとしていたことへの反撥があったからと思われる。

（先に引用した「亡命地にて」の文章を示した後で）反天皇制小説を一つ書いたという印象はなかった

わけです。それよりも全共闘運動の精神をあらわした作品がこの間全く出されていなかったが、その精神を初めてささやかではあるけれども表現しようとした作品が一つ出てよかった――活字になったときに私はそういう印象を持ちました。

ここで桐山が言う「全共闘運動の精神をあらわした作品がこの間全く出されていなかった」ということについて、筆者は第二期「文学的立場」の創刊号(一九八〇年夏号)に書いた「全共闘小説の可能性と現実」の中で、初めて「全共闘小説」という言葉を使い、更には全共闘運動体験を基にした一群の作家や作品について論じた『全共闘文学論　祝祭と修羅』(八五年九月　彩流社刊)を著した。この中で七〇年代半ばから顕著になった「全共闘小説」の例として、芥川賞を受賞した三田誠広の『僕って何』(七七年)を筆頭に、星野光徳『おれたちの熱い季節』(同「文藝」賞受賞)や山川健一『鏡の中のガラスの船』(同)、高城修三『闇を抱いて戦士たちよ』(七八年)、立松和平『光匂い満ちてよ』(同)、松原好之『京都よ、わが情念のはるかな飛翔を支えよ』(八〇年)、今井公男『序章』(同)、帚木蓬生『十二年目の映像』(同)、及び兵頭正俊の『全共闘記』(その一~一二、六九~八五年)等々を取り上げ、当然のことだが桐山の『パルチザン伝説』も共に取り上げるということがあった。桐山は、そのことを承知でそれらの作家や作品と『パルチザン伝説』は一線を画す、と言っているのである。

何故か。たぶん理由は、三田誠広の『僕って何』をはじめとする一連の作品がこの国の文学伝統になっていた自然主義(リアリズム)的手法を疑わず、つまり「私小説」的手法に則って自らの「体験」の枠内から一歩も出ることなく、「世代の体験」に終始し過ぎていると判断していたから、と思われる。

『僕って何』等の同世代の読者にとって、六〇年安保闘争後の学園生活を「挫折」の観点から書いた柴田翔の『されどわれらが日々』（六四年）や野口武彦の『洪水の後』（六九年）につながる「既視感」は、如何ともし難く、既成の価値観を破壊（否定）する全共闘運動という「未知の世界」に足を踏み入れた経験を持つ者たちにとって、ある種の「物足らなさ」と重なって、「僕って何」という言葉が当時の流行語になったことが象徴するように、「軽薄」な印象を与えていたのである。桐山にしてみれば、「全共闘体験」にこだわっているように見える三田誠広や立松和平の「全共闘小説」は、「東アジア反日武装戦線がかつて企画した現実の事件の衝撃力を受け止め、そこからこの国の〈戦後〉というもの、また一九六八年から現在に至る〈この時代〉というものを考察し、文学的に表出しようとした作品」とは思えなかった、ということなのだろう。

この個別の「体験」を「普遍」な問題として捉え返す（表現する）ことの難しさについて、「流動」（八〇年九月号）の「特集　作家にとって全共闘体験とは何か」の中で「文学の自由と体験の刻印」を書いた菅孝行は、「作家の体験」と作品世界との関係から次のように述べていた。

作家の体験は、作品とどのように連なり、どこで切れているか。とりわけ、歴史的な画期と作家との固有の体験的出会いは、どういう経路で作品の質の普遍性として結実させることができるのか。この問いは、たとえ個別の作品世界が、その体験とかかわっていない場合にもついてまわるが、直接に体験された歴史が作品の世界とされている場合には、作品批評のさけることのできぬ切り口にならざるを得ないだろう。

なかでも一番むずしいのは、特定の年代の、特定の部分でのみ経験された歴史でありながら、個人の生活体験の枠内に還元してしまうにしてはあまりに拡がりを持ちすぎており、さりとて戦争体験や戦後の飢餓体験のように、体験それじたいについての相互了解のコードが、ある程度読者に対してあてにできるという訳にもゆかぬ、そういう種類の体験を文学するというケースであろう。例えば、一九四〇年代後半から五〇年前後を中心とする戦後革命期の共産党体験とか、一九六〇年の反安保闘争の運動体験、あるいは一九六〇年代末から一九七〇年代のはじめにかけての学生反乱体験といった、いくつかの事例が念頭に浮かぶ。これらの歴史経験の作品化の試みに共通することは、いずれも半端によく知られているということである。(傍点原文)

この菅孝行の論と『パルチザン伝説』を重ねた時、そこから透けて見えてくるのは、繰り返すことになるが、桐山が「亡命地にて」で書いた『パルチザン伝説』は、「この国の〈戦後〉と言うもの、また一九六八年から現在に至る〈この時代〉というものを考察し、文学的に表出しようとした作品であった」という作者の意図である。つまり、桐山は『パルチザン伝説』において「全共闘運動体験」のみを書こうとしたのではなく、「戦後(日本)」の在り様、およびその「戦後」から引き続いている「現在(の日本)」を相対化しようとした、ということである。

このことは、『パルチザン伝説』が「天皇爆殺」を狙った東アジア反日武装戦線の「虹作戦」(一九七四年八月十四日)及び「三菱重工爆破事件」(同年八月三十日)を下敷きにした物語と、アジア太平洋戦争の敗戦間際、三菱重工爆破事件で大けがをした実行犯の父親が相次ぐ東京空襲に紛れて皇居に忍び込み、「天皇暗殺」を謀ったというフィクションを組み合わせる作品になっていることから、戦後も戦前と変わらず日本という国は「天皇制」という軛（くびき）から自由になっていない現実を浮かび上がらせることに成功した作品、という読み方を可能にする。言い方を換えれば、「絶対主義天皇制」（戦前）から「象徴天皇制」（戦後）への移行は、「君主論」的には「断絶」ではなく「連続」しており、そこにこそ「戦後」および「現在」の問題は全て収斂している、といった認識の下で桐山の『パルチザン伝説』は書かれたということである。さらにこの作品をそれまでに書かれた「全共闘小説」と比較するならば、桐山の『パルチザン伝説』は他の「全共闘小説」とは全く異質な「天皇（制）」を中核にして民衆統治を行ってきた「近代日本」の総体を批判的に捉え返すことを主題にして書かれた小説だった、ということになる。

それ故に、『パルチザン伝説』と深沢七郎の『風流夢譚』を「反天皇制小説」（不敬小説）として同一視する批評・文学史観は、『パルチザン伝説』（桐山襲の真意）を読み違えていると断じていいのではないだろうか。そもそも、作品の設定が片や「夢の中の譚（はなし）」であり、もう一方は「伝説＝民衆の中に言い伝えられている話」ということで、『風流夢譚』の場合「夢の中の譚」であるが故に六〇年安保闘争で勢いづいた民衆が皇居に雪崩込み、皇太子などの首をまさかりで切り、他の皇族たちを傷つけたりする乱暴狼藉を働くという設定ができたのである。右翼団体が激怒し、中央公論社に押しかけた大日本愛国党の青年党員が刃物を持って嶋中社長宅を襲い、夫人に重傷を負わせ、お手伝いさんを刺殺するという「テロ」を招来したのも、この小説が「天皇・皇族」を侮辱したように読めたからに他ならない。そもそも、「天皇制」こそこの国の統治機構として最高なものであるとし、「天皇」を「神」

と崇める右翼にとって、「夢の中の譚」であるとは言え、民衆が次々と「皇族」を殺傷する小説を書いた深沢七郎は絶対に許すことのできない作家だったのである。深沢七郎自身は、「反天皇制」思想を露ほども持っていなかったと思われるにもかかわらず、である。『風流夢譚』及び作者の深沢七郎への「糾弾・恫喝」は、六〇年安保闘争における市民（民衆）の「反権力」意識の盛り上がりに、右翼団体は本気で「日本革命＝天皇制廃止」の可能性を考えたのかもしれないが、今から思えばということになるが、「平和と民主主義」に彩られた戦後的価値（その中には「象徴天皇」の容認も含まれる）を尊んでいた当時の日本国民が、喫緊の問題として「社会主義革命＝天皇制廃止」を考えていたとは到底思えない点を考慮すれば、「天皇制擁護」の右翼団体も、また「反米愛国（ヤンキー・ゴーホーム）」を叫んでいた戦後民主主義勢力も、天皇制を近代思想史総体の中で捉え、この制度は「共和思想＝革命思想」と相容れないものだと断じた桐山襲からは「同床異夢」に思えたのではないだろうか。

このことは、六〇年安保闘争を全学連主流派と共に戦った吉本隆明の六〇年安保闘争の「総括」（『擬制の終焉』六〇年九月）を読めば、歴然とする。

安保闘争は奇妙なたたかいであった。戦後一五年目に擬制はそこで終焉した。それにもかかわらず、真制は前衛運動から市民思想、労働者運動のなかにまだ未成熟なままたたかわれた。いま、わたしたちは、はげしい過渡期、はげしい混乱期、はげしい対立期にあしをふみこんでいる。そして情況は奇妙にみえる。終焉した擬制は、まるで無傷ででもあるかのように膨張し、未来についてバラ色にかたっている。いや、バラ色にしか語りえなくなっている。安保過程を無傷でとおることによって、じっさいはすでに死滅しているがゆえに、バラ色にしかかたりえないのだ。情況のしずかなしかし確実な転退に対応することができるか否かは、いつも真制の前衛、インテリゲンチャ、労働者、市民の運動の成長度にかかっている。

戦後の「平和と民主主義」の中で詩人・批評家としての地位を築き上げてきた吉本隆明が、日本共産党や日本社会党の指導する大衆運動（六〇年安保闘争など）や革命運動に「絶望」し、擬制（前衛党）の「終焉」を告げざるを得なかった事情はよく分かる。しかし、六〇年安保闘争当時の日本が「過渡期・混乱期・対立期」にあったという認識は、洋の東西を問わず、反体制運動というものは全て「過渡期・混乱期・対立期」を表象するものだということを了承すれば、そんなに意味のある状況認識であったとは言えない。また、吉本が前衛党が唱える「平和と民主主義」と言う戦後的価値と同じ土俵で批判的に振る舞っていたという点で、吉本の「擬制の終焉」論は、後の世代（七〇年安保世代・全共闘世代）から見れば自明の論理であって、批判的にしか捉えることのできないものであった。なお、社会主義（共産主義）革命を夢見つつ「戦後」の「平和と民主主義」思想に固執する戦後の知識人を論難していた吉本が、一九九〇年代になると戦前と同じように戦後も第三世界（アジア・アフリカ・南アメリカ）を中心に、「新植民地主義」と言われるような経済侵略を強力に推し進めた日本資本主義を「高度資本主義の実現」として歓迎するようになってしまった現実を考えると、必然の成り行きとは言え、「戦後」をどのように評価するかが現代史を語る際の試金石だということを、改めて思わないわけにはいかない。

しかし、多くの資料（文献）が指摘するように、六〇年安保闘争と六〇年代後半から本格化した学生叛乱＝全共闘運動は、「戦後」の捉え方をはじめ多くの面で異なっていた。その違いについて、一九七〇年前後の「政治の季節」に中央大学全共闘の一人として運動に参加し、現在もなお現役の活動家として「反天皇制運動」などに関わっている天野恵一は、「『戦後』批判の運動と論理——安保全学連と全共闘運動」（「流動」八〇年四月号『全共闘経験の現在』八九年六月 インパクト出版会 所収）という文章の中で、全共闘運動は反体制運動に加わることに忸怩たる思いを抱いていた学生によって担われたものと言ってよく、その本質は以下のような思想にあったと喝破していた。

六〇年代末以降の闘いは、戦前（大日本帝国）と本質的なところで連続してしまった「戦後」に対する闘いであった。東南アジアへの「経済」侵略のエスカレーションは「平和」のイデオロギーのもとでなされ、「民主主義」のイデオロギーのもとで国内のブルジョア支配体制は強固になっていった。（中略）

戦後が〈戦後〉（大日本帝国と対立するもの）としてではなく「戦前（中）」（大日本帝国）と同じものになってしまっていることの自覚を他人にせまり、自らもそのことをより深く自覚して行く闘いとして、この時代の闘いは展開された。アメリカ帝国主義のベトナム侵略に加担している日本帝国主義に対する批判の運動であるベトナム反戦運動を軸に高揚した政治闘争も大学の闘争も、「戦後民主主義秩序総体」をまるごと拒否しようとする志向性において一致していた。この時代の闘いは、戦前（中）と戦後の連続性を全面的に暴きたてていった。だからこの戦いは大日本帝国と「戦後民主主義」をかさねて批判する運動であり、全面的な「戦後」批判であった。

先の吉本の六〇年安保闘争の「総括」とこの天野の全共闘運動の「総括」の「差=違い」にこそ、『風流夢譚』と『パルチザン伝説』が全く異なるモチーフ（テーマ）によって書かれた作品であることの証がある、と言うことができる。

〈3〉『パルチザン伝説』の思想と構造

ところで、作者の桐山が京谷秀夫との先の対談で「俗に言う反天皇制小説じゃないですね」と言っている『パルチザン伝説』の小説としての特徴についてであるが、まず指摘しておかなければならないのは、先にも記したように単なる全共闘運動の体験に基づいて書かれた所謂「全共闘小説」ではないということである。とは言え、全共闘運動から派生した爆弾闘争を主眼とするグループの一員であった「僕」（語り手）が、連合赤軍事件によるあさま山荘銃撃戦の後に判明した「（十四名の）同志殺人」の衝撃から「決意した唖者」となった二つ違いの「兄」へ語りかけるという形をとったこの小説は、確かに次のような「僕」と「兄」の違いを述べる個所を見れば、『パルチザン伝説』もまた一九七〇年前後の「政治の季節」（学生叛乱・全共闘運動）の「体験」が無ければ書くことが適わなかった小説だったということを、前提として承認しないわけにはいかない。

——ここで、男女七人から成る僕たちのグループについて、簡単に語っておかねばならないが、僕よりも二つ年長である兄さんたちが《党》を、ひたすら《党》をめざしたのに対して、孤立した叛逆者のグループとでもいうべき僕たち七人の男女は、《党》とはまた違ったひとつの結合をつくりあげつつあった。この兄さんたちと僕たちとの違いは、兄さんたちが腐敗せる前衛党との訣別と新たな前衛党の創出ということを自らの出生地とし、常に共産主義の世界的正統ということを意識していたのに対して、あの風の日々の首都において、ざらざらとしたバリケードの手ざわりのなかで夏の夜明けを迎えた僕たちは、《党》を媒介としない直接的なかくめいに身をまかせていたということに由来しているのかも知れない。(傍点原文)

ここに記されているように、「兄」たちの世代——全共闘運動を生み出す母体となった「新左翼」諸党派と言っていいだろう——前衛党の「擬制性」を既知のものとして反体制運動を始めた自分たち世代との違いを明示しつつ、その一方で「僕」は自分たちの「政治的軌跡」が「兄さん」たちのそれといかに異なっていたか、以下のように述べる。

さて、ここでもう少し遡って、O市での大失敗によって僕が《昭和の丹下左膳》(製造中の爆弾が「誤爆」したことで、「僕」は片目と片腕を失くしていた——引用者注)となる以前の、僕の政治的軌跡について、おおよそのことを伝えておかねばならない。

兄さんも知っているとおり、七人の男女から成る僕たちのグループが、〈M工業〉に対する歴史的な攻撃によって最初の成果を挙げたのは、一九七四年のことだった。

一九七四年というのは、六〇年代の後半から開始された学生たちの社会的叛乱の波頭が既に過ぎ去り、その輝きの最後の余光迄が消え沈もうとしていた、そういう時代だったのだが、大衆的叛乱の敗北が疑いようもなくなった一九七〇年代初頭から――あたかも急ぎ足で自分たちの青春と訣別していくかのように――早々と地下に潜り始めていた僕たちのグループは、大衆的叛乱から生まれ出た最も根柢的な叛逆者のグループとして、強大な爆発力をもった武器による〈M工業〉への攻撃を敢行したのだった。

この二つの引用から窺えるのは、『パルチザン伝説』の作者桐山襲は六〇年代の後半から始まった全共闘運動以降の反体制運動（革命運動）の在り様をいかに冷静に見ていたかということであり、『パルチザン伝説』はそのような作者の冷厳な反体制運動史観によって書き進められたということである。換言すれば、繰り返すことになるが、「亡命地にて」に書かれているように、『パルチザン伝説』はまさに「この国の〈戦後〉というもの、また一九六八年から現在に至る〈この時代〉というものを考察し、文学的に表出しようとした作品」だったということにほかならない。

では、桐山襲が「文学的に表出」したい（表出しなければならない）と思った「戦後」及び「この時代」とは、どのような日本（世界）だったのだろうか。それは端的に言って、先の天野恵一が言う「六〇年代末以降の闘いは、戦前（大日本帝国）と本質的なところで連続してしまった『戦後』に対する闘いだった」という認識を前提とするものであった。つまり、桐山は「近代」以降現在まで続く「天皇制」を社会基盤の奥深いところに秘した「日本」――戦前は『大日本帝国』として、戦後は「平和と民主主義」によって仮装された「高度資本主義」日本――の総体を批判＝相対化の対象としようとしたのである。

『パルチザン伝説』が、「二つの伝説」から成っていることの理由は、まさにそこにあった。「第一の伝説」である「僕」が関わった「天皇爆殺計画」から「M工業」をはじめとする戦前から続く企業爆破攻撃について、作者は「僕」の口を借りて以下のように書く。

さて、一九七三年の秋に僕たちのグループが辿り着いたあのことは、ほかでもないあの男――首都の真中にある奥深い森の中に棲んでいるあの男への、大逆を行うという計画だった。
〈僕たちの世代は、そのほとんどが、あの十五年戦争に多かれ少なかれ責任をもった者を父とする事によって産まれてきたのだが、中枢においてであれ末端においてであれ、手を汚すことによって生きてきた〈父たちの体系〉ともいうべきものは、僕たちの出生によって打ち砕かれねばならないと、僕たちは幼い頃から考えつづけてきた。父たちは十五年戦争のただなかで、大陸の村々を焼きはらい、半島の女たちを強姦し、そして自分たちも数多く死んでいったのだが、戦争が終ってみれば、生き残った者はひとりひとりの持つ血の負債に支払いを付けることもせず、この国の〝復興〟の歩調に己れの人生を合わせていくことによって、死者たちの国に易々と別れを告げてしまったのだった。（中略）……かくて〈父たちの体系〉を全否定することは、僕たちの世代のまぎれもない義務であり、大人たちの偽善の世界をこなごなに打砕くことは、僕たちの世代のほとんど唯一の存在理由であるように思われた。戦前が許せない以上に、いつわりの自由といつわりの平和でみたされた戦後こそが、僕たちには堪えることができなかったのだ。）（傍点原文）

ここから、桐山が先のアジア太平洋戦争（十五年戦争）における日本（父たちの体系）の「戦争責任＝加害責任」を中心に、戦前─戦中及び「戦後」の日本の歴史・在り方をいかに相対化するかという命題を抱えていたことがわかる。現在でも、明治時代の日清戦争（一八九四・明治二十七年）に始まるこの国の戦争史は、敗戦間際の「東京大空襲」や沖縄戦、ヒロシマ・ナガサキの犠牲が甚大であったが故に、「被害」を強調しがちである――このことは、この国の宰相である自民党の総裁（総理大臣）が列席する「沖縄慰霊の日」に始まって広島及び長崎の「平和祈念式典」を経て、「全国戦没者追悼式」に至るスピーチにおいて、先のアジア太平洋戦争（十五年戦争）における日本（人）の「被害」については語っても、中国大陸やアジア太平洋諸地域で二〇〇〇万人以上の将兵や民衆が日本（軍）の「被害」を被った（殺害された・犠牲となった）ことについて、「反省」も「謝罪」もしない事によく現れている――。日中戦争時の南京大虐殺事件や太平洋戦争末期に起こった「マニラの悲劇」――一九四五年、マッカーサー将軍が率いるアメリカ軍のマニラ再占領計画に際して、マニラ市民のゲリラ化（反日暴動）を怖れた日本軍が多数のマニラ市民を捕縛し、ビルに閉じ込め焼殺したり、数珠つなぎにして池に沈めたり、多数の市民を防空壕に導き入り口を爆破して殺害するなどの「蛮行」を働いた事件――が象徴するように、日本の近代史はまさに戦争史であり、「侵略＝加害」の歴史であった。この「事実」は、日清戦争から今日まで数え切れないほど書かれた石川達三の『生きてゐる兵隊』（三八年）などの戦争文学（小説・詩・短歌・俳句・手記・記録、など）が証明しており、何人も否定できない日本近代史の「事実＝汚点」として存在する。

桐山が『パルチザン伝説』において、「天皇暗殺」を企てた「父」やその仲間たちに関する物語（第二の伝説「Sさんの手記」）を用意しなければならなかったのも、戦前（戦中）―戦後を「切断」の位相で捉えようとしてきた戦後の知識人たちに対して、日本が戦前（中）から戦後まで一貫して「絶対主義」か「象徴性」かを問わずその中核に「天皇制」を据えていることを考えれば、「連続」の位相でしか捉えることができないと強く思っていたからにほかならない。つまり『パルチザン伝説』は、一方で「平和と民主主義」思想に表徴される「戦後」を批判する一九六〇年代末の学生運動（全共闘運動・新左翼運動）に関わった「僕」と「兄」の物語（伝説）を語ると同時に、他方で「第二の伝説」とも言うべき「父たちの物語」を語る構造になっているということである。このような構造を持った小説で、桐山は読者に何を伝えようとしたのか。桐山は、作中で重要な意味を持つ「Sさんの手記」について、次のように書いている。

　僕たちの父の謎――
《大井聖とは何なのか？》
《何故大井聖は異形の者だったのか？》
《何故大井聖は一九五一年の秋に死者＝もしくは失踪者となったのか？》
――これらの謎の半ばを、Sさんという僕たちにとっては未知の人に書かれた手記は、明らかにしてくれるはずだ。

だが、この手記が僕を深く感動せしめたのは、単にそれが僕たちの父の謎を解き明かしているからだけではない。それは、〈父の時代〉と〈僕たちの時代〉――つまり、戦争の時代から戦争ののちの時代――を貫いて在るひとつのことをもまた、明らかにしているように思われるからだ。焼跡における可能性ともいうべきものから、僕たちが走り抜けたあの時代における可能性ともいうべきものへと通じている暗い洞窟の如き何かを――（傍点原文）

ここから分かることは、繰り返すことになるが、桐山が戦前（中）の大日本帝国時代から「平和と民主主義」に彩られた戦後まで、「日本」は「天皇制」を温存することで「連続」していた、と考えていたと思われることである。言葉を換えれば、『パルチザン伝説』（桐山襲）が先に列記したような全共闘小説や六〇年安保闘争と関係していた『風流夢譚』と根本的に違っていたのは、『パルチザン伝説』の作者が明治以降の「近代日本（戦後も含む）」を丸ごと対象にしていたのに対して、『風流夢譚』や全共闘小説の作者は「戦後」（六〇年安保闘争）しか視野に入れていなかったということである。その意味で、『パルチザン伝説』が公表された後に書かれた東京新聞（菅野昭正）や赤旗、毎日新聞（篠田一士）、図書新聞（松本健一）、社会新報（菅孝行）、等の「文芸時評」や記事のうち、作者の意図を正確に読み取っていたのは、サンケイ新聞（八三年九月二十四日号）の「文芸時評」（奥野健男）だけであった、と言っていいだろう。「赤軍→連合赤軍」、「パルチザンを企て→パルチザンと化し」、「父・兄・弟の三代→父子二代」等、いくつか気になる「誤読」に基づく言葉遣いもあるが、作品の大筋（作者の意図）を外さない奥野の以下のような批評は、的を射たものであった。

同じく新人の桐山襲の『パルチザン伝説』（文芸）は、父、兄、そして自分、妹とつながる暗い黒いパルチザン的叛逆を、重く粘っこく追っている。兄は既成の革命党を排し真の前衛党たらんとして、仲間の粛清、そして初の銃撃戦を行った赤軍のリーダーであり、今は口がきけなくなり、弟の自分はM社爆弾襲撃グループ――今や党を否定し、個人参加である集まりで、自らの爆弾で片目片足の男となり南方の島に住みつき、妹は娼婦になる。その根源に戦争中、空襲下のパルチザンを企て爆弾を投げた父の、戦後の黒い靴をのこしての失踪がある。つまり古い日本、その象徴である天皇を、敗戦によってもこわすことができず残している日本への、祖父・父・子、父・兄・弟の三代にわたる内面からの反逆、テロリズム的な破壊をテーマにしているのだ。ぼくはこの二作を読み、三代にわたる血のつながりにより、三代にわたる国家体制への深層意識的批判がはじめて文学作品として表現されて来たことに大きな感慨を抱かざるを得なかった。

では、「古い日本、その象徴である天皇を、敗戦によってもこわすことができず残している日本への、祖父・父・子、父・兄・弟の三代にわたる内面からの反逆、テロリズム的な破壊」は、「Sさんの手記」の中で具体的にはどのように表現されていたか。「僕」と「兄」の父親と目されている「穂積一作」は、B29の東京への空襲が激しくなりつつあったある夜、「私＝Sさん」に次のように語る。

……自分たちの国に解放をもたらすためには、まず自分たちの国に戦争の敗北をもたらさなければならない。それは一日も早くしなければならない。そして、日本に敗戦をもたらすためには、間もなく開始されようとしている米軍の焼土作戦に呼応して、日本国内から武装闘争が始められなければならない。たとえ少数であっても、たとえ数人であっても、日本にパルチザンが生まれ出でなければならない。そのパルチザンの闘いは、準備が出来次第、明日にも始められなければならない。

……

桐山は、「古い日本、その象徴である天皇を、敗戦によってもこわすことができず残している日本」の「民衆」についても、厳しい目を向けていた。

……戦争だから家を焼かれるのは仕方がないが工場が狙われるのが悔しい、それに宮城が心配だ……

なるほど、この国のひとびとはかつてない空襲のなかでそういうふうに考えているのか――動悸の細波が残っている胸を押さえながら、私は頭のどこかが痺れるのを感じていた。まだ焼かれ足りないのか、まだ殺され足りないのか、いや、全部焼かれ、殺されても、そう思いつづけているのか……

今でこそ、戦時下はもちろん戦後にあっても権力者の意を汲み忖度する国民（民衆・大衆）の在り方に対する批判は当たり前のことになっていると言っていいが、『パルチザン伝説』が書かれた時代に天皇を元首と仰ぎ侵略戦争を肯定し、日本がアジアの盟主になることを願った国民大衆の心情を批判する思想は本当に稀であり、根源からの「天皇制」批判は「平和と民主主義」を基底とする戦後の思想家（知識人）の視野に入っていなかったと言っても過言ではない。というのも、六〇年安保闘争を全学連主流派（新左翼）と共に戦ったということで、多くの全共闘学生に圧倒的に支持されていた吉本隆明の「自立」思想は、実態的に存在するのかどうか不明の「大衆（の原像）」をその根底に汲み取ることを思想的営為の原理としているということで、戦後世代に支持されていたからである。吉本の「自立」思想によれば、「大衆」は現象的（表層的）に誤ることはあっても、原理的には「無謬」な存在であり続けなければならないものだったのである。

上記の引用にあるような「国民（民衆・大衆）」批判は、「Sさん」と兄弟の父と目される「穂積一作」との本土決戦をめぐる議論においても登場する。日本の在り方が根本から変わるためには「日本の徹底的な敗北」を知らしめる本土決戦が必要だと主張する穂積一作は、その理由を以下のように述べる。

――そうかな。いや、その前に、きみはいま日本の罪もないひとびととかいったな。本当にそう考えているのか？　日本の民衆は罪がないのかい？　えっ？　南京陥落だと言っては提燈行列をし、チャンコロの首を頼むぞと言っては兵隊を送り出し、そして戦争のおかげで獲得した卑小な権力や猥褻な熱狂を自らの本質としていい気になってきた連中――その連中が、いつから〝罪もないひとびと〟になったんだい？　いや、それはまた後にして、本題を話そう。なるほど、我々三人は、日本の一日も早い敗戦のために闘った。しかしそれは、日本の上から下までの支配秩序を倒すためであって、その支配秩序を残したまま単に戦争だけを終わらせるためではないはずじゃないか。そうではないかい？

ここで「日本の上から下までの支配秩序」と言っているのは、当然「天皇制」を中核とする支配秩序のことであり、新聞社の外信部に勤める穂積一作の手に入れた資料から、連合国（アメリカ）が日本支配のために「戦後」も「天皇制」を残そうと考えていることを知って、戦前（中）―戦後も変わらぬ日本の支配構造について喧々囂々の議論を重ねてきた、という経緯も明かされる。この日本の支配構造についての議論を一つとっても、『パルチザン伝説』が単なる「反天皇制小説」でないことの証になっている。つまり、『パルチザン伝説』で語られているのは、「反天皇制」の意匠を借りた「反日本」の可能性ということである。そして、「Sさんの手記」が次のような文章で閉じられなければならなかった理由もまた、作者が「反日本」の可能性について「断念（絶望）」と「期待」の綯い交ぜになった心情を持っていたことの証ではなかったか、と思われる。

――幾つもの謎を残したまま、私はこの手記を終えなければならない。穂積一作の血で書かれた憤怒の伝説の上に、この国はいま復興という名の荒々しい土木作業を進めつづけている。都市はますます巨大になり、夥しい光の群れが、国土の隅々までも照らし尽くそうとしている。しかし私はその〝復興〟のなかにいかなる光明も視ることはできない。まことの敗戦を通過しなかった以上、この国のすべては元通りであり、新しい道を切り拓くことなど絶対にあり得ぬのである。わたしは、穂積一作の妻であったあなたとその二人の息子に、ひとつの歴史を伝えるために筆を執ったが、それは荒唐無稽な作り話、ありもしない夢のような伝説として葬られるかも知れない――。だが、ひとつの伝説が静やかに流れていく暗河の如くに時間を生きのび、時として地上の奔流となって現れ出でることもまた、あり得るのではなかろうか。

桐山が『パルチザン伝説』で願ったことは、まさに全共闘運動に関わり「いつか」を信じて延命を選んだ多くの者が心底に潜めた「ひとつの伝説が静やかに流れていく暗河の如くに時間を生きのび、時として地上の奔流となって現れ出でることもまた、あり得るのではなかろうか」ということにほかならなかった、と言っていいだろう。別な言い方をすれば、『パルチザン伝説』が表徴していたのは、一九六〇年代後半から始まった全共闘運動に関わった者の「ルサンチマン」だったということである。

〈4〉「政治の季節」の検証

『パルチザン伝説』とその後の「作家」としての矜持に基づく「毅然とした対応」とによって現代文学の確かな書き手としての地位を獲得した桐山襲は、自らが加わった一九六〇年代後半から一九七〇年代の初めまで続いた「政治の季節」に関して、表現（文学）という地平において「総点検」とも言うべき作業を始める。桐山は、『パルチザン伝説』を発表してから一九九二年三月二十二日に四十二歳の若さで亡くなるまでの編著も含めて十一冊の著作を残しているが、桐山の現代作家としての地位は、紛れもなくそれらの著作によって築かれたものである。その十一冊は、列記すると以下のようになる。

(一)『パルチザン伝説』一九八四年　河出書房新社
(二)『風のクロニクル』一九八五年　同
(三)『戯曲　風のクロニクル』同年　冬芽社
(四)『スターバト・マーテル』(短編集)一九八六年　河出書房新社
　収録作品:『スターバト・マーテル』『旅芸人』『地下鉄の昭和』
(五)『国鉄を殺すな　国鉄労働者は発言する』(編著)一九八六年　冬芽社
(六)『「パルチザン伝説」事件』一九八七年　作品社
(七)『聖なる夜　聖なる穴』一九八七年　河出書房新社
(八)『亜熱帯の夜』一九八八年　同
(九)『都市叙景断章』一九八九年　同
(十)『神殿レプリカ』一九九一年　同
　収録作品:『J氏の眼球』『十四階の孤独』『S区夢幻抄』『リトウル・ペク』『その時』『神殿レプリカ』
(十一)『未葬の時』一九九四年　作品社

＊他に、作者桐山自身が収録を拒絶したにもかかわらず『パルチザン伝説』を収録した『天皇アンソロジー一』（一九八四年三月　第三書館刊）という書物があるが、桐山が自著として認めていないので、この書物は省く。

これらの著作で桐山が世に訴えようとしたことは、簡潔に言えば、『パルチザン伝説』の執筆動機について語った「この国の〈戦後〉というもの、また一九六八年から現在に至る〈この時代〉というものを考察し、文学的に表出しよう」（「亡命地にて」）であった。そのことは、迫りくる自分の死を凝視するところに成った『未葬の時』を除いて、『パルチザン伝説』に次ぐ中編『スターバト・マーテル』が、連合赤軍による「あさま山荘銃撃戦」やそれ以前の連合赤軍の最高指導者森恒夫の死及び十四名にも上る同志殺人、あるいは銃撃戦で使用した銃器を奪取した京浜安保共闘（日本共産党から除名された中国派のグループ。「日本共産党〈左派〉神奈川県常任委員会」を名乗っていた組織が共産主義者同盟赤軍派と合流して「連合赤軍」となる）による真岡銃砲店襲撃事件、等々、全共闘運動がどのような「思想」の下で闘われ、いかなる「末路」を迎えることになったのかについて、それぞれの事件に関わった人間の視点から総括される内容になっていることからも、よくわかる。

ここで重要なのは、桐山が全共闘運動を「終わった闘い」として捉えておらず、未だに形を変え「持続」している、と考えていたということである。桐山は、この作品において、三里塚空港反対闘争の過程で圧倒的な装備を誇る機動隊（権力）との戦いで「勝利」した「三里塚東峰十字路闘争」（一九七一年九月十六日）を担ったゲリラ部隊（空港建設反対同盟の青年行動隊に率いられ、火炎瓶やゲバ棒、竹槍、鉄パイプで武装した社青同解放派や共産同叛旗派、プロレタリア学生同盟、フロント、等々の新左翼諸党派によって構成されていた）の約七〇〇名の活動家に対して、「森の中に消えた顔を黝く塗った一千人の軍隊」として登場させ、彼らは「いつか始まる革命」の時まで姿を消しているのだという設定にした。ここから推測できるのは、桐山が「あの時代」を闘った者の心底に蠢く「得体の知れない願望」の代弁者たらんとしている、ということである。

また、桐山が全共闘運動を「持続しているもの」として捉えていたのではないかということは、『スターバト・マーテル』の最後で、『あさま山荘事件』で人質にされたと言われた管理人の娘に、次のように「内白」させているところにも表れている。

新しいいのち――彼女の子宮の奥に姿を整え始めた新しいいのちが、暗闇の中で、小さな光を放つ生き物のように、静かに息づいている。胎児の姿を整えるまでに十二年（「あさま山荘事件」から十二年後の出来事、という設定になっている――引用者注）という時間を必要としたのだから、それが彼女の柔らかい肉を辟いて生まれ出るまでには、まだ永い歳月がかかるかも知れない。だが彼女は、既にしっかりとした母親の表情で、これからの歳月を生きて行く覚悟を固めていた。彼女は永く続くであろう暗闇と、聖母に加えられるであろう迫害にも耐えて、新しいいのちを生み出そうと考えているのだ。遠く焦がれるような想いが、柔らかい胸をみたす。どこからか、バラの花の匂いが匂ってくる。

（あなたがたのすこやかな子供の母になれますように。あなたがた十四人の、すこやかな子供の母になれますように）

桐山にとって、「あさま山荘事件」も、またそれに先立つ連合赤軍による「十四人の同志殺人」も、全共闘運動の「解放」と「自由」を求める精神が途切れることなく続いてきた結果であり、その精神はこれからも続くであろう（続いてほしい、持続しなければならない）という想いを自分は抱き続け、そうである限り、すべての反体制運動は「通過点」として肯定しなければいけないのではないか、と考えていたということであったといっていいだろう。

また、『スターバト・マーテル』だけではないが、桐山の作品を読むとき注意しなければならないのは、全共闘学生たちの父親の多くが「帰還兵」であったという事実の認定を起点に、彼ら「帰還兵」の多くが中国やアジア太平洋の各地で「加害＝侵略」責任を持つ者であるとの確かな認識が示されていることである。この視点は、『パルチザン伝説』でも明らかにされていたが、桐山の一連の作品をこの国の近代文学史を貫く「戦争文学」の亜種として読むならば、大岡昇平の『野火』（五一年）の系譜に属するものと言うこともできる。それは例えば、「革命軍」に襲われた真岡の銃砲店の主人と日本海に面した町に住む友達の銃砲店店主の男が、「地下に棲んでいる死者たちへの恐怖が、畳の上に眠れなくさせていた」ため、ハンモックでしか寝ることができなくなっていて、雪が降るたびに次のようなことを思い出すという独白にもよく表れている。

——地下に棲んでいる死者たちへの恐怖が、彼を畳の上に眠れなくさせていた。蒲団を敷いて休んでいると、地中から筍のように生え出してくる何本もの死者たちの腕が、眠っている彼の体にからみつき、地下深くひきずり込んで行くという恐怖に、彼が捉えられているのだった。

その地下の死者たちは、彼が兵隊として支那へ行っていたとき、彼や彼の仲間に手にかかった何人もの支那人であるのかも知れなかった。

北支の平原、中支の街、そして、南支の湿った密林——実に到る処で、彼と彼の仲間は支那人を殺しまくった。銃剣で胸を突き刺すとき、下を向く者は良民（リャンミン）であり、燃えるような憎悪の目を見開く者は八路軍（パーロ）であると教えられていたから、そして彼と彼の仲間の殺した支那人は、女や老人や子供たちまでが燃えるような憎悪の目をこちらに向けたから、ほとんどの支那人は八路軍（パーロ）であるにちがいないと、彼は考えていた。目を見開いた顔に唾を吐きながら銃剣を引き抜くとき、支那人の胸からは必ず、トプトプというせせらぎのような音がした。そして叢に倒れ込んだ死者たちの腕が、まるで空に向かって何かを把もうとするかのように、埃っぽい黄昏の中で奇妙に顫えていたのだった。……


繰り返すことになるが、全共闘運動の中心を担っていた者たち、つまり「団塊の世代」というのは「外地＝戦地」で、あるいは内地で「加害者」——例えば、全国で本所、支所、分遣所を含めて九十一ヵ所あった捕虜収容所で任務に就いていた兵士が「B級戦犯」として二十八人死刑判決を受けていたことを知れば、了解できるだろう——であった将兵の子供たち、つまり「帰還兵の子どもたち」であったことは、立松和平をはじめとする他の全共闘小説の書き手にとって「暗黙」の了解事項ではあったと言っていいだろう。しかし、作品の中でその「帰還兵の息子・娘」であることを明確に意識して作品を書いた者は、私見の範囲で言えば、バリケード封鎖中の早稲田大学でジャズを演奏した(一九六九年七月)山下洋輔バンドと全共闘学生との関係を描いた『今も時だ』(七一年)の立松和平と、桐山の二人だけであった。

三作目の『風のクロニクル』は、桐山の早稲田大学での全共闘運動体験を踏まえ、なおかつ「作家=書くことを決意した人間」となって今日「在る」ことへのこだわりを対象化した作品、と言っていいだろう。今日「在る」ことと「書くこと⇅書かないこと」へのこだわりについて、『風のクロニクル』の語り手「僕」は、次のように語る。少し長い引用になるが、これは全共闘運動の「敗北」を嚙みしめつつ「次の階梯」に進もうとした者の誰もが胸の奥に抱いた「想い」を代弁するものだった、と言っていいかも知れない。

――僕たちの共に在った時代が、〈書くこと〉への初々しい誠実さとでもいうべきものの中で開始されたとするならば、僕たちは祝祭ののちの十年を超える時間を、〈書かないこと〉への誠実さとでもいうべきものの中で生きてきたと言い得るかも知れない。

炎の絶えたのちの、年ごとに華やかになっていく巨大な都市の移ろいを視ながら、僕たちは或いは言葉を失ない、或いは言葉を閉ざすことによって、ひとつひとつの《語れない石》として、見えない時間を生きてきたように思える。あたかも〈書かないこと〉が、支配権を取り戻したこの世界に拮抗し得る唯一の条件ででもあったかのように。そしてまたあたかも、〈書かないこと〉が言葉を失なった数多くの者と連帯し続ける唯一の途ででもあったかのように――。

このように、〈書かないこと〉についての綱領を守り続けて来た僕が、きみを首都から送り出してほとんど十年の後に、何故〈書くこと〉を再開しようとしているのか？――その説明は僕自身に対してさえ容易でないように思える。ただ、この時代に溢れ充ちる言葉の断片、夥しく流れ出で流れ消えていく言葉の断片が、僕たちの言葉の死骸の上に際限なく乱舞し始めるや否や、舗道に倒れたままの幾つもの言葉たちが、〈狂人〉となろうとしている僕の身体に憑いたかのように、僕の内側で響（とよ）めきあいながら、自らの復権を主張してきたと言ってみれば良いだろうか。

この「僕」の述懐の下敷きになっているのは、一九三〇年代の革命運動・労働運動に対する烈しい弾圧に抗しきれず、日本の革命運動・プロレタリア文学運動からの「後退＝転向」を余儀なくされた中野重治の論稿『「文学者に就て」について』、と推測できる。中野は、プロレタリア文学運動の同志である貴司山治が転向作家や転向小説を批判した「文学者に就て」（「東京朝日新聞」一九三四年十二月十二〜十五日）に対して、それは革命運動・プロレタリア文学運動を更に「後退」させるものだとして批判した『「文学者に就て」について』（「行動」一九三五年二月号）の中の、以下のようなことを書いていた。

弱気を出したが最後僕らは、死に別れた小林（多喜二――引用者注）の生きかえってくることを恐れはじめねばならなくなり、そのことで彼を殺したものを作家として支えねばならなくなるのである。僕が革命の党を裏切りそれにたいする人民の信頼を裏切ったという事実は未来にわたって消えないのである。それだから僕は、あるいは僕らは、作家としての新生の道を第一義的生活と制作とより以外のところにはおけないのである。もし僕らが、みずから呼んだ降伏の恥の社会的個人的要因の錯綜を文学的総合のなかへ肉づけすることで、文学作品として打ちだした自己批判をとおして日本の革命運動の伝統の革命的批判に加われたならば、僕らは、そのときも過去は過去としてあるのではあるが、その消えぬ痣を頬に浮べたまま人間および作家として第一義の道を進めるのである。

一八九四（明治二十七）年五月十六日、正に日本近代文学の黎明期に二十五歳で自裁した北村透谷を例に出すまでもなく、この国の近代文学史において少なくない数の文学者が「政治」から「文学」や「芸術」の分野へ、あるいは「市民生活」へ闘いの場を転位させるということがあり、それは日本近代文学の「伝統」にまで化していた、と言っても過言ではない。その意味で、多くの全共闘学生が先に立松が全共闘小説の白眉と言ってもいい『光匂い満ちてよ』（七九年）を書いた後のエッセイ「鬱屈と激情」（「波」七九年十一月号）で、「ぼくの精神形成の多くは、七〇年前後の学園闘争におうところが大きい」と書いたように、学生運動（全共闘運動）体験を心の支えにしながら（ということは、中野重治の言う「消えぬ痣を頬に浮かべたまま」ということになるが）、「政治」から「文学」や「芸術」の世界へと多くの者が転位して行ったのである。

なお、この『風のクロニクル』は、「政治」から「文学」への転位は可能かと言う問題意識の他に、もう一つ桐山自身の早稲田大学における全共闘運動体験をいかに「総括」するかがモチーフになっていたと考えられる。そのことは、「作中劇」の形で一九六〇年代末に大学に入った学生が全共闘運動に関わっていくプロセスを描き、他方その時全共闘に加わっていった四人の学生の「十年後」を描くという小説構造によく現れている。「作中劇」の第一幕で新入生の一人「岡田」は、以下のように観客に向かって語り掛ける。

岡田　こうして、僕たち四人は別れて行きました。夜の気配が、しっとりと肌に纏いついてくるような、温かい春の夜でした。夜は始まりの予感に充ち、深い闇は、開花し始めた花々のざわめきで充たされていました。
　これから始まろうとするものが、所謂青春であるのか、或いは、この国に訪れることの少なかった可能性の時代であるのか、そのときの僕たちには分かりませんでした。たぶん、その両方の予感が、僕たちひとりひとりの胸を、あんなにも重く、そして軽やかにさせていたのにちがいありません。
　こうして、僕たちの一九六八年は始まりました。春と、夏と、秋と、そして冬が廻りました――

その後、四人はそれぞれ逮捕されたり、「革命の葬儀屋」と呼ばれていた党派との熾烈な内ゲバに明け暮れたりするが、終には全共闘運動が「敗北」の後に終焉し、「僕たちの祝祭が終り、バリケードが首都から姿を消して早くも二三年のちには、党派にとどまることも、そこから離れることも、ともに個体を暗い穴ぼこの中に埋め込むことであるような、惨憺たる時代が始まっていたのだった」との認識を持つようになり、「無為」とも思えるような十年間を過ごすことになる。気持（精神・エートス）だけは、それぞれが「僕」（桐山自身を擬している、と読める）の次のような思いと経験を共有していたのだが……。

それ以降の時間、つまり一九七〇年代の十年間も、僕にとっては工場や会社を転々とする不安定な時間であり、小戦闘の連続であった訳だが、僕の過去への廻廊は、それらの時間をすべてとび越えて、一九六〇年代末期のわずかな日々に直結している。あたかもその日々――風で始まり雨で終る一九六〇年代末期のわずかな時間が、それを生きた者たちの〈生〉の全部であり、それ以降は完全な死に至るまでの時間――〈時間の無限だけを証明するための時間〉ででもあるかのようだ。

……

勿論、Nよ、僕は青春などという吐気のする言葉によって、その日々のことを語ろうとは思っていない。（傍点原文）

桐山は、『風のクロニクル』を発表した翌年（一九八五年）、青年座スタジオ公演のために『戯曲風のクロニクル』を書くが、その中で「プロローグ」に登場する「女（三十代）」に「書くこと―生き続けること」の意味を、次のように語らせている。

女　……蠟燭から蠟燭へ、小さな炎を点（とも）すようにしながら誰かが書き継いでいかなくてはならないわ。未完成のままの、幾つもの年代の物語を。まだ誰も書いていない、わたしたちの時代の物語を。……あの人、あなた、そしてわたし……

〈5〉「オキナワ」へのこだわり

桐山襲の「オキナワ」へのこだわりは、生半可なものではなかった。『パルチザン伝説』に始まる彼の創作の全てに「オキナワ」は通底していると言っても過言ではない。そして、桐山の「オキナワ」へのこだわりは、原仁司が「桐山襲と八〇年代の言語表象Ⅰ」（『夜に抗して闘う者たち――ジョン・レノン、ロベルト・ボラーニョ、桐山襲』二〇一九年　翰林書房刊所収）で指摘するように、一九七二年の「沖縄返還」の直前に始まり八〇年代まで続いた「南島論」や「辺境論（琉球独立論）」――チェ・ゲバラを革命の師と仰ぐ「ゲバリスト」太田竜の『辺境最深部に向って退却せよ』（七一年　三一書房刊）――などを背景に内在化するものだったと言えるかもしれない。吉本隆明「南島論――家族・親族・国家の論理」（七〇年）、「南島の継承祭儀について――〈沖縄〉と〈日本〉の根柢を結ぶもの」（七一年）、谷川健一『魔の系譜』（七一年）、島尾敏雄編『ヤポネシア序説』（七七年）、谷川『南島論序説』（八六年）、等々、その内容は吉本の「南島論」の副題「家族・親族・国家の論理」を見れば分かるように、民俗学や宗教論、古層文化論、地政学、等を動員したもので、結論的には「南島＝沖縄」は確かに「反日本（ヤマト）＝反天皇（制）」の拠点になる可能性を示唆するものであった。とは言え、桐山ほど「オキナワ」へこだわり、その拘りの「オキナワ」論の中核に「反日本」、あるいは「革命」の拠点足り得る場と位置付けていた者はいなかったのではないか。

その頃の南島は、半透明に輝く聖なる水母のような姿で、一種独特な時空の中に漂っていたと思う。それはヤマトのように単一で均質化された時間と空間ではなく、重層的で混乱にみちた時間と空間の迷宮だった。実際、米軍のトラックが砂煙をあげている那覇の町はヴェトナムと陸つづきだったし、妖精のような娼婦たちのいるコザの路地は神話の奥へと開かれていた。八重山の無人の珊瑚礁に立てば原初の轟きは間近に迫り、パイナップル畑では台湾からの出稼ぎ人が千年の汗を流していた。後に私が書くこととなるコザの夜を舞台にした小説『聖なる夜　聖なる穴』や孤島の中に太古からの時の流れを押し込めて見せた『亜熱帯の涙』は、そのような南島の迷宮を表現する試みだったといってもよい。（一九九一年「無何有郷の光と暗澹」＊「無何有郷」＝ユートピア）

この引用にあるように、桐山の「オキナワ」へのこだわりを具現化した最初の作品『聖なる夜　聖なる穴』（一九八六年作）は、沖縄が日本に「復帰」する二年前に起こった「コザ暴動」に関する次のような説明から始まる。

一九七〇年十二月十九日深夜――正確にいえば十二月二十日の午前零時三十分――コザは炎を身に纏った。コザ市、ゲイト・ストリートで起こった交通事故処理をめぐって、米兵の発砲に端を発した暴動は、みるみるうちに夥しい群衆を呼び集めた。やがて火が、亜熱帯の十二月の深夜を彩った。ゲイト・ストリートは、嘉手納基地正面ゲイトへと直結する大通りである。群衆の基地への殺到を防ぐために、警察本部は沖縄本島の全警察官に非常呼集をかけた。米軍はMP三百人をカービン銃で武装させた。群衆は、米人車輛七十三台、嘉手納基地雇用事務所、米人学校などを焼き討ちして、これに対峙した。タクシーの運転手は、市外から多くのひとびとを前線へ運んだ。バリケードが何箇所にも築かれた。武器と炎を持った沖縄人は数千人に達した。炎をさらに燃え立たせようとするかのように、男たちは指笛を吹き鳴らし、帆の周りでは女たちがカチャーシーを踊っていた。群衆の中には、軍労働者、運転手、店員、女給、学生、失業者がいた。そして、さらに、幾百人ものコザの娼婦たちが、ノースリーブの腕を夜の中に高くあげて、蜂起した群衆の先頭に立っていた。

周知のように、「コザ暴動」は施政権返還を二年後に控えていた沖縄で、二十五年に及ぶアメリカ軍の横暴極まる植民地的・奴隷的支配に対して起こった大規模な沖縄住民による「叛乱＝蜂起」であり、その後の現在に至る「反米・反日本（ヤマト）」運動におけるエートスを牽引する象徴的な出来事であった――「コザ市」は、施政権返還後の一九七四年四月一日、隣接する美里村と合併して「沖縄市」となるが、極東最大のアメリカ軍嘉手納基地を抱え、また「コザ暴動」の地として記憶されている「コザ市」という名称が消滅したことに、権力者（日米政府）による何等かの意図を感じ取るのは、間違いだろうか――。

その意味で、十五年後の一九八七年二月、沖縄の戦後史（アメリカによる「占領」時代を中心にした）における最大の民衆蜂起（反米・反基地闘争）と言っていい「コザ暴動」を描いた『聖なる夜　聖なる穴』（河出書房新社刊）を桐山が上梓したのは、桐山がいかに「オキナワ」に特別な思いを持っていたかを明らかにすることでもあった。その桐山の「特別な思い」は、『聖なる夜　聖なる穴』の構造を見れば、容易に理解できる。桐山は、『聖なる夜　聖なる穴』の冒頭で「コザ暴動」について事典的説明を行った後、その次に沖縄の近代史において強権（明治政府及びその先兵となっていた沖縄県〈知事〉）に異を唱え、沖縄における自由民権運動を主導した「伝説」的な人物「謝花昇」を登場させる。このことは、この小説が「反権力」を主題としたものであることを明示することでもあった。桐山は、まず「謝花昇」がどのような状況下に存在していたのか、後（一九七五年七月十七日）に「ひめゆり記念館」のガマ（壕）に潜んで、戦後初めて来沖した皇族・皇太子夫妻（昭仁〈平成〉天皇）に火炎瓶を投げつけた男（おれ）の口を借りて、次のように記す。

そして一八七二年、つまりおまえが七歳を迎えた年に、おまえの生まれた島は**日本国琉球藩**という名前を与えられる。（中略）

しかし、当然のことであるが――日本国琉球藩などという不安定な状態が、いつまでも存続するはずはなかった。**曖昧模糊としていずれの所属と申す儀一定致さず**、甚だ不体裁、と大久保利通が言う。三年後、大和の政権は琉球王国の残存物を完全に消滅させることを決定する。**琉球処分**――

そのあからさまな呼び方が、年代記の上に記されるだろう。いまや亜熱帯の島々に棲む者は、すべて日本国民として、日本の戸籍に登録することが命じられる。清国の暦は廃され、大和の新しい暦が南島の永い一日を記録し始める。いや、南東に渡って来たのは、戸籍や暦ばかりではない。生まれたばかりの日本国軍隊が――歩兵大隊四百名が――首里を制圧する。こうして大和の暦は、あからさまな暴力によって最初の一頁を記す。その始まりは明治八年、西洋の暦でいえば一八七五年である。(そしてジャハナよ、この七十五年という年も、おまえは記憶しておかなければならない。なぜならこの年もまた、まるで運命の廻りでもあるかのように、丁度百年ののちに、今度はおれ自身の手によって、歴史の上にささやかな傷痕を残すことになるからだ――)(ゴシック原文)

物語(小説)は、「謝花昇」(わたし)が県費留学生として本土(ヤマト)の大学で学び、帰沖してから沖縄県庁に農業技師として勤めながら、余りに露骨な明治政府(大和)による「沖縄支配」対して反旗を翻し、ついには職を辞した後精神に異常を来すようになった経緯と、一九六〇年代半ば大学進学のために本土(ヤマト)に渡った「おれ」の、一九六〇年代末から七〇年代初めの「反権力」闘争(学生運動)を重ねながら、いかに「おれ」がひめゆり記念館で皇太子夫妻に火炎瓶を投げることになったかを、まさに「年代記」のように描き出す。「わたし」(謝花昇)と「おれ」の両者が共に打倒すべき対象として考えているのは、沖縄を収奪の対象としてしか見ていない「日本=ヤマト」であり、その日本(ヤマト)に陰に陽に君臨している「天皇(制)」への叛意である。「おれ」は、東京でヤマト=日本の学生と共に闘っている時でも、しばしば次のような想いを抱いていた。

だから、華やかな窓の明かりに照らされた首都の大通りを、機動隊のジュラルミンの楯に押されながら隊列が進んで行くとき、おれの孤独な眼には、白く膨らんでいく一個の帝国が視えた。大量の血を吸いこみ、無数の富をちりばめた帝国が視えた。それは一九六〇年代という時代の中で、ますます膨張し、海を越え、おれの生まれた小さな南の島を呑み込もうとしていた。帝国に存在するすべてのものが、いまやおれに激しい嘔き気を催させた。――だらしない口元から発せられる言葉の響き、人々の白く緩んだ皮膚、光を失った病気の瞳、地下鉄の座席を埋めた仮面の顔、死の匂いのする花々、帝国を讃える陰鬱なメロディ、そして毒々しい血の色によって染め抜かれた旗――。それらのもののすべてが、亜熱帯の美しい島々を呑み込もうとしているのを、おれの二つの眼は視た。帝国に所属するそれらすべてのものは、絶対に南島を訪れてはならない。いや、きれいに地上から消え去らねばならないと、おれは考え始めていた。

『聖なる夜　聖なる穴』は、ヤマト（日本・明治政府）の圧政に抗して精神を病み「狂＝凶」なる存在となった謝花昇の軌跡を辿りながら、謝花昇の「反日本（ヤマト）」の精神を引き継ぐ意思を持ってひめゆり記念館のガマに潜み、「慰霊」に訪れた皇太子夫妻に火炎瓶を投げた男（おれ）に、作者桐山襲によるおのれの「願望」と「想像」を綯い交ぜにした次のような「エピローグ」を語らせ、終わる。

一九七五年――つまり「コザ暴動」から五年ののち、皇太子夫妻が沖縄を訪れ、〝ひめゆりの塔〟

の前に立ったとき、突如として洞穴の中から飛び出して来た青年がいた。

青年は頭からガソリンをかぶり、一個の炎となって洞穴から飛び出して来たのであった。

それは誰も予期せぬことであった。炎となった青年は、夫妻に向かって突撃を試みた。人間の形をしたオレンジ色の炎が、何かを叫びながら、幾歩か前へ進んだ。だが、それはすぐに石に躓いて倒れ、まるで出来の悪い仕掛け花火のように、しばらく燃え上っていただけであった。

皇太子夫妻は無事であった。夫妻はかすり傷ひとつ負うことなく、車へ戻ろうとした。

だがそのとき、死体の踵のあたりに残っている小さな炎のかけらを奮い立たせようとするかのように、夫妻を取りまいている群衆の陰、梯梧や木麻黄（もくまおう）の幹の裏側から、指笛がいっせいに響き起った。幾人かの老婆たちが、カチャーシーを踊り出すときのように、両手をひらひらと前へ上げた
……


では、『聖なる夜　聖なる穴』において、桐山は何故一八七五年の「琉球処分」に象徴されるヤマト（日本）の強権的圧政に抗した謝花昇の「足跡（伝記）」を軸に、一九七〇年の「コザ暴動」、一九七五年の「ひめゆりの塔事件（皇太子夫妻襲撃事件）」という沖縄における既成左翼主導の「復帰運動（施政権返還運動）」とは明らかに異なる全共闘運動的な「反日本（ヤマト）」の闘いを描いたのか。このことを桐山の「オキナワ」に関する発言で重要な意味を持つ「《幻境》としてのオキナワ」（「沖縄タイムス」一九八八年四月十四日・十五日号）というエッセイから探ると、そこには以下のような言葉があった。

実際、一九七〇年のオキナワは奇妙な場所だった。

そこでは、「原初」と「第三世界」と「アメリカ」と「日本」とが、奇妙に入りまじりながらゆらめいていた。それは、一九七二年の大和への併合を前にしながら、オキナワが最後の美しさの中でゆらめいていた年だったのかもしれない。（中略）オキナワは、一九七〇年という時代の〈幻境〉とも呼ぶべき場所として、目と耳の奥に生きつづけたのである。

そんなわけで、私の小説の中には、オキナワが幾つもの影を落としている。右翼の攻撃を受けた処女作『パルチザン伝説』から、最新作の『亜熱帯の涙』まで、ほとんどの作品が、何らかの形でオキナワとかかわっているといってよい。


そして、その「幻境」に関して、以下のようにも言っていた。


だが、オキナワが本当の意味で〈幻境〉であるのは、それが亜熱帯の無限の時空の中で、大和という秩序を、日本という一国の姿を、逆に一個の蜃（しん）気楼のように映し出してしまうところにあるのではないか。

かつて島尾敏雄は、「ヤポネシア」という言葉を提出することによって、日本という一国の間欠性を見事に相対化してみせた。しかし、オキナワの在りようは、単に大和を相対化するにとどまらず、大和という存在を常に危うくしてしまうところにあるように思える。

また、桐山は「沖縄論」に画期を為したと言われる新川明の『反国家の兇区』（七一年）にインスパイアーされた「沖縄」（八六年　粉川哲夫・高橋敏夫・平井玄共編『思想のポリティクス』所収）というエッセイの中で、次のように言っていた。

〃地理的条件〃という言葉を新川明が使っていることに、あらためて注目しなければならない。というのは、琉球諸島の地理上の位置は、〈反国家〉の思想の母体として、極めて重要な意味を持っていると考えられるからである。沖縄人という存在が、「日本人」というには異質でありすぎ、「少数民族」と呼ぶには異質で無さすぎるという、いわば《不定の位置》におかれているように、亜熱帯の海に浮き出た琉球諸島は、どのようにしても〃一国的完結性〃を幻想することができないという《不定の位置》をもっているように思われるのである。例えば、沖縄のどこかの島に立って、「一国革命」などという言葉を口にしてみるがよい。その響きの非現実性は、たちまちのうちに一個の影となって灼熱の地面に落下してしまうであろう。亜熱帯の島々からは、「琉球人民共和国」も「日本人民共和国」もすべて非現実的であり、ただ全世界だけが、全世界の国家の廃絶ということだけが、たしかな現実性を持ちえているのである。だから小さな島々の《不定の位置》は、そこに思想が生まれるとすれば、その初発から全世界を自らの内部に孕まざるをえないという根源的な宿命をもたされているのである。

つまり、桐山は「オキナワ」こそ、近代日本の成立以来今日までずっと沖縄を「植民地」的地位に貶め続けて来た日本（ヤマト）や、太平洋戦争の戦勝国として一九七二年の「施政権返還」まで沖縄を占領し続け、その後も変わらず極東最大の嘉手納基地を始め多くの米軍基地を沖縄に置き続けているアメリカ（軍）のみならず、「全世界」を撃つ根拠地、別言すれば「革命（運動）」の拠点となり得る場所、と考えていたように思われる。というのも、桐山の「沖縄論」の根柢には新川明が『反国家の兇区』で言う「日本との決定的な異質性＝異族性をつき出していくことによって同化思想で培養される国家幻想を打ちすえる」、平たく言えば「天皇（制）」を頂点に戴く日本＝ヤマトとの「同化」を考える一切の思想を排し、「日本との決定的な異質性・異族性をつき出す」ことに、「オキナワ」はその存在価値を示すことができるのだという考えが存在したからである。

そのことを考えると、『桐山襲全作品Ⅰ』（二〇一九年六月　作品社刊）の白井聡の「オキナワ」にこだわり続けてきた桐山の小説と思想に対する次のような「解説」は、果たして適切と言えるかどうか。

そして桐山の沖縄への着目は、そのような想像力の展開において中心を占めると同時に、大逆の問題系とともに、東アジア反日武装戦線が暴力的な決起によって提起した問題を引き継ぐものでもあったろう。東アジア反日武装戦線のイデオロギーが形成されるにあたっては辺境革命論の影響が多大であったとされる。辺境革命論も窮民革命論も語られなくなってからすでに久しいように一見見えながら、同じ発想は、九〇年代以降「最先端の」横文字思想として輸入され、流行した（サバルタン研究等々）。言うまでもなく、それは「いつでもどこでも絶対に正しい立場」を求めるスターリン主義の亡霊と絶望せる啓蒙主義の陳腐なアマルガムにすぎない。

このような言説は、大城立裕（一九六七年『カクテル・パーティー』で沖縄初の芥川賞を受賞）に始まる沖縄の戦後文学や新川明や川満信一（詩人『オキナワ・根からの問い――共生への渇望』〈七八年〉などの著書によって、復帰前後の沖縄文壇・論壇をリードする）らがいかに「オキナワ」をめぐって喧々諤々の議論を戦わせたか、言い方を換えればどうすれば「オキナワ」という場から「天皇（制）」に掣肘されている「ヤマト＝日本」を撃つことが可能かを考え続けて来たことについて、等閑にされているように思えてならない。そうであるが故に、桐山の「オキナワ」へのこだわりについて、それは「感性・感覚・本能」から生じたものであった、と次のように議論をずらさざるを得なかったではないか。

桐山の沖縄への並大抵ではないこだわりは、かかるものとは異なったかたちでの問題継承の試みであったように思われる。それは、本土の犠牲にされ続けてきた沖縄に言及せねばならないという政治的義務感以上に、想像力を展開させるにあたって沖縄からインスピレーションを得ていることから生じたものであっただろう。それは、桐山が沖縄の風土全体からほとんど本能的に感じ取った一種の解放感抜きにはあり得なかった。桐山にとっての「沖縄なるもの」は、憎悪するほかない現在（天皇制国家の成れの果てとしての現在）を解毒するものとして現れているかのようだ。そして、その解毒作用は、人間の想像力に働きかけるものであり、緩やかなものだ。（同）

白井は、桐山が『聖なる夜　聖なる穴』で何故「反ヤマト―反天皇（制）」の闘いを展開した「謝花昇」や「ひめゆり塔事件」の当事者たち、及び「反占領・反アメリカ軍基地」の闘いであった「コザ暴動」を物語の骨格に据えたか、を失念しているのではないか。

また、アジア・太平洋戦争の末期において「唯一の地上戦」を戦った沖縄の現実を「神話」的手法を用いて描いた『亜熱帯の涙』（「文藝」八七年春季号）を桐山は何故書いたのか、ということも等閑にしているのではないか。というのも、桐山は白井が『沖縄なるもの』は、憎悪するほかない現在（天皇制国家の成れの果てとしての現在）を解毒するものとして現れているかのようだ」というようなものとして「オキナワ」を捉えていなかったのではないか、と思うからである。繰り返すが、桐山にとって「オキナワ」は、「反日本（ヤマト）＝反天皇制」を可能にするかも知れない「一つの場（発信基地）」だったのである。

〈6〉「未葬の時」

処女作『パルチザン伝説』が右翼の攻撃を受けて「発表」が遅れるという事態になった時、桐山は「亡命地にて」という文章を書き、そこで「わずらわしさ」から逃れるために沖縄に来たということにして——実際は、首都圏に留まり、それまでとほとんど変わらない生活をしていたのだが——、『パルチザン伝説』執筆の動機を次のように「告白」した。繰り返しになるが、この『パルチザン伝説』の執筆動機は、十年間の活躍の後「若すぎる死」を迎えなければならなかった桐山の文学全体に通底している文学思想と言っても過言ではなく、特に「一九八六年から現在に至る〈この時代〉というものを、文学的に表出しようとした」という言葉は、『パルチザン伝説』以降の自作の「特質」を言ったものであった。

この事件――それを「事件」と呼ぶならば――の発端は、わたしの書いた三十四歳の処女作ともいうべき小説にあった。それは東アジア反日武装戦線がかつて企図した現実の事件の衝撃を受けとめ、そこから、この国の〈戦後〉というもの、また一九六八年から現在に至る〈この時代〉というものを考察し、文学的に表出しようとした作品であった。

『パルチザン伝説』以降の作品は、『スターバト・マーテル』（「文藝」八四年六月号）以下、未発表の『祭りの準備』（八四年頃の作）を含めて長短編あわせて十八編になるが、これらの作品を煩瑣を厭わず主題別に整理すると、『スターバト・マーテル』と『風のクロニクル』で自らも参加した全共闘運動を、そして『都市叙景断章』で「連合赤軍事件（十四名の同志殺人）」を総括し、『聖なる夜　聖なる穴』と『亜熱帯の涙』で「オキナワ」が体現してきた「反日本（ヤマト）・反天皇（制）」の可能性を探ることで、桐山はこの国の「近代」や「戦後」、そして「この時代」の「暗部」を「文学的に表出」することの可能性を探り続けてきた、と言える。例えば、桐山は関東大震災後の一九二三（大正十二）年十二月二十七日、貴族院の開院式に赴いた摂政宮裕仁親王（後の昭和天皇）をステッキ式仕込み銃で狙撃した「難波大助」をモデルにした『神殿レプリカ』で、以下のような衆議院議員（天皇主義者）であった父親に対する難波大助の「述懐」を記すが、そのことで全共闘運動から生まれた東アジア反日武装戦線（狼部隊）へと連なる「反日本（ヤマト）・反天皇（制）」思想が、「明治維新」による近代国家の成立以来今日まで連綿と続いていることを明らかにしようとした、と言っていいだろう。

親という存在に呪いあれ。

私は不幸者で沢山だ。親というどえらい権威者に対して、私の憎悪を叩きつけておくことは極悪非道者としての私の義務と存す。

聞けばあなたは、食事も碌に取れず、精神に異常を呈するほどやつれておる由――これを聞いてさえ私は冷然として涙一滴落とさない。

これは何故であるか？

私はまだ涙の種切れはしていないつもりである。正兄のために数滴の涙を流し、健亮のために枕をぬらしたほどの私である。あながち涙を所有していないというわけではない。

専横と貪欲――それは私の終生を通じての最も憎むべき敵です。専横から私の反逆が生まれ、――貪欲――から社会主義が生じた。因襲が私に絶対的服従を強いていた間は、あなたは頗る安全であった。醜い服従の「美徳」が私の知識の一撃の下に蹂躙された時――いままでの羊は、代って人間となり、獅子となり、徹底反逆者となった。

ここから想像されるのは、桐山が難波大助の口を借りておのれの「生き様」と「思想」を語っているのではないか、ということである。深読みかも知れないが、この「難波大助の言葉」は、「帰還兵」

の子供であった桐山がここでアジア太平洋戦争において「被害者」であると同時に「加害者」でもあった父親（世代）への「訣別」を宣告し、「兄たち」世代にあたる戦後民主主義者たちに「同情」の念を表明しつつ、自分は「反逆者」として、また「社会主義者」として我が信じる道を行くしかないのだと宣言している、と読むことができるということである。

とは言え、桐山はこの国を根底で支えてきた「農本主義」的思考と在り様がいかに強大なものであるかは、十分に理解していたと考えられる。何代にも渡ってその地に君臨してきた「農本主義者」の典型であった「父親」に、「大助は馬鹿な奴だ。摂政宮を殺すことによって、何かが変わるなどと考えていたのだから――。本当に馬鹿な奴だ。摂政といい、天皇と言い、そんなものを殺したところでいったい何になるというのか。（中略）そんなものを殺したからといって、どうしておれの永遠の生命に損傷を与えることができるというのか」、と「私（難波大助）」の行為と思想に対して反論させているのである。

そして、桐山は「難波大助の最後の言葉」を、次のように記す。

……神以上に尊いものがこの世にある。それが人間である。私ばかりが人間ではない。――一年汗水たらして苦労して得るところは何もない、あなたに哀訴嘆願して無慈悲にはねつけられた小作人たちも人間です。

総ては人間である。――人間以上に尊いものはこの地上には一人もおらない。この観念がなき限り、不幸はあなたの一生をつき纏うでありましょう。あの小作人たちは表面でこそ、貴方を尊敬もし恐れているように見せかけています。その偽りであることは——私と同様なのです。

時代は滔々として進みます。そうして一切の不正と搾取と専横が、やがてあなたがたが軽蔑しておる人間共により審判されるでありましょう。今日の敗者、明日の勝者である……


短編集『神殿レプリカ』の刊行は、桐山が死の床に横たわる約七ヵ月前の一九九一年八月三十日であるが、桐山は以下のような「挨拶文」を同封した署名本を筆者に送って来た（桐山と筆者は、桐山に「この現在と違う現在を　世界資本主義の勝利に抗して」と題するインタビュー〈「文学時標」九〇年五月十五日号〉を行って以来、著書を交換する関係になっていた）。


天候も世界情勢も、不順が続いていますが、いかがおすごしでしょうか。

入院中は度々の御励ましをたまわり、有難うございました。

お蔭さまで八月初めに退院し、とりあえず自宅療養となりました。

まだ横になっていることの多い生活ですが、やはり自分の机の在る部屋は良いもので、少しだけ生き返ったような気がします。

どうぞご健康第一にて、ご活躍ください。

とりあえず退院のご報告のみにて失礼申し上げます。

九一・九　桐山　襲

黒古一夫様

ソヴィエトなき世界にもう少しだけ生きている予定です。ご健筆をお祈り申し上げます。

（太字部分は、桐山の自筆）

この筆者への「私信」と言っていい斜字体にある「ソヴィエトなき世界」が何を意味していたかについては、少し解説が必要だろう。桐山は、この「私信」とほぼ同時期に書いたと思われるエッセイ「望みなきときにも」（「文藝」九一年冬季号）の中で、「ソヴィエトなき世界」に関して次のように書いていた。

いまから二十年以上も前――というと、何だか日露戦争の話でも始まりそうな昨今なのだが――ともかくいまから二十年以上も前、正確にいえば一九六八年頃、大学のキャンパスにこんなスローガンが掲げられていた。

〈ソヴィエトなき世界に、ソヴィエトを！〉

スローガンの意味は解説するまでもないだろう。ソ連邦だとか、中国だとか、北朝鮮だとか、「社会主義」らしき国はいろいろ在るようだが、そんなものはソヴィエトでもなければ社会主義でもない。ソヴィエトとは、武装した大衆自身による生き生きした直接的な支配である。このソヴィエトなき世界に、われわれ自身の手で真新しいソヴィエトを樹立しようではないか――だいたい、そんなような想いがこめられていた。

だから、そのスローガンは、既存の「社会主義」への全面的な敵対宣言だった。生きたソヴィエトを圧殺したものとして、「社会主義」という死の国は存立している。それはソヴィエトの単なる頽落形態であるどころか、その完全な反対物である――。

いかに桐山の「革命」＝「真新しいソヴィエトの樹立」への願望が強かったか。先の「挨拶文」やこの「望みなきときにも」の引用部分を読むと、桐山が最期の最後まで「反日本＝反天皇（制）」思想と「革命」願望を手放さなかったことがわかる。その意味で、桐山襲という作家は全共闘運動の「体験」と「精神」を最期の最後まで手放さなかった稀有な人間であった、と言っていいのではないか。

ただ、そのような「思い」の影に、「反日本＝反天皇（制）」という「原理」を裁ち切ることなかった作家生活を支えてくれた妻への感謝に満ちた最後の「恋文（ラブ・レター）」と言ってもいい『未葬の時』は、作家の思想がいかに強固なものであったかを明らかにするものだった、とも言える。自らの死と「戦後の天皇制」を象徴する昭和天皇の死を「暗喩」的に重ねた『未葬の時』、「死」に赴かなければならない「男」（桐山襲）は、亡くなるまでの何ヵ月間、痩せ細っていく身体から「叫び声」を上げ続けたが、その姿を見つめ続けた「女」は、次のようなことを思う。

まる三ヶ月間、彼女はその風景をみつめ続けた。それが出来たのは彼女一人だけだった。見舞いに訪れる男の友人や同僚などは、その凄惨な光景に耐えきれずに、五分もしないうちに立ち去っていくのが常だった。男の親類も五十歩百歩だった。そういえば、何年か前に死んだ天皇が、男と似たような病気で吐血と下血を繰り返していたときも、その息子と息子の嫁は、ほんのちょっとの時間の「病気見舞い」に病室を訪れただけだった。泊り込むこともなければ、下の世話をすることもなかった。（気楽なものだわ）だが彼女は違った。二人の娘は義母にまかせきりにしてしまったから、毎日家に戻る必要はなかった。まる三ヶ月間、僅かにまどろむ時間や買物へ行く時間をのぞけばほとんど二十四時間、彼女は死にゆく男の傍らに在り、叫び声にみちた風景をみつめ続けてきたのだ。朝の風景も、夜の風景も……。

なお、『未葬の時』は桐山が「死の床」にある自分を襲った「死」に関わる想念（妄念）を、「火葬係」、「女」、「子」、「男」の口を借りて、あるいは彼らの心に乗り移って「語る」ものである。そこで私たちが悟らされるのは、現在「元気」に過ごしている私たちも皆「未葬の時」――「死」を内包した生の時間――にあるのだという「自明」であると同時に、いつの間にか「未来」に先送りしている事実についてである。

「革命」を思い、「反天皇（制）」を最期まで手放さなかった桐山襲、『未葬の時』はもちろん、『パルチザン伝説』などの作品からも、桐山の熱き「希求」と思い半ばに仆れざるを得なかった「無念」の思いが伝わってくる。

第六章　干刈あがたと増田みず子

〈1〉「女たち」は、その時

一九七〇年前後の「政治の季節」に青春時代を送った立松和平をはじめとする男性作家たちは、その「体験」が何であったのか問うことを「創作＝表現」の原点としながら、それぞれが独自の文学世界を構築してきた。その在り様の特徴は、一九五六（昭和三十一）年にその原因が突き止められていながら、その後一九六八年九月になるまでその原因が肥料会社のチッソが垂れ流して来た工場排水に含まれるメチル水銀である、と企業も国も認めてこなかった「水俣病」が象徴するように、「経済成長」＝「見せかけの豊かさ」とは異なる生き方を求めてきたところにあった、と言える。別な言い方をすれば、彼ら「団塊の世代」に属する作家たちは、国も人々もひたすら「豊かさ」を求め続けて来た歴史がもたらした「綻び」に気づき、大勢（体制）とは「違う生き方」を模索するところにその特徴があったということである。「違った生き方」は、今自分がいる場所とは「違った場所・世界」を経験することによって生み出すことができるのではないかとの強い思いを、彼らは抱いたのである。連合赤軍事件に象徴される学生運動（学生叛乱）・革命運動の「退潮期」を眼前にして、今自分がいる場での「変革」に「絶望」していたということもあっただろう。そんな「内部の混乱」を抱えて、立松和平や宮内勝典らは「放浪＝旅」へと誘われていったものと思われる。

この「政治の季節」体験がもたらしたインパクトを創作の原点にしてきたということでは、一九八〇年前後に登場してきた「フェミニズム」思想を内に秘めた「女性作家」たちも例外ではなかったと言っていいだろう。特に、一九七二年に起こった連合赤軍による「あさま山荘銃撃戦」とその後に発覚した（とされる）「同志殺人」によって明らかになった群馬県の迦葉山や榛名山の山岳アジトに女性兵士が多数参加していた事実は、アジア太平洋戦争の敗北によって手に入れたかのように見えた「男女同権」思想が、ようやく具体的な姿となって出現したことを告知するものだったと言っていいだろう。それ以前、全国の学園に広がった全共闘運動＝学生叛乱が学園の枠を打ち破って、ベトナム戦争反対や国際反戦デー、沖縄解放闘争などの政治課題を掲げて街頭に出るようになった時、多くの女子学生が男たちと同じようにヘルメットにゲバ棒という闘争スタイルで身を固めたこともまた、図らずも一九七〇年前後の「政治の季節」が「女性解放＝フェミニズム」運動の一つの原点になっていたことの証であった。

さらに言えば、アメリカのベトナム反戦運動や黒人解放運動（公民権運動）の過程で生まれたフェミニズム運動（思想）が日本でも大きなうねりとなって出現したことも、一九七〇年前後の「政治の季節」がアメリカのベトナム反戦、フランスの「五月革命」、西ドイツの学生運動、中国の文化大革命などの「変革運動」と連動した「世界同時性」を獲得していたことと、深く関係していたと考えられる。街頭宣伝やデモにおいて「フェミニズム」の旗を掲げる団体を数多く目撃するようになったのは、一九六九年九月五日に東京日比谷野外音楽堂で開かれた「全国全共闘結成大会」以後であった。この「フェミニズム運動」の波は、一九七二年六月に登場した「中ピ連（中絶禁止法に反対し、ピルの全面解禁を要求する女性解放連合）」でもって頂点に達し、以後「フェミニズム」は思想や文学、哲学らの領域において全面展開（進化）を遂げるようになる。

そのような前提で、本章で取り上げる干刈あがた、増田みず子、第二章で取り上げた津島佑子は、それぞれが全く異なる文学傾向を示してきた女性作家たちであるが、一九七〇年前後の「政治の季節」の洗礼を受け、そして「フェミニズム」思想を深く刻印されながら、その「フェミニズム」を超えて自らの文学世界を構築したという点で、お互い「共通項」を持っていると言える。このことは、例えば「恋愛＝性愛」に関して、前世代（内向の世代）の女性作家を代表する大庭みな子やそれより上の世代に属する瀬戸内寂聴（瀬戸内晴美）の作品と較べてみれば、すぐに理解できることである。少々乱暴な言い方になるが、大庭みな子や瀬戸内寂聴が描く「恋愛」は、ほとんど「情痴小説」と言ってよい類のもので、大庭みな子の芥川賞受賞作品『三匹の蟹』（六八年）や瀬戸内寂聴の「瀬戸内晴美」時代の『花芯』（五八年）や短編集『夏の終わり』（六三年）は、三角関係や「不倫」を描いたものが多く、それらは明治時代に流行した「自立」した女性を主人公とする「毒婦小説」の系譜を引き継ぐものであった、と言っても過言ではない。

もちろん、「フェミニズム」の代名詞ともなった「自立した女」という言葉が意味するものの定義は難しい。しかし、干刈あがたや増田みず子、津島佑子といった一九六〇年代の後半になって全世界的に顕在化した「女性解放（フェミニズム）」を知った若き作家たちが描く女性たちの世界は、そこに登場する女も男も、経済的にも精神的にも「自立」し、「一個の人間」として生き抜く決意を持っているところにその特徴があった。それは、近代文学史上に登場した、例えば与謝野晶子や平塚雷鳥や伊藤野枝ら「青鞜」派の文学者たち、あるいは長谷川時雨や大田洋子といった「女人芸術」に拠った作家たちとも、最後まで誰にも頼らず（男に頼らず）「おのれの生き方を追求する」という点で、明らかに違っていたのである。

〈2〉「樹下の家族」と共に——干刈あがたの場合

さて、干刈あがたについてであるが、先ずは彼女との出会いから書いていく。干刈あがたとは、一九八二年の四月に創刊された文芸雑誌『海燕』（福武書店刊）が募集した「第一回『海燕』新人文学賞」の当選作『樹下の家族』（「海燕」八二年十一月号）以来の読者だったということで、彼女が亡くなる前年（一九九一年）、たった一回だけ会った。当時「戦後批評」をリードした批評家の一人小田切秀雄や文芸同人誌「文学的立場」の伊藤成彦ら及び全共闘世代の批評家である私や高野庸一らとで出していた「文学時標」——戦後すぐの一九四六年一月から十一月まで全部で十三号刊行された、「近代文学」同人のうち「世田谷三人組」と呼ばれていた小田切と荒正人、佐々木基一が出していた同名リーフレットの「再刊」という形を取っていた月刊の批評新聞——の「連載インタビュー」に登場してもらう目的で、彼女に会ったのである。因みに、この連載インタビューの第一回は堀田善衞（インタビュアー・伊藤成彦　八九年六月十五日号）で、以後ほぼ毎月、埴谷雄高、金石範、小田実、加賀乙彦、井上光晴、三浦綾子、夏堀正元、立松和平、桐山襲、本多秋五、林京子、島田雅彦、と続いたのであるが、残念ながら私が行った彼女へのインタビューは「文学時標」が一時休刊したため、同紙には掲載されなかった。

しかし、この「連載インタビュー」は、他の作家のインタビューと共に一九九一年三月河合出版から『異議あり！　現代文学』が刊行された際に、「地べたにいる自分の場所から書く」との標題の下で収録された。当時の記録を見ると、彼女と私が会ったのは一九九〇年十二月十一日、代々木の喫茶店においてであった。その場所は彼女が指定した店で、当時「胃ガン」を患い療養中であった彼女は疲れたとき、病院（東海大学医学部付属東京病院）からの帰りによく寄る店とのことであった。人伝てに彼女がガンで胃の大部分を切除した後の治療のため病院に通っていることは知っていたのだが、病後の詳しいことは知らず、病院の帰りに一時間という約束でインタビュー（対談）を行ったのである。そのインタビューの詳細は『異議あり！　現代文学』に採録してあるのでそちらを見てもらうことにして、この時のことで記憶に鮮明なのは、余談として筆者の長女（当時十七歳の高校生）が彼女のファンであるということを告げると、持っていた『80年代アメリカ女性作家短篇選』（八九年四月　新潮社刊）に、「娘さんに」とサインしてくれたことである。長女は中学生の時に『黄色い髪』（八七年）を読んで以来、私の本棚にある干刈あがたの本を「私のことを書いているみたい」との感想を持って読み続けていたということがあったのだが、さて筆者の娘が「私のこと」として受け取るような干刈あがたの文学世界とは一体どのようなものであったのか。

その第一は、彼女が同時代を生きる多くの女性（だけでなく、男性も）に多大な共感を得た作家であったという理由として、大上段に「女性解放（フェミニズム）」を振りかざすのではなく、自分が生きてきた現実――それは、「身の丈」と言ってもあながち間違いではない――を凝視し、併せて六〇年代後半から七〇年代前半という転換期＝政治の季節に青春時代を送った自分の「過去」から得た「自立」の思想に基づき、「理不尽」な時代の在り様に対して「異議申し立て」をするところにその文学的特徴があった。例えば、彼女と同世代の歌人福島泰樹が「葬送の歌」（二〇〇三年一月）の中で、あるいは『干刈あがたの文学世界』（コスモス会編　二〇〇四年九月）に長文の「〈あがた〉の光をつむぐ――干刈あがたの文学世界」を寄せている与那覇恵子が指摘しているように、処女作『樹下の家族』の最後に置かれた六〇年安保闘争で倒れた樺美智子への次のような呼び掛けは、同性・同世代ならずとも同時代を真摯に生きようとしている人々に対する必死（悲痛）なメッセージとして読者に届くものであり、そこにこそ彼女の求める「正義」の内実があった、と言えるからである。

美智子さん、あなたが考えていた革命とはどのようなものでしょうか。私もまたカクメイを考えます。もう一度〈世の中〉とか〈人間〉とかの言葉を臆面もなく使って、ものを考えたくなっています。この二十年という変化の激しい時を生き、今は母親となった私は、片足は現代人の岸に片足は生物の岸にひっかけ、急速に離れていく両岸のために股裂きになりそうになりながら、女性性器に力をこめて踏み耐え、失語症的奇声を発するこっけいな女性闘士にならざるを得ません。（中略）

美智子さん、その朝〈今が大事なとき。今日は行かなければならない〉と言って出かけて行った美智子さん。私はどこへ行けばいいのでしょうか。

いいえ、私にはわかっているのです。女は、全身女になって、〈おねがい、あなた、私を見て。私が欲しいのは、あなたなの〉と叫べばいいのです。美智子さん、私の前にもう一度、そう叫ぶ知恵と勇気のブルー・フラッグをはためかせてください。

周知のように、ここに出てくる「ブルー・フラッグ」は樺美智子が所属していた東大全学自治会の旗であるが、『樹下の家族』が「ジョン・F・ケネディが死んだ。／円谷選手が死んだ。／三島由紀夫が死んだ。／エルビス・プレスリーが死んだ。／克美しげるが死んだ。いや違った。克美しげるカムバックならず。／ジョン・レノンが死んだ」の文章から始まることと、引用の樺美智子への呼びかけはリンクしている。アメリカ大統領ジョン・F・ケネディが暗殺されたのが、一九六三年十一月二十三日。六〇年代の音楽世界をリードしたビートルズのジョン・レノンがファンと称する男性の凶弾に倒れたのが、一九八〇年十二月八日。年譜（『干刈あがたの文学世界』所収）に照らすと、干刈あがたは二十歳から三十七歳まで、樺美智子が死んだ年から数えれば「二十年」が過ぎており、この時空こそ『樹下の家族』の全体を支配しているということになる。その意味では、干刈あがたのこの間における「総括」がこの『樹下の家族』で行われているのではないか、と言うことができる。換言すれば、「片足は現代人の岸」、つまり「世の中」とか「人間」とかという外部の問題＝「カクメイ（革命）」について考える自分と、「片足は生物の岸」、すなわち産む性を持った「女性」について考える自分がいるという「二面性」を強いられた人間の「現実」が、『樹下の家族』には描かれているということである。さらに言えば、二人の子供を持つ母親になった自分と、「カクメイ（革命）」に生命を削った一世代上の樺美智子に倣おうとしてきた自分とに「股裂き」になった状況を引き受けた二十年間が、この『樹下の家族』には詰め込まれていたということである。

その「総括」の結果を象徴するのが、文学史的にも干刈あがたによって切り開かれたと言っていい、子どもを単なる大人の雛型と考えるのではなく、一個の人間として「対等・平等」に向き合う、その人間観である。このことは、彼女の作品に登場する母親と子どもとの会話に見やすい形で現れている。例えば芥川賞候補作にもなり、映画にもなった『ウホッホ探検隊』（八六年十月）の次のような場面が、いかに「新しさ」を持っていたか、明治以来の近代文学作品を振り返ってみるだけで、その「新しさ」に歴然とするはずである。場面は、長男がコミック雑誌に投稿した一コマ漫画が掲載された喜びを、事務所に寝泊まりして帰ってこない父親に電話して「不在」であることを知った後の会話である。


「もう一度電話してごらんなさい。お仕事で出かけてたのかも知れない」

「いいんだよ。今日は仕事でもさ、僕だってわかるよ。でもそう思いたくなかったんだ。家には僕たちがいるのに」

「ごめんね、お母さんが悪いの」

「お母さんは、もうお父さんが嫌いなの。別れたいと思うの」

と君は聞いた。私は黙っていた。

「もし別れたかったら、別れてもいいよ。でも僕は、別れてもお父さん好きだよ」

私は君の肩をなでた。次郎のように、やたらに触ることは君に対しては出来ない感じがあった。

「よくわかってる。本当はお母さん。ただお母さんね、もう気持が離れているのに無理に一緒にやるのって嫌だなと思って。ただお母さんが、帰ってきてくださいって言うのがいいんだけど。夫婦としては別れても、君たちとお父さんは仲よく行き来する、というやり方が出来ないかなあ、とは思っていた」


ここに登場するお母さん＝私（干刈あがた自身と考えてもいいだろう）の視線は、決して「上」からのものではなく、息子と「同じ高さ」からのものである。六〇年安保世代や七〇年前後の「政治の季節」を経験した団塊の世代＝全共闘世代が経済的な「豊かさ」に乗じて形成した「ニュー・ファミリー」は、秩序派＝保守派からは伝統的な家族像を破壊するものであると非難されるということがあった。しかし、「政治の季節」の体験から、男も女も子どもを含めて全ての人間は「対等・平等」であるとの思想を行動原理とするようになった六〇年安保世代から全共闘世代へと続く若者たちは、当たり前のように『樹下の家族』のような「新しい家族」像を創っていったが、それは「男尊女卑」の風習（封建遺制）が未だに残っていた当時では、まさに画期的なことであった。つまり、「ニュー・ファミリー」は、良いとか悪いとかの問題ではなく、人々の暮らしの場から儒教的な「家」制度、「家族」像を易々と除去し、「新しい時代」を準備したものだったということである。干刈あがたの作品は、現実の社会現象からはやや遅れたが、それが文学の世界において具現されたものだったのである。

河出書房新社から刊行された『干刈あがたの世界』（第一期全六巻）の第二巻『ウホッホ探検隊』（九

八年十一月）に解説「風の道なり」を寄せた道浦母都子――彼女は全共闘体験を基にした歌集『無援の抒情』（一九八〇年）で出発した――は、この干刈あがたの切り開いた地平について、次のように書いている。少し長くなるが、次に引く。

人と人との関係を決して対立構図として見ない。家族をテーマとして出発し、家族のあり方を模索し続けた作家だった干刈あがたの人間観が、人と人との対立を拒否するところにあることはじつに興味深い。

彼女の最初の小説「樹下の家族」が書かれたのは一九八二年、フェミニズムの風がすでに吹きはじめていた時期だ。男を待つことや支えることだけが、女の本来の役目なのだろうか。耐えることや許すことが本当の優しさだろうか。女たちは一人一人の胸の中で何度もくり返したであろう、そうした問いや疑問を、女性共通の言葉として語りはじめようとしていた。

「樹下の家族」から「ウホッホ探検隊」へと至る干刈あがたの軌跡は、自分自身の本当の思いを自分自身の言葉で語りはじめた女性たちの静かな波の中から生みだされた確かな実りの一つだったような気がする。いえ、そうだったのだ。

他者のだれも傷つけることをしない。だれも憎まない。人と人との対立関係を拒否するとは翻っていうと、そういうことだ。干刈あがたの小説が、一見、テレビの家族ドラマ風の通俗性に流れているように見えながら、読後にどしんとした重い手応えを残すのは、表だった言挙げこそはしないが、彼女の小説のあちこちに人間存在への熱い信頼があふれているからだ。

いささかフェミニズム（批評）に偏しているという感じもしないわけではないが、四歳という年の開きを越えて同時代を生きてきた道浦母都子ならではの「干刈あがた論」と言ってよく、時代が生み出した作家の一人である干刈あがたの特徴をよく捉えている。特に「男を待つことや支えることだけが、女の本来の役目なのだろうか。耐えることや許すことが本当の優しさだろうか」という言葉は、道浦母都子自身の離婚経験からくる「思い」と重なるものと思われ、そこには女性が一人で生きて行くことの大変さへの同調がある。因みに、干刈あがたと道浦母都子が一九七〇年前後の「政治の季節」体験を共有していると思われる証は、『樹下の家族』の中に『無援の抒情』を代表する「神田川流れ流れていまはもうカルチェラタンを恋うことも無き」の一首が、主人公の青春を想起させるものとして採られていることを指摘すれば充分だろう。言葉を換えれば、干刈あがたも道浦母都子も、一九七〇年前後の「政治の季節」体験の意味を問い、その問いの延長として「現在の生」――具体的には、離婚して「一人の女性」として、また「母親」として生きて行く決意を内に秘めた――を凝視する所に創作の原点を定めてきた、ということである。

〈3〉消えぬ、その「存在」と文学的価値

ところで、没後三十年近くが経つ（没年一九九二年九月六日）干刈あがたの主要作品を読み返し、あらためて思い知ったのは、その瑞々しい感性と裡に込められた思想が全く色褪せていないことである。

それは、二〇一一年三月十一日に起こった東日本大震災及び福島第一原発の「レベル七」に達する大事故や、混乱と混迷を続け「平和主義」から「戦争のできる国」へと舵を切った保守的（国粋主義的）な「政治」に背を向けて、ひたすら表層的には「何の変哲もない日常」に惑溺し、「身辺雑記」を綴ることが純文学であるかのように「錯覚」している現代文学の一般的な傾向を見るにつけ、よけいそのように思う。言葉を換えれば、干刈あがたの作品は、おのれの「内部」に自閉して事足りているふりをしている昨今の文学状況に照らすと、「時代」との緊張関係ということを考えただけでも、見事に屹立しているということである。たぶんそれは、干刈あがたがその作品世界やエッセイの中で問題にした「家族の在り様」や「親―子の関係」、「教育・子供問題」、「個と社会の関係」が、近代社会が必然的に抱え込んだ「宿痾」のようなものであり、「ポスト・モダン（近代後）」論者がいかように主張しようとも、これらの問題は「ポスト・モダン」思想では有効な解決方法が見つからないまま、時代が抱えたアポリア（難問題）として存在し続けていることに干刈あがたが先刻気付いており、いずれの問題も現代文学の重要な「主題」たりえていると認識していたからにほかならなかった。

例えば、『樹下の家族』から四十年近くが経った今日、果たして干刈あがたが問題にした「離婚」による「家族の解体」とそれに伴う「親―子」の問題は解決したか、社会的制度的に何事か変化したか。あるいは、『ゆっくり東京女子マラソン』（八四年）で控え目に主張していた「女性の自立」（これは同時に真の意味での「男性の自立」、本当の意味での「男女平等社会の実現」に通底している）が実現しているか。あるいは、「教育」問題やそこから派生する「家族」問題を正面から取り上げて近・現代文学史に画期をなした『黄色い髪』（八七年）が問いかけた「いじめ」や「学歴（差別）」問題は、現在どのように処理されているのか。茶髪＝黄色い髪が今では高校生や若い女性の当たり前のファッションになり、「大人」たちも許容するようになった反面、「いじめ」や「不登校」、「引きこもり」といった教育（学校）や子どもをめぐる環境は一向に変わっていないという現実がある。言葉を換えれば、干刈あがた初のこの新聞小説『黄色い髪』に「子供に添い寝をするように」という解説（『干刈あがたの世界6』九九年）を寄せた彼女と同世代と言っていい立松和平が、「不条理」、あるいは「日常の中に癌細胞のように増殖する非日常」という言葉でしか言い表せなかったこの時代のアポリアが、未だ解決を見ていないということである。

この小説の恐ろしいところは、一人の少女が理由もなく差別される立場にはいっていく過程を、説得力ある形でていねいに書いていることだ。それまで一緒に遊んでいた友達も、なんでも相談するようにといっていた先生も、急に無表情な壁になって包囲してくる。一度その流れに乗ってしまったら、いき着くところまでいかなければ、逃れることはできないのだ。一昔前なら、不条理として描かれたことだろう。〈日常の中に癌細胞のように増殖する非日常〉などといわれたに違いないのだ。不条理とは、文学者の鋭敏な感覚によってとらえられた現象でもある。しかし、現在は不条理という言葉さえも死に、かつての非日常が日常になったのだ。もしこの時代を外側から見る視点があれば、〈当たり前のように不条理の時代〉ということなのだろう。

この立松和平の理解に従えば、干刈あがたは「不条理」なこの世界の問題と真っ正面から取り組んで、思い半ばにして倒れてしまったということになるのだが、いかに彼女のこの時代（世界）への思い――それは「異和」意識・感覚と言ってもいいが――が強かったか、それは決して「喜んで」ではないように思われる「対談」や「座談会」、あるいはインタビューに応じ、きちんと思いの丈を語っていることによく表れている。デビュー直後の一九八三年十二月に、歌人の福島泰樹と行ったのを皮切りに、川本三郎（八四年）、加藤登紀子（八五年）、椎名誠（八六年）、安西水丸（八七年）、吉本ばなな（八八年『干刈あがたの文学世界』所収）、斉藤英治（八九年）、と一年に一回の割合で対談をこなし、朝日新聞での西部邁や加藤典洋らとの座談会（八五年）に出席し、そして「思想の科学」（黒川創）や先の「文学時標」（著者）のインタビューに応じたことは、回数にすれば決して多いとは言えないが、彼女の「人と文学」を考える際には無視できないものがあると言わねばならない。何故なら、これらの対談やインタビューにおいて、彼女は「本音」を語り、何を求めて小説を書きつづけているかを語っていると思われるからである。「本音」、それは「必死の思い」でもある。立松和平流に言うならば、この「不条理な時代」や社会・世界に対する抗い・異和を、何とかわかりやすい自分の言葉で表現しようとする強い思いが、これらの対談（座談会）やインタビューを支えているのである。初めから自らの命数を意識していたわけではないだろうが、どの場合も彼女が「必死」であったことは、発言の随所から感受される。

　このことは、エッセイ集『おんなコドモの風景』（八七年）や『40代はややこ思惟いそが恣意』（八八年）等に収められたエッセイについても言えることである。

〈4〉「原点」回帰

そんな干刈あがたであるが、一九八二年から九二年までの十年間という短い作家生活でありながら、彼女の場合も言い古されてきたことだが「作家は処女作に向かって成熟する」軌跡をたどり、志半ばにして倒れた作家であったと言えるのではないだろうか。何故なら、彼女は十年間の作家生活で表層的には現代の「家族」や「子ども」が直面している問題を自らの経験に即して書き続けたわけだが、それらの主題について書き継ぐモチベーションは、全て一人の人間（女性）として生き抜くためにはどのような在り方がいいのか、と問い続ける強靭な意思を最期まで手放さなかったと思われるからに他ならない。つまり、おそらく胃ガンの予兆があったと思われる一九八九年に、『黄色い髪』の続編『アンモナイトをさがしに行こう』（八九年八月）を書き、そしてガンに脅える離婚した中年女性を主人公にした『窓の下の天の川』（同年十一月）を、さらにはおのれの生き様を決定した大学生時代の経験を描いた長編『ウォークinチャコールグレイ』（九〇年五月刊）を書き継ぎ、手術して胃の五分の四を切除した後も小学生時代に材を採った『野菊とバイエル』（九〇年九月号～九一年九月号『青春と読書』に連載　没後の九二年七月刊）を書くといった、その息せき切ったような創作活動の底に処女作『樹下の家族』に込められた思い＝「原点」をより強固なものにしようとする意思を感受できるということである。

では、その干刈あがたの「原点」とは何か。一つは、『樹下の家族』において主人公と伴走する沖縄出身の予備校生が代弁している、「南の島＝沖永良部島」出身者の父母を持つことから自らの裡に生起するこの社会で生きることの「違和」感を追求すること、である。『樹下の家族』では、「沖縄訛り」の言葉やその独特な「時間感覚」が問題にされているが、太平洋戦争末期の沖縄戦で住民たちが悲惨な目にあっただけでなく、一九四五年から七二年まで（奄美諸島は一九五三年まで）アメリカの占領下に置かれたことが象徴するように、琉球（沖縄）―奄美諸島が「日本」から差別的に取り扱われてきた歴史が、主人公の「違和」感として作品の底流に流れており、作者はその「差別」の意味を『樹下の家族』において剔抉しようとしているということである。作中に、沖縄出身の詩人山之口貘の小説に「琉球人お断り」と就職を拒絶される話があったと書かれているが（干刈あがたはそのように書いているが、実際は山之口貘が一九六三年四月の「社会人」に書いた回想記「私の青春時代」にそのようなことが書いてあった）、薩摩藩の支配下にあった江戸時代はもちろん、「琉球処分」（一八七二・明治五年）以降の近代においても、琉球（沖縄）―奄美諸島が差別的に扱われてきたことは歴史的事実であった。「沖縄青年同盟」という団体から「差別的」と糾弾され、「お詫び」と「抹殺宣言」を行った広津和郎の『さまよえる琉球人』が『中央公論』に載ったのは一九二六（大正十五）年三月号であり、戦後になってもその状況がほとんど変わらなかった現実を、干刈あがたは胸深く刻み込んで創作を進めていたと言っていいだろう。

私たちは、レストランから乗り合いバスまで「colored」と「white」に分けられていた一九六〇年代から現代に至るアメリカ合衆国における「黒人（colored）差別」、あるいはこの国の根強い「被差別部落」差別や儒教道徳に基づく「女性差別」等については比較的よく知っているが、日本の戦前（その思想は戦後まで続く）において「朝鮮人、琉球人お断り」と求人票や銭湯、商店などの店先に張り出されていた「朝鮮人・中国人差別」と同種の沖縄差別＝拝外主義的な事実については、案外知らない。その意味では、『樹下の家族』において沖縄出身であることに苦悩する青年を登場させた干刈あがたの真意こそ、この作品の「隠れたテーマ」＝原点の一つと理解すべきである。「被差別者」の血を引く者のルサンチマン、と言っても言い過ぎではないほどに、作家としてデビューする少し前に干刈あがたが自作の短篇と詩、さらには採集した沖永良部島の唄をまとめた『ふりむんコレクション　島唄』（八〇年五月　制美刊）を自費出版したことの意味は、決して軽くなかったと考えるべきだろう。「年譜」（与那覇恵子作成『干刈あがたの文学世界』所収）には、『ふりむんコレクション　島唄』を出した翌年ごろ（作家デビューの一年前）から「子供を育てながら家庭生活と社会とのつながりを考えていく女性たちの集まりに共感を持って、時間の許すかぎり参加した」とある。離婚へと至る事情もあったのだろうが、『ふりむんコレクション　島唄』によって自らの「ルーツ」を見定めたことにより、身も心も「自由」に動けるようになったと言っていいかも知れない。言い方を換えれば、「被差別者」の系列に属する自分を「楔（くさび）」として矛盾や問題に満ちた現代社会に向けて打ち込む決意をした、ということでもある。あるいは、『ふりむんコレクション　島唄』をまとめることで自らを解き放つ方法＝表現を手に入れたと考えていいのかも知れない。

さらに、もう一つの「原点」は、これも処女作『樹下の家族』に書き込まれているのだが、「六〇年安保闘争＝政治体験」である。

一九六〇年、あなたが生まれた年。私は十七歳の高校生だった。六〇年安保闘争というのがあって、私は都立高校新聞連盟、略称コーシンレンの人達と、六月に入ってからデモに参加するようになったの。

初めての日は四谷駅の一時預けに学生鞄を預けて、清水谷公園に集合して、日比谷、銀座へとデモ行進した。その日は霧雨が降っていて、都道府県会館あたりのイチョウ並木の道を行進する間に、若葉の匂いを含んだ雨がセーラー服の肩にしみた。（中略）

デモはコース行進から、直接国会周辺に集結するようになっていた。高校生は大学生の列の一番端に並んだ。大学生のリーダーが〈諸君、高校生の若き力を拍手をもって迎えましょう〉と叫ぶと、大学生の群から拍手が湧き起こって、各大学の校旗が揺れた。赤旗が林立する中で、東大のスクールカラーの青旗が眼にしみて美しかった。

他にも『樹下の家族』には、先に引用した七〇年前後の学生運動＝全共闘運動の体験をうたった『無援の抒情』の道浦母都子や干刈あがたと早稲田大学で同時代を過ごした歌人福島泰樹の作品（「君去りしけざむい朝挽く豆のキリマンジャロに死すべくもなく」『転調哀傷歌』七六年刊所収）が登場し、また本土の学生運動との連帯を求めながら絶望の果てに復帰の前年（七一年）に自裁した沖縄の青年中屋幸吉の遺稿集『名前よ立って歩け――沖縄戦後世代の軌跡』（七二年六月）のことも出てくる。これらのことは、単に時代を彩るための意匠ではない。第三章で詳述した一九四七年生まれの立松和平が自らの学生運動体験を下敷きにした『光匂い満ちてよ』（七九年）を上梓した後に書いたエッセイ「鬱屈と激情」（七九年十一月）で、「ぼくの精神形成の多くは、七〇年前後の学園闘争におうところが大きい」と言ったように、六〇年代後半から七〇年初めにかけて青春時代を過ごした者にとって、政治＝学生運動に関わったか否かを問わず、この時代体験が生の「原点」、あるいは発語＝表現の根拠になっていたことは、自明の事柄に属すると言っても過言ではなかった。干刈あがたも、立松と同じような経験をし、またその経験がもたらした「内部」を大切にするところから作家として出発したのである。

　干刈あがたは、自分が「六〇年安保」にこだわる理由について、『思想の科学』のインタビュー「子ども、家族、子の時代で――『黄色い髪』に触れながら」（八八年七月号）の中で、『樹下の家族』を読んだ人の反応として「今頃あんなことを書いて、感傷的だ」というのと、「自分にはあの時代にこだわりがあるから、あんなこと書けない」という二種類があるとして、次のように語っている。

　私がそれを書いたのは八二年で、まだ八〇年代がすごく明るいかんじで受け取られてた時期でしょ。だから、そこに血まみれの赤ん坊を差し出されたかんじがしたんだと思うのね。特に、二つめの反応を返してきた人たちにとっては。だけど私にすれば、いったんあの時代に引き返さないと、自分がものを言う出発点が確認できないという気持ちだったの。だから私は、あの作品に対する拒否反応となって返ってくる、「こだわるからこそものが言えないんだ」っていう言い方には、ごまかしがあると思った。（傍点引用者）

「自分がものを言う出発点」としての六〇年安保闘争（学生運動）体験、干刈あがたが「家族」を、「子ども」を、「教育」を、そして「おのれの生き様」を問い、真摯にそれに言葉を与え続けてきたのも、先の南島＝沖永良部島（奄美トカラ列島）を出自とすることと併せて、それらが彼女の創作活動における「原点」だったからに他ならない。

それにしても、四十九歳での死、及び作家生活十年での死というのは、余りにも惜しいと言わねばならない。たぶん、「求めて来た」ことのほとんどを手に入れることもなく逝ってしまったのではないか。思い半ばの死、当事者にとってこれほどの「無念」はないのではないか。

〈5〉「孤絶」を求めて――増田みず子が目指したもの

増田みず子が東京農工大学の農学部植物防疫学科に入学したのは一九六九年四月、その年の一月十八・十九日に起こった「安田講堂攻防戦」は、登録医制度導入反対や附属病院の研修内容の改善を求めて無期限ストライキに入った医学部闘争の過程で生じた誤認処分に端を発し、以後全学部を巻き込むことになった「東大闘争」の結果的には最終局面を飾る熾烈な闘争であった。そして、結論的な言い方になってしまうが、その「安田講堂攻防戦」が終わった後に女性カメラマン渡辺眸によって明らかにされた安田講堂の壁に書かれた落書き「連帯を求めて、孤立を恐れず、力及ばずして仆れることを辞さないが、力を尽くさずして挫けることを拒否する」は、当時の学生運動＝全共闘運動に関わった学生のエートス（精神）を代弁するものとして、広く認知されたものであった。

立松和平の『遠雷』四部作が見事なまでに形象化したように、この国は戦後の冷戦構造を如実に示すかつての植民地「朝鮮（半島）」を戦場とする朝鮮戦争を契機に戦後復興を成し遂げ、そのままの勢いで高度経済成長を「成功」させ、一定程度の「豊かさ」を手に入れるが、その代償としてこの国の社会を基盤で支えていた「ムラ=農村共同体」を解体させ、「格差社会」の到来を意味するような「分断・孤立」が人々の「普通」の在り方となっていった。「連帯を求めて、孤立を恐れず」というフレーズは、高度経済成長の結果大学で学ぶことができるようになった大多数の学生の正直な気持ちを表すものであり、「孤立」を余儀なくされた彼らの「共生・協同」への必死の思いでもあった。

そんな一九六〇年代後半から始まる「政治の季節」に青春時代を送った者とは真逆な「思い」と言っていい「孤絶した生」に発語の根拠を求めたのが、増田みず子であった。言葉を換えれば、増田みず子の小説が一貫して「孤立」する女性（ごく稀に男性）を主人公にしているのは、一九六〇年代に「青春時代」を送った同世代女性の「思い=願望」とは真逆の思想を彼女が持っていたからであった、と考えていいのではないかということである。同時代史的に考えれば、一九六〇年代末の東大安田講堂攻防戦を闘った同世代の女性たちが懐胎した「フェミニズム」思想、それは戦後思想を象徴する日本国憲法が謳った「男女同権」をいかに現実の世界で実現し、男と女が「対等・平等」の立場から「共生」の可能性を求めるというものであったが、増田みず子作品の主人公たちはそのような一九七〇年前後の「政治の季節」の風潮に馴染まないところにその特徴があったということである。

増田みず子のいくつかの単行本の最後に付された「略歴」を見ると、「一人娘」の彼女は都内有数の進学校「東京都立白鷗高校」を二年生の初めに中退し、一年半ほど家でだらだらと過ごした後、都立上野高校の定時制に転じ、同高校定時制を卒業した後の一九六九年四月東京農工大農学部に入学するが、そのような体験=履歴を基にしたと思われる初期作品、例えば短編集の標題にもなっている「内気な夜景」（「文學界」八三年四月号）に、次のような「親子関係」さえ拒絶する若い女性が登場する。「晴代は、頭の中がとるに足りない事柄ですぐ一杯になってしまうことを、両親に見抜かれたくなかった」で始まる段落に、次のような記述がある。

　晴代が無口になる時、晴代の頭の中は、混乱状態を呈していたのだ。親たちはいつも、ひとつの眼から視線を二本ずつ出して娘を見た。一本は、一人娘の晴代がF高を中退する前の、近所の人が噂していた。文句の言いようのない家庭を未練げに見返り、一本は、それとわからぬように一人娘の言動を監視していた。晴代は時折、両親が交通事故か深夜の火事で揃って急死してくれたら何もかもよくなるのに、とふと考えることがあった。晴代に難題をふきかけるために彼らがそこにいるような気がした。両親がいなければ、晴代はただいきていさえすればいいので、解決しなければならない問題など、風に舞う木の葉のように、見えないところへ飛んでいってしまうのではないかと思われた。

　だから、晴代は、両親の前では何ひとつ考えごとをしないように努力してきた。表情にはどんな感情の色も浮かべず、視線はただそこにあるものを見るだけに使うようにした。

　このような「娘」と「両親」の関係（晴代の在り様）は、見方によっては若い女性の「反抗期」特有のものとも受け取れるが、「親」の期待を裏切って「親」に何の相談もせず主人公が進学校を中退してしまい、そのことに関して「親」の関与を拒否している姿を見ると、この『内気な夜景』の作者増田みず子の内部では、「親との断絶」というか、「親子関係の切断」は「異常事」ではなく、当たり前の感覚に他ならなかった、と考えられる。この親子関係の「切断」意識は、思春期に現れる「反抗期」の一種の亜種とも言えるが、短編集『内気な夜景』所収の『手毬の芯』（「文學界」八一年五月号）には主人公の女性が小学校時代に「いじめ」にあっていたという記述と「兄」との確執があったという記述があり、また『沈む部屋』（同八二年一月号）には「結婚生活」が破綻してしまう若い男女の生活＝日常が描かれていた。「いじめ」という陰湿かつ暴力的な人間関係が増田みず子という作家に落とした影は、何か。あるいは、結婚（新婚）生活も「普通」に送れない若い男女を造形せざるを得ない女性作家増田みず子のメンタリティ（精神性）とは何か。

別な言い方をすれば、『内気な夜景』に見られるような「親子」という縦の関係を切断しても、また『手毬の芯』に見られる「いじめ」に負けない人間、及び『沈む部屋』の破綻した結婚生活が象徴する横の関係の切断、が意味する増田みず子の人間観とはどのようなものであった、ということになる。このことは、増田みず子の造形する人間（若い女性）の特徴として、どのような「外側」からの圧力に対しても「自分＝個」の内側に存在する「自意識」を守る、という点が存在していたということになる。

前夜、夫は帰宅しなかった。そのことは、おそらくそれまでの秋江の暮らしの中で最大の事件と呼んでさしつかえのない出来事だった。二年前に、勤務先の同僚どうしというごくありふれた結婚をして、秋江は辞職し、家に引きこもった。結婚しようと言われた時にも抵抗なくすぐに承諾した。

二人とも、恋愛感情に焦がれるよりは、結婚という形式を大切にする性格だった。サラリーマン家庭の典型を演じることに熱心だった、と言えば言える。（中略）やがて自分が、ごく小さな空間を切り取った石の箱の中にいることを感じ始めたのはどのくらい時間がたってからだったろう。石の部屋の住人は、秋江の他に男が一人登録されているだけだった。その男は毎日外へ出て行く。帰ってくればほんの少し話をして食事をし、眠ったあとでまた食事をして出かけて行く。ほんの少しの話の内容はと言えば、秋江が一日部屋の中にいて思いついたことや、住居界隈で見たり聞いたりしたことだった。

一緒に暮らし始めた途端に、相手を知ろうとする気持ちを放棄してしまったような気がする。夫も、秋江もだ。

増田みず子が、どのような恋愛観・結婚観の持ち主であるか、その本当の所は判らないが、引用の個所を見る限り、この短編の時代にも大きな影響を残していたと思われる一九七〇年前後の「政治の季節」から生まれた「フェミニズム」思想をその根幹で共通感覚としていた「ニュー・ファミリー」と呼ばれる人たちの恋愛観・結婚観とは異なる、ひどく「観念的＝ステレオタイプ」な恋愛観・結婚観をこの時代の増田みず子は持っていた、と思わざるを得ない。知る限り、どのような恋愛・結婚にも「わくわくするようなときめき」があるものである。しかし、増田みず子の描いた若い男女の出会いから結婚生活にはそれがない。本来なら「濃密」な関係によって創り上げられているはずの新婚家庭が「石の箱」というのでは、あまりに悲しいではないか。増田みず子は、「夫婦」という関係も切断せざるを得ないほど、人間関係に「絶望」していたのだろうか。大学を卒業して研究員として就職した日本医科大学第二生化学教室での経験を基にして職場の上下関係や恋愛関係を描いた『慰霊祭まで』（「文學界」七九年十二月号）の中に、次のような主人公の若い女性が自分の「失恋」体験を話す場面がある。

「……たった二人よ。一人は、つきあいだして一箇月もしないうちに留学する人だった。五年よ。五年の留学。あと三年帰ってこないわ。いいえ、もう帰ってこないの。むこうに永住するって言ってきたから。もう一人は、自殺したの。自殺する決心をしてから、この世の名残に女を一人だけ好きになることに決めたんですって。私にそう言ったわ。死ぬと言って死ぬ人はいないわ、もしちゃんと死んだら尊敬してあげるって言ったの。そしたら、その二日後に海に沈んじゃった。いや、浮いたのかな、死んだぞ、尊敬しろよ、って速達が来たのよ、今でもその人のこと尊敬してるけど、本当はあれ以来、尊敬ってどういうことなのかわからなくなっているの。……もう顔も名前も思い出せないわ」

「顔も名前も思い出せない」人のことを「今でも尊敬している」というのは、分かりにくいレトリックだが、この主人公の「失恋＝恋愛」には初めから「濃密」な男女関係が感じられない。女主人公が相手の男性との関係を初めから「切断」しているように思えるからである。

そのような増田みず子の初期短編から見えてくる「切断」された親子（家族）、友人、兄妹、夫婦、恋人の関係、言い方を換えれば「希薄」な人間関係を描くことの意味するものは何であるのか。増田みず子が描き出す「人間」がどこに向かって進んで行こうというのか。そんな疑問に対する一つの「回答」が、一九八一年十月の『麦笛』、一九八四年十月の『自由時間』に次ぐ三作目の長編『シングル・セル』（八六年七月）だったと言っていいだろう。天涯孤独になった大学院生が、卒業後に望んだ「大学に残る＝博士課程に進学し研究者としての生を送ること」が叶わないことを知り、友人に紹介された山奥の旅館に籠って修士論文を書き、その後指導教授の世話である肥料会社に就職することになるその経緯を、主人公（大学院生）の「内面」の動きに中心に書いたのがこの『シングル・セル』である。タイトルの「シングル・セル（孤細胞・単細胞）」が計らずも明らかにしているように、徹底して親子や友人といった「外側」との関係が「切断」された「内部の意識」だけに頼るような主人公の在り方は、フロイト的な精神分析（潜在意識の探究）を進めていったら、終には「孤絶」も辞さずといった「自意識の地獄」に行きついてしまった、ということを意味していた。

『シングル・セル』は、合鍵と「行きます。ゆうべの話は半分が本当で半分が出まかせ。気に入ったところだけ信じてください。家へ帰ります」というメモを残して去って行った山の旅館で知り合った同棲相手への、主人公の次のような「思い」で終わっている。

半分は本当で半分は嘘、と断わりながら、家へ帰る、と続ける。そこにも半分の本当と半分の嘘が混じっているのだろう。

彼は、その事実に慣れるだけである。

好きだった、楽しかった、忘れない、また会いたい……。稜子の書かなかった文字を、彼は余白に想像して、稜子の感触を楽しんだ。彼は、稜子が好きだったのだ。もっと正直に言うと、稜子の残した感触と記憶とを、いつくしんだ。稜子は、彼から離れたくなかったのではなく、離れるきっかけを捜していたのだ。多分、離れたくないものから離れるというスリルを味わうために。稜子にとって、彼が何者かなどということは問題ではなかったのだろう。雨宿りのために一本の木でさえあれば、お互いさまだと、綾子は思っていたのかもしれない。そういう女ではなかったのか。彼は、しきりに自分を納得させようとしていた。

『シングル・セル』の主人公や彼の元を去った同棲相手のように、生起した様々な状況によって強いられたとはいえ、言い換えればそれは「独りぼっち＝孤立・孤絶」を当たり前のように考えざるを得なくなった人間の「内部」、言い換えればそれは「読者」が存在して初めて成り立つ作家＝創造者によって創り出された人間の在り様でもあるが、そのような人間の行く末はどのようになっていくのか。

増田みず子は、『シングル・セル』の後も『降水確率』（八七年）、『一人家族』（同）、『夜のロボット』（八八年）、『禁止空間』（同）、『児童館』（八九年）、『シングル・ノート』（九〇年）、『カム・ホーム』（同）、『風草』（九五年）、『水鏡』（九七年）、『火夜』（九八年）、等々、親子（家族）関係や恋愛（擬き）関係、あるいは友人関係を断ち切り「一人」で生きて行く人間のさまざまな在り様を描き続けた。例えば、大家族のもとで育った祖母の認知症とその死及び失踪した姉と父母の対応を軸に展開する『カム・ホーム』の終わりの方に、語り手であるユリの父や家族に対する感情を記述した個所がある。

社会人としての新しい日々が始まっていた。ユリは慣れない毎日にへとへとになった。夕食をとりながらうたたねをしそうになって、食卓の向うから父のからかいと哀れみの混じったような視線に見られていることに気づくこともあった。合えばその眼が笑いかけてくる。なぜかユリは父の視線をうっとうしく感じた。父の視線はユリを優しくくるんで、いたわってはくれるが、何も訊いてはくれず、何も教えてくれない。ガラス玉のような透明な、何のメッセージも感じさせない、ほほえみだけを浮かべた、父の眼。

ユリには、父の心が読めない。泉が帰ってくるかもしれないという話を、父が知っているのかどうかさえ、見分けることができなかった。

前からこんなだったろうか、と思うほど、家族は誰も彼も寡黙だった。（中略）たった三人の家族が、ばらばらだった。別々の方向を向いて、別々の言葉でそれぞれ違うことを考えている。

作家として出発した当時からずっと「関係性の断絶＝孤立」をテーマに作品を発表し続けて来た増田みず子、彼女は一度たりとも他者との「共生・共同」の可能性を考えなかったのだろうか。もっとも、「結婚したことのメリット」（「婦人公論」八八年七月号）や「結婚と小説」（「あけぼの」八九年十月号）などのエッセイに書かれている「結婚というものにはほとんど何の価値も感じず、関心さえ抱いていなかった」「お互いに足を引っ張り合う最初の他人が家族だと思っている」などの言葉をみると、増田みず子は一九八六年、三十七歳で「二十年以上も友達として付き合ってきた」フリーのライターと結婚し、「夫と暮らすようになって、私の小説の中の男は多少は頼もしくなってきたのかどうか」ということだが、先に引用した『カム・ホーム』等を見る限り、「家族」や「夫婦」関係に対する作家の視点が変化したとは思えない。増田みず子の小説に登場する男も女も「孤立・孤絶」を選んでいるようで、まさに「共生＝連帯」は求めていないように思われる。

あれほど旺盛だった増田みず子の創作が二〇〇一年の『月夜見』以降、陰りを帯び、二〇〇〇年代に入ると新作が滅多にみられなくなったのも、人間は男も女も本質的に「一人」（孤立して）生きて行くことの困難さから、必然的に「共生＝連帯」を求めざるを得ない動物であって、残念ながら増田みず子の小説はそのような「普遍」のテーマに応えるような作品ではなくなってしまったからではないだろうか。否応なく「孤立・孤絶」を強いられる現代こそ、彼女の小説は求められていると思えるのだが……。

第七章　宮内勝典論

〈1〉ドロップアウト、あるいは放浪

戦後史に一つの画期をなした一九六〇年代後半から始まる「政治の季節」＝学生叛乱（全共闘運動）の時代において、「政治」とは一見真逆と思われる現象がいくつか起こった。そのうちの一つが、自分たちの生きるこの時代や世界に対する「違和感」を持て余し、この社会の「表相」ないしは「主流」から離脱し、戦後復興から高度経済成長期へと突入した時代が強いる価値観から「自由」に生きる道を選ぶ若者たちが生まれたことである。一九六七年夏、突如として新宿駅東口広場に登場したTシャツにラッパズボン（ジーンズ）とサングラスの若者たち、彼らは何をするでもなくタバコをくゆらしながら通行人をただ眺めるだけであったが、第四章で取り上げた中上健次の短編集『十八歳、海へ』（七七年）に収められた「無軌道」な青春時代を描いた短編から窺えるように、新宿駅東口広場に集まっていた「フーテン」とか「和製ヒッピー」と呼ばれていた彼ら彼女らは、夜になると終夜営業のジャ

ズ喫茶などに集まり、ドラッグ（大麻やハシッシ、市販の睡眠薬）やセックスに浸ることで、自分たちはスノビズム（俗物根性）と闘っているとの意識を持ち、社会に背を向け続けた。

ベトナム戦争によって「病んだ」基地の町（米軍横田基地の在る福生市など）に集まり日夜ドラッグとセックスに明け暮れる日本とアメリカの若者たちの姿を描いた村上龍の『限りなく透明に近いブルー』が芥川賞を受賞したのは一九七六年であった。まさにそこに登場する若者たちこそ、進化系と言っていい「フーテン（ヒッピー）」の姿であった。ただ、一九六八年の夏、筆者を文学（そして政治）の世界に導いてくれた二歳年上の「詩」を書いていた先輩が、突然就職も決まっていた早稲田大学（法学部）を中退し、八ヶ岳山麓でコミューン的生活をしていた「部族（ヒッピー）」に合流し、その後諏訪之瀬島や屋久島などの南島に展開していたヒッピー村を転々とする生活をするようになった経緯を知る者としては――ある日突然筆者が籍を置く大学にやって来た彼は、何故大学を中退したのか、これまでどこでどのように過ごして来たのかを話した後、筆者がもらったばかりの奨学金の全額を持って「自裁」のための旅に出るということがあった。彼は三日後、犬吠埼の燈台下で睡眠薬自殺を図ったが、死にきれず、フラフラの状態でいるところを遊びに来ていた旅行客に発見されるということがあった――、「フーテン（ヒッピー）」として生きることが学生運動とはまた違った形でこの社会の秩序や体制に対する根源からの「異議申し立て」になるとの思いを底意に秘めたドロップアウトだったのではないか、と今でも思っている。

一方、学生運動（全共闘運動）が行き詰まりを見せ始めた一九七〇年代に入って顕著となったことであるが、「フーテン（和製ヒッピー）」と呼ばれた多くの若者たちが都会を嫌って、辺鄙な今で言う「限界集落」のような場所に居を構え「共同生活」を始めたのと軌を一にするように、高度経済成長の成功によって「豊か」になった社会の恩恵を受ける形で、多くの若者たちが国内外を歩き回るようになる。学生運動にのめり込むことも出来ず、かといって就職して「安定」した生活を送ることも潔しとしない一群の若者たちが、「貧乏旅行」の代名詞でもあった「バックパッカー」姿となって、北海道や沖縄など国内を「放浪」し、タイやインドネシア、台湾などのアジア各国やインド、ヨーロッパまで足を延ばすようになったのである。一九七〇年二月「早稲田文学」に掲載された『とほうにくれて』で文壇デビューした立松和平は、「途方にくれて放浪」（「日本経済新聞」九五年一月七日号）というエッセイの中で、この処女作が前年の冬から春にかけてバンコク（タイ）からカンボジア、香港、台湾を経て、施政権返還前の沖縄で資金が尽き、ベトナム戦争からの帰還兵などでにぎわう沖縄随一の歓楽街「波乃上（ナンミン）」の深夜十二時から営業する「いかがわしい」バーでアルバイトした時の経験を基に書かれたものであることを明かした後、「放浪」について、次のように書いた。

「いつだってとほうにくれているのがぼくらなのさ」

東南アジアを放浪し、台湾の基隆から沖縄の那覇に向かう船上で、主人公が語る言葉である。那覇と基隆の連絡船には、私は実際に何度か乗ったことがある。

香港から基隆、基隆から那覇、那覇から鹿児島か東京というのは、飛行機を使うという発想のなかった当時のバックパッカーにとって、外国から帰る、あるいはでていく最も安いコースだったのである。バックパッカーとは、背中に寝袋など全財産を入れたリュックを担いで歩く貧乏旅行者である。

途方にくれていた。一九六〇年代後半から七〇年代はじめで、学園闘争に敗れ、自意識ばかりが強くて一般の社会もそれほど温かいとは感じられず、どうやって生きていったらよいかわからなかったのである。内部に過剰を持て余し、どんな道を歩んでいったらよいものか皆目わからなかったのだ。

立松が公認していた履歴によれば、実際立松が沖縄（那覇市）の「波之上」で働いたのは、早稲田大学が全学バリケード封鎖中の一九六九年春だから、「学園闘争に敗れ」というのは、当時の立松の正直な気持を表したものだったのだろう。また、「内部に過剰を持て余し、どんな道を歩んでいったらよいものか皆目わからなかったのだ」という言葉は、まさに当時の学生（若者）たちの心情を正鵠に言い当てていたと言うこともできる。

ずっと後になるが、第二章で取り上げた立松と同い年の津島佑子も、絶筆の一つとなった長編『ジャッカ・ドフニ　海の記憶の物語』（二〇一六年）の中で、一九六九年の晩夏に北海道をバックパッカー姿で一人旅をし、そこではじめて「アイヌ（ニブヒ）」に会った時の衝撃を書いていた。「フーテン（和製ヒッピー）」がそうであったように、「放浪」に男女差はなかった。それだけ「放浪」は、実行するか否かは別にして、当時の若者たちが裡に抱く「夢」＝メンタリティーの一部だったのである。今在る場から「異郷」へ、あるいは今の自分とは異なった自分への「転身」願望は、いつの時代でも「青春」を彩る精神の形に他ならなかった。この「異郷」への憧れ、あるいは「転身」願望は、言葉を換えれば、今自分が生きている「現実」、あるいは「日本」を否定する精神の現れであったとも考えられる。そのことは、一九七〇年代に登場した何人かの若い作家、例えば先の立松和平の沖縄やインドを舞台にした一連の短編や『途方にくれて』と似たような青春を描いた『ブリキの北回帰線』(七八年)、あるいは一九七八年に『九月の空』で芥川賞を受賞した高橋三千綱のカルフォルニアの農場で働く日本人青年を主人公とした『葡萄畑』(同年)、さらには世界を放浪してきた日本人男性とオランダ人女性との波乱に満ちた結婚生活を描いた青野聰の芥川賞受賞作『愚者の夜』(七九年)を見れば歴然とする。それらの作品に共通するのは、主人公たちが易々と「国境」を超え、「日本脱出」を実現していることであった。

一九七九年『南風』で文藝賞を受賞した宮内勝典(かつすけ)の『グリニッジの光りを離れて』(八〇年)も、外形的には「現実への違和感」から「日本脱出」し、そしてニューヨークでの生活、という「放浪」体験を基にした作品であった。「青空は遥か高みへ押しあげられて、葉も枝もない垂直なコンクリートの森の底へ、光りが降り注いでいる。熱のない透きとおった秋の光りだった」で始まるこの長編は、次のようなフレーズで物語が動き出す。

この街は好きになりそうだった。
マンハッタンの真中、ペンシルヴェニア駅から私は歩きだした。そろそろ秋が終りそうだった。
冬のニューヨークは想像を絶する寒さだというから、一日も早く生活の足場を固め、冬を越す準備をはじめなければならなかった。

とりあえず、グリニッジ・ヴィレッジへ行ってみよう。安ホテルもあるだろうし、昔、ビート族にかぶれて鎌倉の円覚寺にこもり禅の真似事をしたり、ヒッチハイクで日本中を放浪した十八の頃、そこは憧れの地であった。グリニッジ・ヴィレッジか……。まあ、いいじゃないか、行ってみようと、私は苦笑まじりに思った。

ここで少し注釈的に説明すれば、グリニッジ・ビレッジはアメリカの反体制的戦後文学を代表する『吠える』（長編詩　五六年）の詩人アレン・ギンズバーグや長編小説『路上（On The Road）』（五七年）のジャック・ケルアックらをはじめとするビートニク（ビート族）と呼ばれた「戦後」の作家や詩人、芸術家たちが集まる場所（聖地）として世界的に有名なニューヨークの街区であった。また、「こもり禅の真似事」というのは、仏教の「無常観」などに憧れた欧米の若者たちが「オリエンタリズム」満載のインドや日本を訪れ、禅寺で座禅を組むことを意味していた。「こもり禅」と言えば、世界的に著名なビートニク詩人ゲーリー・スナイダーが京都や鎌倉の禅寺に籠り、禅修行を来ない、そこで手に入れた「無常観」などを自作に生かし、世界に向けて発信していたことがよく知られている。先に触れた「和製ヒッピー」たちの多くがインドを放浪し、禅寺で「修行」するようになったのも、ゲーリー・スナイダーたちビートニクの影響を受けたからであったと言っていいだろう——ゲーリー・スナイダーと日本のヒッピーを代表する山尾三省やナナオサカキといった詩人たちとの交友は、よく知られている——。

『グリニッジの光りを離れて』は、日本を離れてロサンゼルスで三年過ごし、その後「不法滞在者」

としてニューヨークで過ごした何年かの体験を綴った後、ネイティブ・アメリカン（インディアン）と知り合いになり、そのことから主人公がインドを目指して「放浪」を続けるという話であるが、作者の宮内勝典が日本を脱出する前、いかにヒッピー的生活を送っていたか、この物語の中で次のように書かれている。

アメリカへ飛ぶ前に、日本をよく見ておこうと思った。再びヒッチハイクをはじめ、冬の恐山に登った。宇曽利湖のほとりの寺男の小屋で寝起きした。雪の根釧原野を歩き回り、まる二日、ひとりの人間とも出会わなかった。網走で沖仲仕をした。風葬のなごりのある与論島で、砂糖黍狩りの日雇い仕事をした。仕事にあぶれると島中のシケモクを拾って歩いた。原始共産制の村、山岸会にも入った。ちょくちょく鶏小屋から生卵をかっぱらって栄養をつけた。父からだまし取った金は、いつのまにか雲散霧消してしまった。私は、大手町の地下鉄の工事現場で働き、まとまった金を手にすると、アメリカへ飛んだ。二十三歳だった。帰りの切符代もなく、五万円相当のドルを持っているだけだった。

その結果の宮内のニューヨーク生活は、当時いとも簡単にアメリカ人やアメリカを訪れた外国人に体を売るのでニューヨークで「イエロー・キャブ」――西海岸では金色に染めたチリチリ頭だったため「東京ラーメン娘」などと蔑まれていた――「語学研修」を目的とした若い日本人女性とも、また役所や企業から先進国アメリカに派遣（留学）されていたエリートなどとも違い、場末のバーでのバーテンや芝生刈りなどの「下層労働」でその日その日を過ごすという極めて「きわどい」ものであった。しかも、もし現在であったら確実に「健全」な社会（市民）から糾弾されるような、マリファナやコカイン、ＬＳＤといったドラッグを摂取しながらの生活であった――因みに、宮内と同世代の作家である立松和平や中上健次らも様々な小説やエッセイで、インドや中東を放浪（旅）している時に種々のドラッグを経験したことを書き記している――。

宮内勝典の日本脱出――数年間のアメリカ生活――世界放浪という青春の過ごし方は、一見すると、前世代の作家小田実の「一日一ドル（当時のレートで三六〇円）で世界を巡る」という『何でも見てやろう』（六一年）と似ていると言われるかもしれない。しかし、アジア太平洋戦争の「敗戦国」であった日本や他の後進国の若者に先進国「アメリカ」を体験させようとして設置された「フルブライト奨学金」――一九四六年、上院議員Ｊ・ウイリアム・フルブライトの提唱による「教育交流計画」――を得てハーバード大学大学院で学ぶようになった小田実のアメリカ生活およびその後の「世界旅行」と、ニューヨークのダウンタウンで下層労働に従事しながら、おのれの「実存」を問い続けた宮内とでは、その在り方が根本的に違っていた、と言わねばならない。その小田実と宮内の違いは、小田実が未だに露骨な人種（黒人）差別が横行していたアメリカの「南部」やヨーロッパ各国、中東、インドを経て日本に帰国するまでの体験記である先の『何でも見てやろう』の「第一章　まあなんとかなるやろ――「留学生業」開業――」の冒頭を読めば、すぐに理解できる。

ひとつ、アメリカへ行ってやろう、と私は思った。三年前の秋のことである。理由はしごく簡単であった。私はアメリカを見たくなったのである。要するに、ただそれだけのことであった。

それ以外に言いようがない。先ず大上段にふりかぶって言えば、もっとも高度に発達した資本主義国、われわれの存亡がじかにそこに結びついている世界の二大強国の一つ、よかれあしかれ、われわれの文明が到達した、もしくは行きづまったその極限のかたち、いったいその社会がガタピシいっているとしたら、どの程度にガタピシなのか、確固としているなら、どのくらいにお家安泰なのであるか、それを一度しかとこの眼でたしかめてみたかった、とまあそんなふうに言えるであろう。アメリカについて考えるとき、あるいは議論するとき、じっさい、私は何か空虚な観念の空マワリみたいなものに悩まされていたのだった。

アメリカの現代文学がむやみやたらと好きであったということも、私をアメリカ行きに駆り立てた一つの要因であろう。（傍点引用者）

この『何でも見てやろう』の冒頭と先に引用した宮内の『グリニッジの光りを離れて』の冒頭とがいかに「離れた」意識によって書かれたものであるか、それは引用の傍点部を見れば、一目瞭然である。小田実が、アメリカを「見てやろう」「確かめてやろう」という、まさに「自己確立」の済んだ大人（エリート）の態度を前面に出してアメリカ（その後は世界各国）を「体験」しようとしていたのに対して、宮内は「退路を断って」日本を脱出してきた青年として、前途に何の展望もないままそこで「生きて＝生活していかなければならない」覚悟を表明するところから『グリニッジの光りを離れて』を始めていたからにほかならない。別な言い方をすれば、宮内が未だ「何者でもない」若者としてアメリカ生活を始めなければならなかったのに対して、小田実の場合は、十七歳の高校生で『明後日の手記』（五一年　河出書房刊）で作家デビューし、東大在学中に『わが人生の時』（五六年　同）を発表し、「若き作家」として世間に認知された東大大学院卒のエリートとして、潤沢と言えなくても敗戦で疲弊していた日本では「憧れ」と言ってもいい「フルブライト奨学金」を得ての留学だったということである。

以上のような小田実と宮内勝典のアメリカ体験の「違い」は、別な角度から見れば、連合国（アメリカ）における占領期、つまり「飢餓と混乱の戦後」が終わってようやく「復興」への道を歩み始めた一九五〇年代後半と、高度経済成長が軌道に乗り始めたことを内外共に認めるようになった一九七〇年代前半の日本社会との「差異」が生みだしたものと言えるかも知れない。『グリニッジの光りを離れて』で数年に及ぶアメリカ生活を描いた宮内は、その後すぐに生まれ故郷鹿児島県指宿（いぶすき）において経験した「崩壊した家庭」を背景とする高校生活を描いた――それはまた、宮内が何故日本を脱出してアメリカ生活を送らなければならなかったかの背景（メンタリティー）を明らかにするものであった――『火の降る日』（八三年　河出書房新社刊）を上梓した後、矢継ぎ早にアメリカ生活で何を「求めて」いたかを明らかにするエッセイ集『LOOK AT ME――おれを見てくれ』（同年　新潮社刊）や『宇宙的ナンセンスの時代』（八六年　教育社刊）、『ニカラグア密航計画』（同　同）を刊行する。

これらのエッセイ集や体験記を読むと、アメリカに渡った宮内の胸内に当面「日本に帰る」という選択肢はなかったように思える。「日本に帰る」というより、必死になって「今ニューヨークで生きている」自分とは何かを探しているように思える。例えば、『LOOK AT ME』の冒頭に置かれた「ニューヨーク時代」の中に、アメリカ人の死生観について書いた部分があるが、ここからは宮内がニューヨーク生活の中でいかに日常的に「死」と向き合っていたかが透けて見える。

ぼくは一つのことを理解した。このアメリカでは、死そのものは決して見えないのだ、ということを。見えるのは、ただ死に脅かされた生と、死体だけだ。死とは、ただ一個の死体に変わるだけのことなのだろう。かれらは生と死を分かちがたい一つの全体として観ようとしない。たしかに、かれらがライフ〈人生〉と言うとき、その言葉には死の意識がほとんど込められていない。生とは、死の意識の曇りさえなく、死から独立したまま進行し、死とは、突然にやってくる最後の事故にすぎない。かれらにとって死の不安とは、生命保険会社や薬品会社があらゆるメディアを動員して煽り建てようとする死の不安とぴったり一致するものなのだろう。しかし……、本当にそうだろうか？

たしかにアメリカ人ほど、死から意味性を剝ぎとり、死をただ単に生物的な肉体の死として突き放しながら生きている人々をぼくはしらない。

先に記した小説『火の降る日』や『LOOK AT ME』等に収録のエッセイを見ればわかることだが、宮内は高校生の時、オートバイ事故で全身火だるまになり、九死に一生を得るという経験をしている。そのような経験があるからこそ、引用のようにアメリカ人の死生観——死から意味性を剝ぎとり、死をただ単に生物的な肉体の死として突き放しながら生きている人々——に対して、「即物的」だと断じることができたのである。このような死に近接したオートバイ事故及びアメリカ生活から得た「死生観」がいかに宮内の内部から生じた真摯なものであるか、それは村上春樹の大ベスト・セラー『ノルウェイの森』（八七年　講談社刊）の次のような「観念」的な死生観と較べてみれば歴然とする。

死は生の対極としてではなく、その一部として存在している。

（中略）

その時まで僕は死というものを完全に生から分離した独立的な存在として捉えていた。つまり〈死はいつか確実に我々をその手に捉える。しかし逆に言えば死が我々を捉えるその日まで、我々は死に捉えられることはないのだ〉と。それは僕には至極まともで論理的な考え方であるように思えた。生はこちら側にあり、死は向う側にある。僕はこちら側にいて、向う側にはいない。

しかしキズキの死んだ夜を境にして、僕にはもうそんな風に単純に死を（そして生を）捉えることができなくなってしまった。死は生の対極存在なんかではない。死は僕という存在の中に本来的に既に含まれているのだし、その事実はどれだけ努力しても忘れ去ることのできるものではないのだ。あの十七歳の五月の夜にキズキを捉えた死は、そのとき同時に僕を捉えてもいたからだ。

人間が「いつか死ぬ」存在であるとするならば、「生の内に死を抱えている」という認識は、一見「哲学」的な物言いのように見える。しかし、そのような「死生観」は余りに「常識」的で、いかにも「青春＝高校生」の感傷（センチメンタリズム）から生じたものであって、殊更ゴシック文字によって強調するようなことではないのではないか。

それに比べて、繰り返すが、高校三年の時にオートバイ事故に伴う火傷で死生の境を彷徨った経験を持ち、かつ行き倒れや殺人事件による「死」を日常的に目撃してきたニューヨークのダウンタウンで生活していた宮内の「(アメリカ人にとって) 死とは、突然にやってくる最後の事故にすぎない」といった認識は、その裏側から自分がそのような死生観に囲まれていることの「恐怖」が伝わってきて、アメリカでもヨーロッパ・中近東・インドなどでも「見ること」に徹していた先の『何でも見てやろう』の小田実と較べても、鬼気迫るものがあった。

〈2〉「生の意味」を求めて

合計して十年を超える宮内のアメリカ生活がいかに「凄まじいもの」ものであったか、その一端は先に記した一九八六年に刊行された『宇宙的ナンセンスの時代』と『ニカラグア密航計画』の二冊の随所に記されている。宮内は、アメリカ生活を続ける合間に、「経済 (成長)」が生活を豊かにすると言った一種の「神話」を信じて前へ前へと進もうとしているアメリカ社会――それは「故国」日本も同じであった――に逆らったり、取り残された人々の元を訪れ、「本当に経済成長は人間を幸福にするか」を確かめてきた。『宇宙的ナンセンスの時代』には、アメリカ史の「汚点」として今も残るヨーロッパから移住してきた「白人」によって一三〇〇万人以上が虐殺されたとされる、ナバホ族やプエブロ族、ホピ族、アコマ族、ラグーナ族、ズニ族、スー族等の「居留地 (リザヴェーション)」――

筆者が二〇〇〇年にニューメキシコ州のグランド・ゼロ（ホワイトサンズ核実験場）やロスアラモス核研究所などの原爆関係施設を訪れた際のこと、砂漠地帯（居留地）に突然出現するカジノに驚いたことがある。同行した白人学生の話によると、インディアンたちはカジノ業者に安価な賃貸料で広大な土地を貸し、それで生活しているのだということであった。カジノの周囲に駐車している車の群れを見た時、インディアンへの抑圧・暴力は、西部劇の世界だけでなく、現在も続いているということを実感させられた――を訪れたり、大小さまざまな電波発信装置を使って「宇宙外知性体」を探す「SETI（The Search for Extraterrestrial Intelligence）計画」に精力の全てを注ぎ込んでいるような宇宙学者の元を訪問して、「宇宙人は必ずいる」との確信を深めたり、日本人の「常識」に照らせばまさに「ナンセンス（「異常」）」としか言いようがないような事柄に、宮内は強い関心を寄せていた。

それもこれも、みな「自分の生は、何故このように在るのか」「ヒトは何故生き続けるのか」といった解決することのない根源的な疑問に「答」を見付けようとしての行動に他ならなかった。『宇宙的ナンセンス』の「第九章　二つのコミューン」の最後に、全世界的にブームを起こしたインドのタントラニスト（霊能力者・師・グル）「バグワン・シュリ・ラジニーシ」がオレゴン州の原野に建設した東京二三区がすっぽり入るような巨大コミューンを訪れた時、ラジニーシがコミューン内で二二台のロールスロイスを乗り回し、教団（コミューン）が大金を取って瞑想法や座禅、「タントラ」について教えていることを知り、次のような疑念を抱いたとその書に書きつける。

がっぽり大金を摂るアメリカの精神分析医と同じじゃないか……。インドでもそう思ったが、そ

> のときはタントラ・マスターらしい清濁合わせのむ度量の大きさの方を見ようとしていた。事実、そうやってこの巨大コミューンを建設しはじめたのだが、王国を造るのか神の国を造ろうとしているのか、究極的なメッセージが伝わってこない。ダム、変電所、飛行場、たしかにスケールは大きいけれど、そんなものは日本の株式会社だって簡単に造れる。営利的に採算が取れるとなれば、もっと凄いスケールの、もっと立派なやつをじゃんじゃん造るだろう。ダムや飛行場ぐらいで感嘆するほど私たちはナイーヴじゃない。いずれ「ラジニーシ大学」といったものも計画しているのだろうが、そうした権威を蹴（け）とばすところから私たちは旅を始めたのではなかったか。私たちが渇望しているメッセージはそんなものじゃない。以前、仏陀（ぶつだ）の生涯の足どりを辿（たど）ってみたことがあるが、地理上のスケールは小さく、初めて法を説いたサルナートの祇園精舎（ぎおんしょうじゃ）の跡もつましいものだった。それでも、かれのメッセージは二〇〇〇年を貫通してくる。（中略）
>
> 　まだ星が出ている早朝、私はコミューンを去った。長距離バスに揺られ、荒涼としたオレゴンの原野を眺めながら、いたたまれない気持だった。吸いかけの煙草をひねりつぶすように、自分の幻想を一つ一つもみ消していく苦い旅をしているような気がしてならなかった。

このオレゴン州に建設途中のコミューンを去る時の感慨は、自分の足で、目で、一つ一つ確かめながら「自前」の「ヒトの在り様」を問う思想を構築しようとしてきた宮内の「哀しみ」のようなものが感じられるが、宮内の「探求」の精神、あるいは自分が何者であるかを求める心がいかに柔軟なものであったかは、「第五章　セックス・家族・ゲイ」の次のような言葉から窺い知ることができる。

不思議だった。家族も形成せず、子供も産まないゲイたちがなぜこれほど生命の燃焼力を感じさせるのか。親→子→孫といった連続性のなぐさめなどあてにせず、生の一回性だけに賭けて完全燃焼しようと自覚しているせいだろうか。いわゆる実存の投企というやつなのか、性的復讐なのか、DNAそれ自体が生き延びようとする「本能装置」への反乱なのか。爆発的に増えつづけていくヒト科の生命力とは逆に、これは抽象的な熱狂だ。ハドソン川を目ざして切れめなしに押し寄せてくる行進（初夏に行われるゲイの祝祭パレードのこと―引用者注）を眺めながら、私はふっと連想した。異常繁殖したネズミの大群が、死の待ちうける湖や海に向かってやみくもに突き進んでいく光景を――。

『宇宙的ナンセンスの時代』より更に過激な宮内の行動を明らかにしているのが、『ニカラグア密航計画』である。同書は、新潮文庫版で『地球を抱きしめたい』（九〇年一月）と改題され、その後一九九五年二月に三五館で刊行された際に『人は風に生まれる――モンゴロイドの青い薔薇』と改題されたことからも推測されるように、その内容はニカラグアでインディアン（原住民）のゲリラ組織ミスラスタ（MISURASATA）と行動を共にした記録だけでなく、大半は二十代の後半に四年ほど過ごしたアメリカ生活を切り上げ、アフリカやヨーロッパ各地、スリランカ、ジャマイカなどカリブ海の各国を歩き回ったその足跡を綴ったものである。「なぜ自分は生きているのか」「自分の胸内から去ることのない〈空虚感〉はどこから生じているのか」「生の実感は如何にして得られるのか」「自分はどこから来て、どこへ行くのか」といった生に関わる根源的な問いを内に秘めた宮内の「世界の旅＝放浪」、宮内がどのような「思い」で「未知なる世界」に飛び出して行ったか、例えば「第一章　アフリカの日々」の次のような文章が表層の「軽さ」とは裏腹の宮内の切実な「思い」の一端を伝えている。

サハラ砂漠の南、ニジェール川湾曲部の岩山に住むドゴン族と、カラハリ砂漠のブッシュマンの存在を知ったときからアフリカに魅せられていたのだった。

いや、最初のきっかけはジャズだった。

バッド・パウエルやジョン・コルトレーンに入れあげた勢いで、アフリカ黒人に憧れ、ドゴン族の創世神話に夢中になってしまったのだ。複雑・精緻をきわめた神話体系の中に、自分の前世のことでも聞かされるような話がいくつも混じっていた。

たとえば人間はかつて性別も何もない完全な一体であったが、意識というやっかいなものをしょい込んでから男と女に分裂し、それ以来、男はかつての半身であった女を、女はかつての半身であった男を生涯探し求めるように運命づけられたのだという。

雨は神の精液である、という言葉にもくらくらっときたのを憶えている。

因みに、宮内のアフリカでの足跡を記してみると、ニューヨークからセネガル（ダカール）へ飛び、以後コートジボワール、マリ、トーゴ、ナイジェリア、カメルーン、ザイール、コンゴ、タンザニア、ケニア、エチオピア、エジプトを経てローマ（イタリア）へ、北アフリカ十二ヵ国を時間に縛られることなく歩き回っていたのだが、興味深いのは宮内が「この国は自分の生命を危うくするかどうか」

を唯一の尺度として、「未知」なる土地を踏破していることである。

先にも記したように、『ニカラグア密航計画』には、アフリカ諸国への「放浪」後、ローマやナポリなどイタリア各地を歩き回り、その後パリからスペイン経由でモロッコへ、そしてイギリスを経由でニューヨークに戻り、次にスリランカへ飛び、「前世の記憶をもつ少女」と出会い、更にはカリブ海に浮かぶ島国ジャマイカとドミニカへと足を延ばす宮内の「冒険」の数々が記録されている。当時の宮内はそれだけ「生の在り様」をめぐる先のような「おのれの生」に関わる問いの答えを見付けようと切羽詰まっていたとも言える。しかし、『ニカラグア密航計画』を読んで感じるのは、宮内の萎えることのない「好奇心」と「探求心」の強さである。そのことを象徴するのが、ニカラグアの武装ゲリラに参加するに至る経緯を書いた「第九章　冒険の始まり」から、実際にゲリラと行動を共にした体験を綴った「第一〇章　ニカラグア密航計画」、「第一一章　密林のインディアン・ゲリラと」、「第一二章　脱出の日」である。

宮内は、「第九章　冒険の始まり」でアメリカ・インディアンの過酷な儀式「スエット・ラージ」――天幕（発汗小屋）の中で真っ赤に焼かれた石から立ち上る薬草の香気を含んだ蒸気によって精神と魂の浄化を行うアメリカ・インディアンの伝統的儀式――を経験した後、この儀式のリーダーである友人のラッセル・ミーンから、「ニカラグアへ行こうと思っているんだ」とニカラグア行きを誘われる。この時宮内を襲ったであろう「思い（心境）」について、宮内は次のように記す。少し長くなるが、命を懸けてでも「（友情の）信義」を守ろうとした宮内の心根がよく分かる部分なので、そのまま引く。

とうとう来るべきものが来た、という気がした。去年の冬、「黄色い稲妻の野営地（イエロー・サンダー・キャンプ）」でインディアンたちと天幕で暮らし、スエット・ラージの儀式をやっていた頃から、ニカラグア・インディアンのことはいつも話題になっていた。「インディオ」と呼ぶ者は一人も居なかった。スー族インディアン、ナバホ族インディアンというのと同じように、ニカラグアのミスキート族インディアンと呼んでいた。かれらにとっては、部族が違うだけなのだ。

砂漠の保留地（リザベーション）に閉じ込められたまま、ほとんど生殺しの状態に甘んじているインディアン青年たちは、密林で戦っているニカラグア・インディアンのことになると、急に目つきが変わってくる。もうアメリカ国内では武装蜂起などできっこないし、ＡＩＭ（アメリカ・インディアン運動）もそれを禁じているのだった。

「インディアンの若い連中を、ゲリラとしてニカラグアへ送ろうと思っているんだ」

と、ラッセル・ミーンが言った。

「――――」息をのんだ。

一九七三年、ウーンディッド・ニー以来のインディアンの反乱だ。白人たちが二つの大陸を奪い取ってから、北米と中米のインディアンが結託するのは、歴史上、初めてのことだ。しかし、どうやってジャングルへ送り込むのだ？　武器はどうする？　それに一九七三年の反乱のように、白人対インディアンといったわかりやすい図式じゃない。もっと、もっと複雑だ。ニカラグア・インディアンが戦っている相手は左翼政権なのだ……。

五、六分考えただけで、現実的な成果がのぞめないこと、ただ二つの大陸のインディアンにとっての象徴的な行為でしかないことはすぐにわかった。だが「ノー」とは言えなかった。インディアンとのこれまでのつき合いを通じて、来るべきところに来てしまったのだ。もう、ひき返すわけにはいかない。

「All right, I will go together.（わかった、一緒に行くよ）」

と、ぼくは言った。

ニカラグアへ密航し、宮内がゲリラと行動を共にしたことの詳細は、「第一〇章　ニカラグア密航計画」から「第一二章　脱出の日」までを読んでもらうとして、宮内がニカラグアへ密航した頃とほぼ同じ時期に「内戦」が続くレバノンに「テレビ取材」で入った立松和平の『レバノン極私戦』（八四年九月　河出書房新社刊）に示されている在り様と較べてみれば、宮内の独自な位相が自ずからわかるだろう。

「アメリカ軍の第六艦隊がベイルート沖に停泊して、イスラム教徒ドルーズ派の村に艦砲射撃をしています。その村に入ってもらえませんか」

電話で何度か話した女性プロデューサーは、ホテルのレストランの席につくなりこう切り出した。

（中略）

「どうしてそんな危険なところにわざわざいくのですか」

私の言葉に沈黙が落ちた。テレビ取材の仕事である。（中略）「レバノンではもう十年も戦争をしています。それでも人間はしたたかに生きている。当然日常生活があるわけです。二十万人とも三十万人ともいわれている少数民族のドルーズ派が山から降りてきて、世界最強の軍隊アメリカ軍を海に追いやってしまった。最新鋭エレクトロニクス兵器と原子力を装備した軍隊が、普段は畑を耕している農兵に負けたんです。どうです、興味があるでしょう」「山で彼らは何をつくってるんですか」（中略）

そんな会話を交わしてから、私はレバノンにいくことになった。狙撃兵の標的になるから服装は軍隊風ではいけない。かといって派手すぎても標的だ。（中略）そんなことをいいあって私は彼らと別れ、ホテルの部屋の原稿用紙の前に戻ってから、恐怖のあまり魂が肉体から離れてしまう場面が私自身の上に起こる時のことを考えた。真暗闇のシェルターで爆裂音と強烈な振動とを耐えながら、ひたすら向きあうのは自己だろう。それはつまり自己が消滅することの恐怖、死の畏れだ。

立松和平と宮内の決定的な違いは、立松が味わうことになる「死の恐怖」の代償として高額な「ギャラ（報酬）」が約束されている「テレビ取材」（カメラマンは写真家の広河隆一）が目的で、「戦場＝レバノン」に出掛けて行ったのに対して、宮内はアメリカ・インディアンたちとのそれまでの付き合い（同志的友情）から、何の「報酬」も約束されないまま一人のゲリラ兵士として「戦場＝ニカラグアの密林」での生活を行ったということである。別な言い方をすれば、両者とも「生命を賭ける」行為ということでは同じであるが、片方は「戦場」を「見て」、その苛酷さを報告する「仕事」として内戦状態のレバノンに出掛けたのに対して、他方は一ゲリラ兵士として銃の引き金をいつ引くかもしれないそんな「前線」での生活を、「報告＝書く」ことなど全く意識せずに他のゲリラ兵士と共に「戦い」に参加したということである。宮内の「戦場」体験の一齣は、自分がゲリラ兵士としてどのような生活を送っていたかを綴った「第一一章　密林のインディアン・ゲリラと」の中に、具に書かれている。

次の日も、さらに次の日も豆入りごはんだけの食事がつづいた。むろん、栄養が足りるはずがない。ヴィタミンは野生のココナツや熱帯果実で補えるけれど、たんぱく質、カルシウムが、決定的に不足している。

まだ三四歳の隊長以下、殆どのゲリラたちが前歯を失っていた。これほど歯が悪い人たちの集団を見たのは初めてだ。若いゲリラたちの眼の輝きと、笑ったとき出現する口の空洞、その対比が異様だ。

機関銃の分解、組み立てを習った。雨の多いジャングルなので、たえず油をさし手入れしなければ、すぐ錆ついてしまうのだ。安全装置のはずしかた、操作のしかたも習った。その知識がこれからの人生において役立つときがあるかどうかわからないが……。

いつ戦闘に巻き込まれ命を落とすかもしれないという点では、レバノンの戦場へカメラマンと共に出かけて行った立松も、またニカラグアのジャングルでゲリラ戦に備えて機関銃を抱えて行軍を共にした宮内も、同じ地平に立っていると思われるかもしれない。しかし、『レバノン極私戦』が明らかにしているように、立松には帰る場所（東京・自宅・家族・日常生活）があるということを前提としているのに対して、宮内の場合、今現在機関銃を抱えてニカラグア・ゲリラと共にあることが「日常」であって、「帰る場所」が特にあるわけではないという点で、決定的な違いがある。

このことは、立松がレバノンから帰った後、テレビ放映を受けて、急いで『レバノン極私戦』を書き上げ、さらにレバノンへ行く前から手掛けていた『遠雷』四部作の第三部に当たる長編『性的黙示録』（八五年十月　トレヴィル刊）に再び取り組み、作家としての成果を誇示することができたのに対して、宮内がニカラグア・ゲリラと行動を共にするようなアメリカでの生活やその後の「世界放浪」体験を小説の形で昇華させた『ぼくは始祖鳥になりたい』（上下巻「すばる」八八年一月号〜八九年十一月号に連載　九八年五月　集英社刊）を上梓するまでに何年もかかってしまったこととの「違い」としても現れている、と言っていいだろう。

〈3〉『ぼくは始祖鳥になりたい』と「アメリカ」

一九七九年、九州最南端の港町（鹿児島県指宿市）を舞台に「荒れ狂う生（性）」を持て余す高校生の姿をみずみずしい文体で描いた『南風』で文藝賞を受賞して作家デビューした宮内の長編『ぼくは始祖鳥になりたい』は、単行本の下巻に付せられた「後記」によって明らかにされているが、宮内の「日本脱出」―アメリカ生活―世界放浪が「宮内勝典」という作家にとってどのような意味を持っていたのかを明らかにするものでもあった。

この小説を着想したのは、ニューヨークの片隅で息をひそめるようにして暮らしていた二十代のころだった。当時、不法滞在者であった貧しい青年にとって、自分に宿ったそのヴィジョンだけが、なけなしの光りだった。

なんのあてもなく書き始めた。少しばかり金ができるとメキシコへ行き、「モンテ・カルロ」という安ホテルに月ぎめで部屋を借りて書きつづけた。金が尽きると、また、あの手この手でアメリカに潜り込んで、仕事に明け暮れながら五百枚近く書き継いでいった。

だが完成できなかった。雪の降る日、イースト・ヴィレッジのアパートに泥棒が入り、他のものと一緒に草稿を持ち去ってしまったのだ。がらんとした部屋にへたり込んで放心していたことを、いまもよく憶えている。

一九八三年、三十八歳のとき、この小説にとりかかるため再びニューヨークに移り住んだ。生活の資を得るためにノンフィクションの仕事をしながら、取材に五年かけた。文芸誌「すばる」での連載に二年。その後しばらく寝かせてから全面的に書きなおすのに八年。この一作を完成させるのに十五年を費やしてしまった。

物語は、子供の頃から超能力（スプーン曲げ）の持ち主と知られた「ジロー」というアメリカ生まれの日本人青年が、アメリカの通信衛星会社「トランス・グローバル社」に招かれてアメリカに降り立ったところから始まる。この主人公ジローと深い関係を持つようになる主な登場人物は、三十年もの長い間「SETI計画」（地球外生命体との交信計画）に従事している電波天文学者のアイザッシュ・ニューマン博士——彼は週一回「自殺防止ホットライン」のメンバーとして、一晩中電話の前で待機するというヴォランティア活動も行っている——、黒人の宇宙パイロット「ジム」、インディアン運動の指導者「ジャスパー」と彼の仲間のFM放送「ネイティヴ・アメリカン独立放送局」の女性パーソナリティ「シャーナ」、そして砂漠で恐竜の化石を発掘している学者「TS」と学生たち、ニカラグア・ゲリラの面々、更にはトランス・グローバル社の日系女性の「レイ・タジマ」と「ダグラス・イリエ」、及び原爆開発計画（マンハッタン計画）に深く関与したトランス・グローバル社の会長、等々。彼らに共通している精神の在り様は、「物質主義＝資本主義」こそが人間が辿り着いた最高の形態であるという現在の世界で主流となっている考え方に異議を唱え、それとは反対の生き方をしようとしている点にある。

これらの登場人物とジローが経験する様々な出来事、それはSETI計画や宇宙飛行士との出会い、インディアンの儀式への参加、化石発掘現場の遭遇、ニカラグアのゲリラ闘争への加担、等ということになるが、それらのことは全て『宇宙的ナンセンスの時代』や『ニカラグア密航計画』に書かれている宮内自身の「体験」を踏まえたものである。つまり、『ぼくは始祖鳥になりたい』という長編は、宮内の十年以上にわたるアメリカ（ニューヨーク）生活における「体験」を基にして紡ぎ出された小説だということになる。この長編の中でその詳細が明らかにされるインディアンの過酷な儀式やニカラグア・ゲリラへの参加、等、狭い日本列島に住んでいる人間にはほとんどSF的としか思えない主人公ジローの行動も、宮内の二つのエッセイ集（ルポルタージュ）や、この長編を「すばる」に連載している前後に書かれたエッセイを集めた『この惑星こそが楽園なのだ』（九一年七月　講談社刊）等に照らし合わせると、宮内がアメリカ（ニューヨーク）生活において何を求め、どんな思いを胸に抱いていたか、が明確になる。

例えば、『ぼくは始祖鳥になりたい』には、インディアン（解放）運動のことを知り、「スエット・ラージ」などの儀式を体験したことなどがつぶさに書かれているのだが、そのようなインディアンとの交わりから何を得る事ができたのか、「虹の戦士」（九一年五月）というエッセイの中にはそのことについて簡単に次のように書かれている。

『虹の戦士』という小さな本がある。これはアメリカ・インディアンが今日まで語り伝えてくれた、宝石のような贈りものだ。

アメリカ・インディアンのことを始めて知ったのは、西部劇映画だった。（中略）それから二十年以上たってから、かれらの土地を巡り歩き、多くのインディアンたちに出会ってきた。ティピと呼ばれるテントで暮らし、インディアン運動のリーダーたちと行動を共にしたこともある。同胞たちの悲惨や、ぎりぎりの愛をのみ込んだまま、大平原の片隅から天地をしんと見通していた老人たちのことは忘れられない。

地上に残るかけがえのない人間知、霊性（スピリッツ）を感じたのだ。

ジロー（宮内）が老インディアンの振る舞いから得た「人間知・霊性」は、北米インディアンの戦いを心から尊敬していると語るニカラグア・ゲリラの指導者アダム・ジャスパーの口を借りて言うと、以下のようになる。

――機関銃を膝に抱いて、密林の雨に撃たれながらよく考えたよ。おれたちの戦いとはいったいなんだ。先住民といったところで、おれたちほど複雑に混血している者は、おそらくどこにもいない。だとすれば人種の戦いではない。むろん右とか左とかでもない。もしかすると、おれたちは知らず知らず、蒼い痣をもつモンゴロイドの夢精のようなものにひきずられてたたかっているんじゃないか。これは物質主義と霊性の戦いなのか。おれは雨に打たれ、マラリアの熱にうなされながら、そんな埒もないことをしきりに考えていた。

このアダムの言う「人種の戦いではない」という言葉は、様々なエッセイに見られる「人種差別」（に断固反対）という言葉と共に、まさに「人種のるつぼ」と言われるアメリカ（ニューヨーク）のダウンタウンに十数年暮らして来た宮内の「本音」とも言えるものであった。「人種差別」についての宮内の見解だが、三十年ほど前の文章なのに、ヘイト・スピーチが横行し、外国人労働者を多数受け入れざるを得なくなった今日の日本を予見したような「息子の地図」（九〇年四月）という文章の中で、自分たちが住んでいたニューヨークのダウンタウンには中国料理店をはじめギリシャ料理、イタリア料理、ポーランド料理、トルコ料理、フランス料理、インドネシア料理、エジプト料理、モロッコ料理、ウクライナ料理、イスラエル料理、タイ料理、シリア料理、メキシコ料理の店があると記した後、次のように書いていた。

これからさき、わたしたちも異文化、異人種の人達と隣あわせに暮らしていくことは避けられないだろう。そうした混交は刺激的でおもしろいけれど、へとへとに神経をすりへらしてしまうのも事実である。いまのところは労働力として必要だから顕在化していないけれど、いつか、かならず反動がくるだろう。外国人はもういやだ、日本から出ていけ、というヒステリックな反動、感情的なナショナリズムが頭をもたげてくることは目に見えている。わたしたち自身が黄色人種であることなどけろりと忘れて、とくにアジア系の人たちへの露骨な差別がはじまるだろう。いや、もうすでに起こっているにちがいない。

人種差別だけはやめたいものだ。私も差別される側の一人として永いこと国外で暮らしてきたから、これだけは断言できる。レイシスト（人種差別する人）ほど、思い上がった、卑しい人間はいない。人種差別をするかどうか、そこでこそ、わたしたちの知性が試されるのだ。

このような作者の長いアメリカ（ニューヨーク）生活の経験から獲得した「人種差別をするかどうか、そこでこそ、わたしたちの知性が試されるのだ」という、「ヒト」として生きて行く上で最低限の綱領と言ってもいい本質的思想が、『ぼくは始祖鳥になりたい』には書き込まれている。その思想は、「物語」の中でインディアンたちの「聖なる儀式」に参加したり、ニカラグア・ゲリラと行動を共にするという具体的な行動によって示されている。

なお、ここで注記しておかなければならないのは、この長編のタイトルに何故「始祖鳥」という言葉が使われているか、ということである。すでに記したように、ジローは「FM九〇・一、ネイティヴ・アメリカン独立放送局」を訪ねようと砂漠の道をたどるうちに、「TS」（地上最強の肉食恐竜と言われるティラノザウルス〈Tyrannosaurus〉のTとSをとったあだ名）呼ばれる大学教授に率いられた恐竜の化石発掘現場に遭遇し、そこで短期間だが働くことになる。主人公のジローはTSとの付き合いの中から、今から一億五〇〇〇万年ほど前に出現した「鳥類」の祖先「始祖鳥」の存在を知る。TSは、ジローに「始祖鳥」について、次のように説明する。

それ以前の翼竜はグライダーのように滑空していた爬虫類であって、むろん、鳥と呼べるようなものじゃなかった。ところがそいつは、爬虫類の鱗が羽毛に変わり、翼の真ん中には三本の爪が生えて、顎が角質化してしまった嘴には、細い歯がびっしり生えそろっていた。だがそれでも、新しい種、大地の重力をふり切って空へ進化しようとする鳥類の始まりだった。

そして、ジローはTSからこれまで地球上に出現した生物が、理由はわからないが、「二六〇〇万年～三二〇〇万年」の周期で絶滅してきた歴史も教えられる。ここでジローは人類もまた「永遠の生命」を持ってはおらず、何時かは「滅亡」する存在でしかないことを知る。だからこそ、「現在」を大切にしなければならない、との決意をジローは抱く。

〈4〉 インドへ——「魂の救済」を求めて

宮内の六作目の長編『金色の虎』(原題『奇妙な聖地』、「群像」九二年七月号〜九六年三月号に連載、単行本化に伴い大幅に改稿、二〇〇二年刊)は、主人公の「ジロー」が「鳥葬」の習慣が未だに残っているインド(ムンバイ・旧名ボンベイ)を訪れるところから始まる。ジローはそれ以前に住んでいたニューヨークで大学に通うインド人女性からムンバイには未だに鳥葬の習慣が残っていることを聞き、日本で「ヒッピー」のような暮らしをしていた頃からの「憧れの地」であったインドへ、ニューヨークから「放浪の旅」に出る。

ジローは、前作の『ぼくは始祖鳥になりたい』の最後で、宇宙のどこかには必ず「知性体」が存在すると信じて、アリゾナの砂漠地帯から宇宙空間に向けて電波信号を送り続けている科学者や宇宙飛行士、インディアン解放運動の女性たちとの交流や対話から、結局人間の「存在」や「意識」はどのように認識することができるのかといった「疑問」を抱くようになり、釈迦(仏教)の誕生以前から人間の「霊性=意識」の在り様に深い関心を持ち続け、多くの「聖者=覚者」を生み出して来たインドへの「旅」を決意したのである。前作の『ぼくは始祖鳥になりたい』の次のような「最後」こそ、『金色の虎』の前奏曲にほかならなかった。

吹きさらしの鉱物の堆積の上で、野生の鹿たちが岩塩をなめ、花々の下を蛇が這い、サソリが動き、野ウサギや、鼠が走っていく。ゆるやかに旋回する鳥が、冷えた溶岩に降りて羽をたたむ。恋人たちが、くすぐったそうに笑う。そう、ここにも生き物たちの意識が満ち満ちている。このちっぽけな意識こそ、無のなかに実る果実なのだ。恐竜たちを閉じこめている大地に、町に、地下鉄に、素粒子が降りそそぎ、夜行性の獣も、ヒトも、たったいま宇宙線の雨に打たれながら遠吠えしている。

おおーい、おれたちはここにいる、だれかそこにいないか。
応えてくれ。われわれはここにいるぞ、おおーい、だれかそこにいるか。

ジローは、この「内なる声」の「答」を見付けるべくインドへと旅立っていくのだが、ジローが二度目となるインド行を決意する前提として、宮内自身が家族（妻子）を連れての二度目のニューヨーク生活を送っていた時に、「二〇世紀最大の師（グル）（聖者）」と言われるバグワン・シュリ・ラジニーシが彼を慕う弟子たちと共にインドからアメリカへと渡り、西海岸のオレゴン州に「東京二三区がすっぽり入るような」巨大なコミューンを建設しているという話を聞き、オレゴン州まで出かけて行き、最初のインド行で出会ったラジニーシとオレゴン州でロールスロイスを運転してコミューン内を移動しているラジニーシとでは全く「違う印象」を受けたという経験をしている。『宇宙的ナンセンスの時代』の中の「第九章　二つのコミューン」に、次のような文章がある。

翌日、教えられた場所へ行った。ラジニーシは決まった時刻、決まったコースを毎日ドライブして回るのだという。弟子たちは道路わきに並び、合掌して待っていた。私もその群れにまぎれ込んだ。一台の先導車につづいて、濃いグリーンのロールスロイスが現れた。白いひげを垂らしたラジニーシが、自分で運転しながら片手を振り、微笑している。あっけなく通り過ぎた。

インドで見たラジニーシとは、どこか違う印象を受けた。（中略）一〇秒以内の出来事だった。私は其一〇秒間をスローモーション・フィルムのように脳裏に写し取った。そして何度も何度も、記憶のフィルムを回してみた。

やはり違う。インドで見たラジニーシとはまるで別人に思えた。存在感がないのだ。インドのラジニーシはしんとした霊気のようなものを放ち、講話（レクチュア）でジョークを飛ばしているときさえ近づけばビリビリ感電しそうなエネルギーに満ちていた。ところがついさっき眼の前を走り過ぎていったのは、ただの色の黒い老人にしか見えなかった。

オレゴンのコミューンでこの時見たラジニーシとインドで会ったラジニーシが「まるで別人」のように思えた経験、これが『金色の虎』を書かせた理由の第一だったのではないか、と考えられる。繰り返すが、宮内は四年間のアメリカ生活（最初の二年は、西海岸のサンフランシスコ、残りの二年はニューヨーク）の後、ヨーロッパ、中近東を経由してインドを「放浪」するようになるのだが、それは「シルクロードの砂漠をへて」（七三年七月『LOOK AT ME　おれを見てくれ』所収）によれば、二年間のニューヨーク生活で以下のような「思い」を強く抱くようになったからであったという。

ニューヨークに住みついていた二年間、ぼくは高層の廃墟のなかにいるような気がしてならなかった。何百万という人々が、廃墟に棲みついている野生の猿のように感じられた。その猿の群れは、ただ虚しく醒めきっているだけで、冷えびえとしたネガティヴな意識にとじこめられていた。ぼくは〈近代〉の果ての果てまできたと感じていた。そして、ぼく自身の猿の意識がはっきりしてくるにつれて、論理はしだいに閉じていった。

恐らく、それは時代の荒廃であり、時代によってもたらされた意識にちがいないだろう。そうして、意識が負の空間に追いつめられていくにつれて、逆に、時代性がすりおちて、社会ではなく、世界がくっきり浮かびあがってきた。だが、その世界は荒涼としているばかりで、意識との関りをきっぱりと拒んでいた。世界に包まれているという安らぎはどこにもなく、世界はただ意識にのしかかってくるだけだ。ぼくたちは、ひとかけらの世界観さえもつことができなかった。

ここで注記しなければならないのは、一九七〇年代の初めという時代がどういう色で染め上げられていたか、ということである。一九七〇年代の特徴を一言で言えば、ベトナム戦争が激化の後アメリカ（南ベトナム政府）の敗北で終了したことが象徴するように、戦後の冷戦構造はそのままに、一九六〇年代の半ばから始まった米ソの「平和共存」路線が定着し、先進工業国も発展途上国もいかに「高度経済成長」＝経済（モノ・カネ）最優先社会の実現を成し遂げるかに血道をあげ、人間の精神性や倫理が置き去りにされていた社会、ということができるのではないだろうか。宮内も渡米する前にその仲間として過ごすことになる「ヒッピー・ムーブメント」は、まさに一九七〇年代がどういう時代であったかを如実に語る社会現象であった。
そのような一九七〇年代を象徴する「精神性や倫理」を置き去りにした「モノ・カネ」第一主義を象徴するものとして、宮内は一九八〇年十一月に起こった金属バットで父親を殴り殺した事件を取り上げ、一九六〇年代から一九七〇年代にかけて「豊かな」社会を覆っていた「ニヒリズム」は、この事件が如実に物語るように「死への感受性が欠如している」からではないかとして、次のように書いていた。

ところで金属バット事件が象徴しているのは、私たちの、死に対する感受性の欠如ではないだろうか。欠落の原因はくどくど述べなくても誰もがよく知っている。近代化、文明、物質主義、どんな言葉でもいい。ただ、死に対する感受性の鏡がひび割れているために、私たちは共通の世界像をもつことができない。私たちは空おそろしいほど孤独である。つきつめていえば、現代の精神的な異常も、死に対する感受性の欠落、世界像の欠落から生じているような気がする。これは人類の直面しているニヒリズムではないだろうか。十年前、私はこのニヒリズムを打ち砕く力をインドに求めた。文明国の若者たちがこぞってインドへ押しかけるのも、ニヒリズムを超えようとする衝動だと思う。

（「ニヒリズムを超える」八一年十二月『LOOK AT ME』所収）

しかし、同時に宮内は、その「ニヒリズムを超える」ことが十年後の今日、「聖地」インドでも難しくなっているのではないかとして、次のように記す。

だが十年ぶりにインドを訪ね、私はその夢を捨てた。インドでさえ、死の意味性が滅びかけているのだ。聖地ベナレスで暮らしながら、私は地球上に生き残った最後のスピリッチュアルな巨象が老衰であえいでいるのを見ているような気がしてならなかった。（同）

『金色の虎』を書かなければならなかった宮内の内的動機は、まさにこの「ニヒリズムを超える」というエッセイに書かれた「爛熟した近代」への絶望の原因追及と、それ以前のオレゴンのコミューンで「グル＝覚者」ラジニーシのインド時代とは全く違う姿を目撃したことから生じた「霊性」への懐疑にあったのではないだろうか。『金色の虎』の冒頭（一）には、アメリカからムンバイに辿り着いたジローが拝火教の信者に対して現在もムンバイ市内の森の中に立つ「沈黙の塔」で行われている「鳥葬」を見学するシーンと、アメリカから帰国して母親の脳腫瘍手術に立ち会った時の思い出が切れ目なく書かれているが、このことこそ、この長編が「死に対する感受性」をめぐって展開するであろうことを予告するものだったのである。宮内は、現代社会において希薄化しているのは「死に対する感受性」だと言っているが、このことを別な言い方をすれば、日本で一九七〇年代の後半から言われるようになった「モノ・カネ」に執着し「こころ＝精神」をないがしろにする「玩物喪志」の風潮に対する「違和感」をこの長編で考えてみようとしたのではないか、ということになる。

だからこそ、アメリカ（オレゴン州のコミューン）に渡った「師＝覚者・聖者」ラジニーシに「違和感」を抱きながら、『金色の虎』ではジローがインド時代のラジニーシ（この物語では「シヴァ・カルパ」という名前になっている）の足跡や、ヒマラヤで修行中の「行者（ババ・サドゥ）」を訪ね、自分もまたヒマラヤ山中の洞窟で修行する物語を構築したものと思われる。言い方を換えれば、大学への進学を断念してアメリカへ渡ったあと、資本主義の総本山であるアメリカにおいて資本主義がもたらした「豊かな生活」を拒否して（拒否されて）、本来は「精神」的な存在であるヒトの本然的な在り方を求めて「この時代」と果敢に闘っている科学者や宇宙飛行士、インディアンとの交わりを経て、ジローは「近代」の対極にある霊的生活が現に存在すると言われてきた「インド」で、ヒマラヤの行者（聖者）やラジニーシの生活を追うことになった経緯を『金色の虎』で考えるようになった、ということになる。宮内は、『インド放浪』（七二年）や『東京漂流』（八三年）の写真家藤原新也との対談「同時代を歩きながら」（九一年七月　対談集『戦士のエロス』所収）の中で、インドを歩き回っていたこととの関連で、藤原新也から何故ニューヨークに住んでいた時、宇宙飛行士やサイエンス、テクノロジー、天文学など「文学とは違う分野」の人たちと会っていたのかを問われ、次のように語っていた。

僕たちがあの時代に見た夢や、インドで見たものを持続させられなかったという悔恨があったんです。我々は確かなものを見た。そこには真実のようなものがあったはずなんです。けれど七〇年代、八〇年代はその確かなものがどんどん、負け戦に追い込まれていった。なぜ負けたかをちゃんとやり直さなきゃいけないと思ったんです。なにが欠落したのかを考えていくと、やはり、まっとうな意味での知性が欠落しているということだった。要するに、単純すぎた、安易すぎた。我々の見たもの信じているものに、もう一度テクノロジーというまったく別な未来系のヤスリをかけていけば、いったい何が残るかということを見切らなくちゃならないなと思ったんです。でなければ先に行けない。ざらざらの硬いヤスリにかけて、それで潰えてしまうような夢だったとすれば、ただそれだけのことだった。

この宮内の言葉に対して藤原新也は、「八三年を境に時代の存在様式がちょうどメビウスの輪のように反転しはじめたと思うの。（中略）空虚な電子メディアが現実となる情報化社会がものすごいスピードで世界を席巻しはじめ、インド的なリアリズムを規範とする言語が届かなくなっていった」、と答えていた。なお、この対談に先立つ藤原新也と対談するようになった経緯を説明する文章で、宮内は「世界の抽象度」に関して、科学哲学者カール・R・ポパーの用語を借り、世界は「世界一　物理的な存在としての自然や世界。世界二　心的状態としての世界。世界三　思考や心の所産からなる世界。」のような状態になっているが、藤原新也も自分もインドで「世界一」を存分に体験した、だから自分が小説に求めるものは「世界三を突き抜けて、かけがえのない世界一へリンクさせ」る「世界モデル」であると語っていた。

この宮内が言う「世界三を突き抜けて、かけがえのない世界一へリンクさせる世界モデル」は、『金色の虎』の後半に書かれている「ユートピア論＝コミューン論」によく現れている、と言っていいだろう。先にも記したように、『金色の虎』に出てくるグル（覚者）は「シヴァ・カルパ」と名付けられているが、そのシヴァ・カルパを慕って全世界から集まってきた「信者」を統括し、シヴァ・カルパを中心としたコミューン（ユートピア）を建設しようとしている人物として日本人の精神科医「タジマ（田島）」――この精神科医の「田島」は、伊藤整賞を受賞した『魔王の愛』（二〇一〇年）から七年後に完成した沖縄を舞台にした『永遠な道は曲がりくねる』（二〇一七年）で重要な役割を果たすことになる――がいる。そのタジマが計画したアメリカのコミューン（これは、宮内が実際に訪れたことのあるオレゴン州の「ラジニーシ・プーラム」がモデルになっている）は、「危険なカルト集団」として州議会から視察を受ける事態を招くのだが、その時タジマの胸に去来したものは、以下のようなものであった。

それから半月、田島はひたすら考えつづけた。おそらく、ここが分岐点だ。しくじればコミューンは解散させられ、教団もがたがたになってしまう。この土地を購入するのに、九〇〇〇万ドルを費やしてきた。さらに、灌漑用水、建物、変電所、自家用ジェット機の飛行場などを建設するのに、六〇〇〇万ドル近く注ぎこんできた。いずれは、二〇万人ぐらいが住めるようにしていくつもりだった。小麦や、野菜、果実を出荷して、新しいブランドの健康食品、オレンジ・ジュース、石けん、シャンプーなどを売り出す予定だった。

出版社やコンピュータ・ソフト会社、外食産業のチェーンをつくる準備も進めている。むろん病院も建てる。内科、外科だけではない。この荒地を緑したたる楽園に変えて、精神科の大施設をつくるつもりだった。世界中の支部からクライアントを送り込ませ、集団セラピーの実験場にしていく。死にゆく人びとのためのホスピスもつくる。シヴァ・カルパ瞑想大学もつくる計画だった。アメリカで大学を設立するのは、格別、むずかしくない。博士号を出すことも合法的にできる。

アメリカ文明の真っただ中に、農業を中心とする精神的な小王国をつくりだしていくつもりだった。

しかし、この田島の「コミューン（ユートピア）建設」という「壮大な計画＝夢」も、近代合理主義国家のアメリカの権力の前で、「見果てぬ夢」と化してしまった。そのことに関して、田島と行動を共にしていたジローは、次のように考える。

底冷えするような気持ちで、ジローは考えていた。理想社会をつくろうとする試みは、なぜいつも無惨な顚末になるのか。革命のあとは、独裁と粛清。そしてコミューンは、パラノイアと集団自殺。

理想社会をつくろうとする試みが必ず失敗する理由は何か。先の宮内の藤原新也との対談の際に発せられた言葉に従えば、人類（ヒト）が総体として本当の意味での「知性」を身に付けていないからではないかということになるが、結論的には「科学文明の進化」をひたすら信じ、「モノ・カネ」が支配する社会の構築に血道を上げてきた近代人（ヒト）の宿命なのではないか、と宮内は考えていたのではないかと思われる。宮内は、『金色の虎』が単行本になった際に、鈴木健次（大正大学教授）のインタビュー（「Web版新刊ニュース」）の中で、自分の過ぎ越し方を振り返りつつ、この長編のモチベーションについて次のように語っていた。

私はカウンターカルチャーの中で青年時代を過ごし、それを信じて反戦運動をやってきた世代です。しかし僕らが夢見たものはすべて敗れました。でも時代というのはシーソーゲームのように、こっちに傾斜すれば、いつか反対側に比重が変わるかもしれません。学生運動が連合赤軍のようなかたちになって破滅し、宗教もオウムのようなことになって、若者たちはいま社会変革もだめ、内面の追求もだめということで、何も希望がなくなっている。でも時代のシーソーがもう一回傾いた場合に備え、僕らは証を示しておかなければいけない。この世界を見限っていないんだと、若者たちがポストモダン後の精神性を求めた場合に示せるものを準備しておこうと思ったんです。カウンターカルチャーがなぜ滅びたのか。私は八〇年代は宇宙飛行士に会ったり、NASAを訪ねたり、先端科学などを学びながら小説の準備をしました。いま経済至上主義に起因する病が日本じゅうに広がっています。いろんな犯罪が起こり、若者たちは無気力なった。『金色の虎』は一見宗教的な小説ですが、本当のところはシヴァ・カルパというトリックスターを通して、宗教の息の根をとめようとしているのかもしれません。でも我々はどこから来て、どこへ行くのかといった永遠の問いかけはやはり大切だと思うのです。それを新しいかたちで次の世代の若者たちに提出すること、それが自分の仕事ではないかと思っています。

この『金色の虎』が「宗教の息の根をとめようとしている」小説かも知れないという宮内の言葉に対して、この長編を「群像」に連載（九二年七月号〜）している最中に起こった「オウム真理教」による松本サリン事件（九四年六月二十七日）、地下鉄サリン事件（九五年三月二十日）に触発されて書いた『善悪の彼岸』（原題『タートル号航海記』「すばる」九八年四月号〜二〇〇〇年六月号）を読めば、その意味が理解できるだろう。宮内は、この引用に続けて、鈴木健次の「今の無力化したと言われる文学で、それができるでしょうか」といういかにもジャーナリストらしい問いかけに対して、以下のようにきっぱりと「文学の役割＝文学は何を為すべきか」について、語っていた。

時代は致命的に文化が空洞化しています。文化とは何か。一言でいうなら意味の体系です。その意味を担ってきたのはやはり文学だと思うのです。浜崎あゆみや宇多田ヒカルのCDが何百万枚売れたとしても、意味の空洞を満たすことにはならない。こんなことを言ったらドン・キホーテだと笑われるだろうと思いますけれど、文芸復興をやりたいと思っているんです。我々が全力を振り絞れば状況は変えていける。僕は大学で若い人たちと毎日つき合っていますから、その手ごたえを感じています。

現在に続く二一世紀初頭の学生（若者たち）に果たして「状況を変える力」があったかどうか、その頃どんな刺激を与えても決して「動こうとしない」学生に日々苛立っていた経験を持つ筆者には、宮内の言葉は俄かには信じがたいと言わねばならないが、それとは別に、『南風』（七九年）で文藝賞を受賞して以来、一貫して「文学」を武器に世界と対峙してきた宮内の「文学に賭ける」気持はよく分かる。

〈5〉「自己犠牲」……──『焼身』の意味

連載した長編小説を書き直すために、一人東北の旅館に長期滞在していた「私」は、二〇〇一年九月一日、妻からの知らせでニューヨークの世界貿易センタービルのツインタワーがイスラムのテロ攻撃を受け脆くも崩れ落ちる光景をテレビで知る。十年以上にわたって親子三人で生活していたニューヨーク（のみならず、世界中）を震撼させた「九・一一事件（アメリカ同時多発テロ事件）」によってツインタワーが崩れ落ちる光景を見て、「私」はどのように思ったか。少し長くなるが、この事件が起こった時の宮内の「心の在り様」がよく現れているので、以下に引く。

> 青空へ吹きだすオレンジ色の炎がきれいだった。見とれているうちに、窓という窓から人が落下していく。ただの火災ではない。何が起こったのか。ぴんときた。念のために、チャンネルを回してみた。マンハッタンの全景が映った。十二年も暮らしたなつかしい街だ。二つの川にはさまれながら、ガラスの岬のように伸びていく南端で、大神殿そっくりにそびえたつ世界貿易センタービルが燃えつづけている。
>
> 二機目が飛んできた。澄みきった青空を旋回しながら、ツイン・タワーのもう一方にぶつかり、鳥かごを突き破るように、ぐにゃりと吸いこまれていった。
>
> また火が噴きだしてくる。そこからさき記憶は烟（けぶ）っているが、五角形のビルからも火の手があが

っていく。ハイジャックされた飛行機が、カミカゼのように国防総省に突っこんだという。ほかにも数機が行方不明だというから、次はきっとホワイトハウスにちがいない。

半砂漠の荒地に押しこめられている先住民、アメリカ・インディアンたちのなつかしい顔が浮かんできた。いまバラックのような小さな家で、映りのわるいテレビをじっと見つめているはずだ。かれらの胸に浮かんでいる思いが、痛いほどわかった。アメリカ市民でありながら溜飲をさげつつ、ホワイトハウスが炎上する光景をひそかに見たがっているはずだ。わたしはまた、せめて一矢を報いてほしかった。

息をつめながら見つめるうち、二つの超高層ビルはあっけなく青空からくずれ落ちていった。

おそらく、「九・一一アメリカ同時多発テロ」事件のテレビ映像を見て、アメリカ・インディアンのことを思い起し、それらの映像を見た彼らが「溜飲をさげつつ」あるのではないか、と思った日本人は宮内以外に存在しなかったのではないか。アメリカがそれまでイスラム（アラブ・中近東）の国々にしてきた強権的・軍事的な行為、あるいはアラブと対立してきたイスラエルに対するアメリカの特別な物心両面におけるサポートのことを鑑み、アメリカ中枢部へのイスラムによるテロ攻撃に納得しても、ヨーロッパから押し寄せて来た白人によって一千万人を超える仲間が殺され、今もなお居留地に押しこめられているアメリカ・インディアンの存在に思いを馳せた人は、少なくとも私の周りに全くいなかった。繰り返すが、『宇宙的ナンセンスの時代』（八六年）や『ニカラグア密航計画』（同）によって、宮内がアメリカ・インディアンに特別な思いを抱いていたということを知っていても、なお

「九・一一事件」にアメリカ・インディアンが「溜飲を下げた」はず、と考えた人間は宮内以外にいなかったのではないか、ということである。

宮内は、「十二年間」のニューヨーク下町暮らしで、かつて『怒りの葡萄』（三九年）の作家でノーベル文学賞を受賞したジョン・スタインベックが『アメリカとアメリカ人』（六六年）で指摘したように、「自由と平等の国」アメリカが実は白人（しかも、メイフラワー号でイギリスを逃れて最初に東海岸に移民として定着した清教徒＝白人）を頂点とする「階級（階層）社会」であることを嫌というほど経験させられたことから、アメリカ・インディアンは固より黒人やヒスパニック、アジア人たち「下層民」がいかに「差別と貧困」によって苦しめられていたかを知っていた。そうであるが故に、「九・一一事件」がイスラム（アラブ）による長年の「怨念」によって引き起こされたことに、一定の理解を示したのだろうと思われる。

このような「九・一一事件」への思いから、自分がアメリカへ渡った当時（一九七〇年代初め）、アメリカが未だベトナム戦争――アメリカの歴史において「初めて」敗北した戦争と言われているこの戦争は、アジアを「共産主義」の浸透から守るという大義名分を掲げていたが、実際はその背景にアジアやラテンアメリカなど「第三世界」への差別意識があった、と言われている――の最中にあり、そんなベトナム戦争下のアメリカ生活において、ある日ベトナム戦争に抗議してベトナム人僧侶が「焼身自殺」したことを知る。そんな経験が「九・一一事件」によって蘇ったことから、『焼身』の物語は展開する。

> 空港には、かまぼこ型の格納庫がならんでいた。ベトナム戦争のとき、米軍が使っていたものだ。枯葉剤やナパーム弾を満載した戦闘ヘリが、ここから飛び立っていったのだろう。（中略）
>
> ついさっき、私は不用意に〈長い泥沼〉と書いてしまった。アメリカ側から一方的にたれ流されてくる情報によって、世界をこのように見るべく、誘導され、思考を奪われ、どしゃぶりの雨、密林、泥沼といった連想にいつのまにか染まっていた。〈アジア的停滞〉という言葉さえ刷り込まれている。それを払拭するのがひそかな野心であるが、いま眼下には水田の黄緑がひろがり、あぜ道がつづき、川があり、村があり、何の変哲もない美しい山河がひろがっている。
>
> この穏やかな大地から、ガソリンをかぶってわが身を焼くという烈しい思想がどうして生まれたのか、まだ見当もつかないけれど、私はそれをつかむつもりだった。〈アジア的停滞〉などとうそぶく傲慢さや、クラスター爆弾、劣化ウラン弾など、火の雨を降らす側をくつがえす理念を手にしたかった。（傍点引用者）

この『焼身』の冒頭部分を読むと、宮内が「強者」の側、つまり「アジア的停滞」などと言って第三世界（発展途上国）を蔑んだり、小型核兵器に匹敵する殺傷力をもつクラスター爆弾や劣化ウラン弾などを「火の雨」のように降らす側には決して立つまいと決意していることが判る。ここに現れている宮内の「弱者」の側に立とうとする姿勢は、「九・一一テロ事件」の際に、すぐさま五〇〇年以上にわたって「辛い思い」を強いられてきたアメリカ・インディアンのことを想起したメンタリティーと同じ思想から生じたものと言っていいだろう。また、見方を換えれば、『金色の虎』で明らかになった「精神性＝知性」を押しつぶす資本制社会（アメリカ合衆国を頂点とする先進工業国）に対する反意・怨念（ルサンチマン）が、ここには反映していると言うこともできる。

第二次世界大戦前までフランスの植民地だったベトナムでは、戦後になるとフランスからの「独立」と南北に分断された国家の統一を目指して激しい「民族解放闘争」が展開された。しかし、フランスが手を引き、フランスに変わってアメリカが介入し南ベトナム政府に加担するようになって「戦争」は激しさを増す。宮内が『焼身』の中で触れている一九六三年六月十一日、サイゴン市（現・ホーチミン市）のカンボジア大使館前の十字路で仏僧のティック・クアン・ドックがガソリンを被って焼身自殺したのを皮切りに、戦争終結までにどんな「武器」も持たない十人近い僧侶や尼僧が「戦争の早期終結・反戦・平和」を願って焼身自殺をしている――この小説の中では触れていないが、日本でもエスペランティストの由比忠之進が、アメリカの北ベトナムへの爆撃（沖縄の嘉手納基地から発進していったB52戦略爆撃機もあった）を支持した佐藤栄作首相に抗議し、首相官邸前でガソリンを被って自殺を図るという事件があった――。仏僧による焼身自殺は、「力＝武器」を持たない者の「究極の抗議行動」として世界中を震撼させたが、宮内もこの「自己犠牲」の最たるものと言っていい焼身自殺に強く心を揺さぶられたのだろう。「〈アジア的停滞〉などとうそぶく傲慢さや、クラスター爆弾、劣化ウラン弾など、火の雨を降らす側をくつがえす理念を手にしたかった」という宮内の心を想像する時、そこから浮かび上がってきたのは、「自己犠牲」の精神は本当に衆生（私たち）の「救済」を可能にする人間の在り様なのか、ということのように思われる。

というのも、宮内は『焼身』の中で「ティック・クアン・ドック（作中では「ドゥック」）」のことを「X師」としているが、X師の焼身自殺がベトナムの歴史においてだけではなく、アメリカ史、世界史のどのような文脈で捉えられる出来事であったのか、またそれはいかなる意味を持ったのか、次のように書いているからである。

（通訳の）グエンさんは、ぐったりとしていた。私は、サイゴンのアメリカ大使館とホワイトハウスの間で交わされた電報記録を思いだした。ニューヨーク・タイムズ社から出版された“The Pentagon Papers”という一冊だった。X氏の焼身自殺と、世界中のメディアの過熱ぶりに、ケネディ政権も神経を尖らせていたことがわかる。キューバ危機からまだ一年もたっておらず、アラバマ州では黒人デモが吹き荒れたばかりだった。そんなときX師の焼身自殺をきっかけに、南ベトナムが煮えたぎる油鍋のようになったのだ。そして、アメリカはついにゴ・ディン・ジェム政権を見かぎり、いよいよ本格的にベトナムに介入していくことになった。

一九六三年十一月一日、CIAの計画によって（それはすでに歴史的な事実として確認されているが）、ベトナム軍部のクーデターが起こった。ゴ・ディン・ジェムは大統領府から逃亡して、中国人街チョロン地区に隠れているところを発見された。翌日、かれは血まみれの死体となった。その二十日後、ケネディ大統領もダラスで銃撃され、頭骨や脳漿を飛び散らせながら死んでいった。X師の焼身自殺は南ベトナム政府を崩壊させたけれど、結果的には、平和ではなく、むしろ戦争の引き金になってしまったのだ。ガンジーの善意、その非暴力の夢が母国を分裂させ、血の海を招いてしまったように。

「平和」を求めながら、結果として「戦争の引き金」を引くことになってしまったX師の焼身自殺について、ここで私たちは宮沢賢治の「自己犠牲」がテーマになっていると言われる『よだかの星』でも、あるいは『銀河鉄道の夜』でも引き合いに出し、その「自己犠牲」の類似性を指摘するのも無駄ではないだろう。自分の生命を犠牲にしても「他者の生命」を守るという「自己犠牲」の本質を、X師の焼身自殺も、宮沢賢治の童話も体現しているからである。だからこそ、物語の中で「私」（宮内自身）と妻は、X師の足跡を訪ね、X師が焼身自殺した場所にまで辿り着き、その延長で若き日にX師が仏教を学んだとされるカンボジアのアンコールワットまで足を延ばすことになる。そのような道行きの果てに、「私」は次のような思いにとらわれる。

X師がカンボジアで暮らしていたのは、一九四七年か、四八年の頃までだったはずだ。当時、少年であったポル・ポトは、ノロドム・シアヌーク高等中学校の寄宿生であり、一九四八年にはプノンペンのエコール・テクニクに入学している。若い日のポル・ポトと、五十近くなった僧が、この街角のどこかで互いになにも知らず、すれちがった可能性もある。

一方は革命によって権力をにぎり、神秘的な霧の奥にひそむ王となって、一五〇万人とも二〇〇万人ともしれぬ同胞たちをひたすら殺しつづけた。そうして一方は、独裁にあらがい「国が泰平で、国民が安楽であることを祈念します」という遺書を残して、わが身を燃やした。どちらも人である。

私はふたたび自分にささやきかける。人の心というやつは、恐竜がうろつくような醜悪でおぞましい暗黒部から、グレーゾーンや、わが身さえ犠牲にする清らかな領域まで、複雑なグラデーションをなしている。戦争があり、のどかな小春日和がある。暴力があり、非暴力がある。どちらもわたしたちの正体であり、まさにこのわたしの本性である。

その発生時から多様性（多義性）を宿命付けられた「ヒト」という存在、二一世紀に入った現在、確かなことの一つは前世紀の半ば、革命を成し遂げたカンボジアで指導者のポル・ポトが何百万人もの国民を「虐殺」したことであり、それ以前にベトナム戦争＝民族解放闘争の渦中にあって「ティック・クアン・ドック」という仏僧が、「国が泰平で、国民が安楽であることを祈念します」という遺書を残して焼身自殺をしたという事実である。宮内ならずとも、そのような「事実」に歴史のパラドックスを感じざるを得ないが、ベトナムからカンボジアへの「旅」で宮内の胸の内に生じていたのは、ベトナムをはじめとするアジア諸国（だけでなく、アフリカ、ラテンアメリカも）に対して「アジア的停滞」などと嘯いてきた「欧米」への嫌悪、というか「憎悪」に近い感情だったのではないか。『焼身』の終わり近く、以下のようにX師＝ティック・クアン・ドックが焼身自殺したサイゴン市内の十字路を案内してくれた老僧の「思い」を想像した後、「私」は次のような思いを抱く。

それが切り札になることはわかっていたよ。焼死体を抱えている側が、主導権をにぎることがわかっていた。わたしは歴史の鼻っ面を、この手でひきずり回してやりたかった。植民地支配するフランス、圧倒的な武力でかさにかかってくるアメリカ、そうした欧米の驕りに対して、アジアの意志を見せつけてやりたかった。あいつらの肝っ玉を震えあがらせてやりたかった。

そう言いたげに、サングラスの老僧は微笑している。薄い唇が三日月のかたちに吊りあがっていた。温かくも冷たくもない中性的な微笑だった。私はうなずいた。九・一一をひき起こしたオサマ・ビンラディンの悪魔性が私もある。あるような気がする。アジア的停滞などと言い放って、まったく恥じることのない欧米にせめて一矢報いたいと思って、私もいまX師の足跡を辿っているのかもしれない。

虐げられてきた者に「叛逆・反攻」の権利があるというのは、埴谷雄高ではないが「政治の論理」であり、宗教者（仏教者）や文学者（作家）が採るべき論理でも倫理でもないのかもしれない。しかし、宮内はそのことを重々承知の上で、敢えて焼身自殺を行うことで「欧米の論理＝政治・支配の論理」に異議申し立てを行った「被抑圧民族」の存在を象徴するX師＝ティック・クアン・ドックの行為に共感の意を表明したのである。

そして、「私」（宮内）はベトナムを去る前日に、X師が焼身自殺した十字路に立つ鉄塔の後ろに座り、X師が焼身自殺したその時に何を思ったのか、必死に想像する。「私」の怪しい振る舞いは、「平和」になったベトナムでは「異常」としか思われず、「私」は警察や軍人から尋問を受けるが、「私」はそこで「あること」に気付く。

腕時計を見ると、あの時刻が近づいている。しばらく放っておいてほしいが、尋問は延々とつづく。私は黙っていた。なかば僧になったような思いで、なりゆきに身をゆだねるつもりだった。歩道のコーナーで鉄塔の台座に隠れるようにそっと座っているだけだから、だれにも迷惑をかけていない。交通の邪魔もしていない。警官も、軍人も、公安も手荒くひったてるわけにもいかず、もて余しぎみに困惑している。

ああ、そうなのかと腑に落ちるものがあった。ガンジーの強みは、こういう性質のものだったのか。もし、かれが銃を手にして独立運動を起こしたのなら、支配者たちは虫けらのようにひねりつぶすことができる。だが無抵抗のまま、ひっそりと断食をつづけるだけの老人にどう対処していいか困惑してしまったのかもしれない。潮の行進のときも、ただ海辺を目ざしてひたすら歩くだけだ。警棒をふりあげると、身をさしだすように打ちすえられ、逮捕すると、いそいそと入獄してくる。非暴力をつらぬいたからこそ、支配者たちはもて余し、無気味だったはずだ。そうして身長一六五センチ、体重は五〇キロ足らずで、チョコレート色の肌をしたみすぼらしい老人は、七つの海を支配する帝国に打ち勝ったのだ。

〈6〉「自己犠牲」から「非暴力の抵抗」へ

資本主義の「勝利」を象徴するようなニューヨークの世界貿易センター（ツインビル）へのイスラムによる「九・一一テロ」に対して、アメリカ大統領ブッシュ（と同盟国の「有志連合」）は、直ちにイスラム過激派アルカイダの指導者ウサマ・ビンラディンが潜むとされていたアフガニスタンへの「報復爆撃」を開始する。この時、このアフガン戦争が「第三次世界大戦＝核戦争」に連動していくのではないか危惧した音楽家の坂本龍一や射殺されたジョン・レノンの妻オノ・ヨーコらは、世界に散在する友人や知識人へ「非戦」の呼びかけを行い、六十八人の文章を集めた『非戦』（二〇〇二年一月幻冬舎刊）を緊急出版する。坂本龍一とニューヨーク在住時代から親交のあった宮内は、そこに「種・戦争・希望」という文章を寄せ、その中で宮内は、何故『ぼくは始祖鳥になりたい』（九八年）から『金色の虎』（二〇〇二年）へと続く「ジロー」の「自己探求」をめぐる物語から、「自己犠牲」や「救済」に関わる『焼身』（二〇〇五年）や『魔王の愛』（二〇一〇年）を追求する物語へと転換したのか、そのことを示唆する言葉を記している。

宮内は、「種・戦争・希望」の冒頭で、アメリカで宇宙飛行士に「進化や地球外生命体」などについて質問した時、彼が笑いながら「われわれヒトも知性体のうちに入るのかね」と言いつつ、次のようなことを指摘したと記す。

「では、原爆投下のあとから数えてみようか」

と、両手の指を一つ一つ折りはじめた。

「インドシナ戦争、朝鮮戦争、ハンガリー動乱、スエズ動乱、チャイナ・インド戦争、インド・パキスタン戦争、ヴェトナム戦争、ソ連チェコ侵入、第一次・第二次・第三次・第四次中東戦争、北アイルランド紛争、カンボジア内戦、アフガン戦争、イラン・イラク戦争、フォークランド紛争……」

彼の指は、何本あっても足りなかった。

「これが知性体のやることかね？」

宮内は、彼（宇宙飛行士）のことを思い出しながら、「湾岸戦争、ボスニア戦争、ルワンダ戦争、コソボ戦争、そして今日もつづいているアフガン空爆……」、と胸の内で宇宙飛行士が数え上げた数々の戦争に「追加」する。そして、宮内は同時にＮＡＳＡを訪れ科学者と雑談している時に、科学者の一人が「自分たちの内部にある遺伝子に気づいているかどうか、それが知性体であるかどうかの境界じゃないかな」との意見を披瀝したことを思い出し、次のように思う。

むろん、すべての原因を遺伝子のせいにするつもりはない。文化生態学でいう「ミーム」（ミーム：習慣や技能、物語というような社会的・文化的情報は脳内に保存され、他の脳へ複製〈コピー〉が可能であるという考え方）や、戦争、戦争に明け暮れたこの百年が、テクノロジーと資本主義の世紀であったことも忘れるべきではない。

だが、ヒトの攻撃性が遺伝子に起因していることだけは認めざるを得ない。内なる暴力を自覚し、コントロールしようと試みること、それが知性体の条件だろう。

いくら「平和」を求めての「尊い」行為であったとしても、「焼身自殺」は我が身に対する「究極の暴力」を行使したことになるのではないか。宮内はそのように思いながら、また「自己犠牲」を貫徹した僧の「我が想い」は永遠に消えることなく、形を変え、「次の世代」へと引き継がれていくはずだ、とも思う。現に自分（宮内自身）も、ニューヨーク時代に思った「苦しむ民衆の姿」に突き動かされて、ベトナムにやってきたではないか。

そんな思いを突き詰めて行って、『焼身』にも登場するが、X師と対極に位置するように見える「非暴力」主義を代表するマハトマ・ガンジーの足跡を辿る物語を執筆しなければならない、との思いを宮内は強くしたのではないか。因みに、『焼身』の初出は、「すばる」二〇〇五年三月号である。マハトマ・ガンジーの足跡を追った『魔王の愛』が三社連合の「東京新聞」「中日新聞」「北海道新聞」「西日本新聞」に連載されたのは二〇〇九年五月七日〜二〇一〇年五月一日であり（「神戸新聞」での連載は、二〇〇九年五月十八日〜二〇一〇年五月十五日）、単行本化は二〇一〇年十一月である。この間の四年余り、『魔王の愛』の巻末に掲げてある「参考文献」と内容を見れば明らかなのだが、宮内はひたすら「ガンジー」に関する資料を読み漁り、また「二十代の終わりから六十代にかけて、十数回訪ねてきた」インドでの経験を反芻していた。

『魔王の愛』は、宮内が宮沢賢治研究者でインドのネルー大学の教授を務める友人から「国際会議」で「九・一一以降の世界と、アジアの役割」と題する記念講演をして欲しいと頼まれ、そこで宮内が次のような講演をしたというところから始まる。

二つの超高層ビルが燃えあがり、あっけなく青空から崩れおちていった日、深い亀裂が走ったのだ。巡航ミサイルや、劣化ウラン弾など、火の雨が降りつづけ、血の海はまだ乾いていない。自爆テロも、復讐も、そのまた復讐という堂々巡りもいっこうにやむ気配がない。
わたしは一神教と多神教について語った。一なる神だけを信じることが、すでに他者への拒絶や戦闘をふくんでいる。イスラムもキリスト教も一なる幻想にとらわれている。神が味方についていると思い込んでいるから、自分たちの正義を疑うことなく暴力へと傾いていく。地の果てまで同質化していくグローバリゼーションも、つまるところ同根ではないか。
だが、アジアでは、山川草木に神々が宿る。（中略）
そんな多神教的な世界だから、多様なものが共存できる。一なるもので世界を統べることなど、できっこない。アニミズムこそ未来の宗教かもしれない。一なるものへ観念化していく一歩手前で、わたしは知性を逆に使って、あえてアニミズムに踏みとどまりたい。花が咲き乱れては散り、またとめどなく咲きこぼれてくる地上にいたい。もしも「アジアの役割」があるとすれば、一なるものがぶつかりあう世界に、多元的世界観をさしだしていくことではないでしょうか。

そして、以上のような考えの一例として宮内は「非暴力によって独立をなしとげ」た「Xさん（マハトマ・ガンジー）」のことを持ち出したのだが、宮内の日本やアメリカという先進国で生きてきた経験に基づく「本音」のスピーチも、ガンジーを生んだインドでは「きれいごとだな」とか「それで暴力は止むのか」といった冷笑で迎えられる。先進国の大学で学ぶことを「最高のステータス」と考えるインドの学者たちにとって、ガンジーの「非暴力」は最早「常識」なのか、それとも「科学文明の進化」にとって妨げでしかないのか。

そんなシニシズム（冷笑主義）が支配する国際会議で、宮内は「九・一一」後にニューヨーク在住の音楽家坂本龍一から届いたメールを紹介する。映画「ラストエンペラー」で音楽を担当しアカデミー賞を受賞したことで世界的に知られる坂本龍一は、街中のユニオン・スクエア公園で若者たちがジョン・レノンの「イマジン」を歌っていた、と報告してきたのである。そして、宮内はそのユニオン・スクエア公園に「インドの国父」ガンジーの行脚する像が建っていたことを思い出し、そのことを国際会議の面々に伝え、そこでインドの人々の「心の井戸」には未だガンジーが生きていることを改めて知る。

そんな経験をした後、宮内はガンジーの生まれ故郷である「グジャラート州、カーティアーワール半島」への旅を思い立ち、ボルバンダール行きの急行列車に乗る。物語はそこから一挙に「ガンジーの生涯」を辿る旅の話になる。宮内のガンジーの生涯を辿る旅は、ガンジーが「掲げた『非暴力』の松明（たいまつ）を、ただのきれいごとに終わらせないためには、生身のあなた（ガンジー）を見切るべきだ」との決意を内に秘めたものであった。

では、宮内が「見切りたい」と言った「生身のガンジー」とは一体どのような経歴を持った人間であったのか、そしていかなる思いを抱いて「独立運動の指導者」になったのか。残された数多くの「伝記」に導かれて宮内が『魔王の愛』に記していることに従うと、ガンジーはラジコート藩の首相の子供として生まれ、子供の時には親に隠れて煙草を吸い、家の金をちょろまかし、肉も食べ、十三歳の時に父から与えられた娘と結婚し「セックス」に溺れる生活を送る。そして、十八歳の時、英語が余りできなかったにもかかわらず、妻と生まれたばかりの子供を残し、母親に「肉を食べない、酒を飲まない、女性に触れない」と誓って、「弁護士」になるためにイギリスに留学する。このイギリス留学を経て、当時「白人至上主義」政策を採っていたイギリス領南アフリカ連邦（現・南アフリカ共和国）で弁護士を開業し、そこで「インド人差別」を経験し、そのことから次第に「不服従運動」「独立運動」の指導者として頭角を現すようになる。

物語は、Xさん（ガンジー）への様々な「私」（宮内自身）の「疑念」を問い質す言葉とそれへのガンジーの「応援」、つまりガンジーと宮内の「架空の会話」で進展していくのだが、その「会話」が意味するものは、本当にガンジーは母国インドのイギリスからの独立を目指して「非暴力・不服従」の精神を貫き「抵抗」を続けたのか、ということであった。例えば、「ボーア戦争」――南アフリカにおいて、金鉱やダイヤモンド鉱山の利権をめぐってオランダ系のボーア人とイギリス人が争った戦争――をはじめズールー戦争や第一次世界大戦において、ガンジーはインド人の同胞に「イギリス側について、〈戦え〉」と指令するが、そのことと「非暴力」主義との「矛盾」を宮内がガンジーに指摘した時の、次のような「会話」は、何を意味していたのか。

「いいですか、ズールー王国は先住民たちの国、アフリカの黒人国家です。そこにイギリスの測量士が越境して拘束された。イギリスはそれに乗じて、まったく理不尽なことを要求した。ズールー王国の首都を、イギリス軍が占領するのを認めること。ズールー国王は、人質をイギリスに差し出すこと。さらに、牛、五〇〇頭の賠償を支払うこと。そうして起こった戦争ですが、あなたはまた同胞たちを集めて、イギリスの側に従軍したい。いったいどこに倫理があるのですか。戦争の勝敗は、はっきり見えています。武力の差は明白です。これは戦争ではなく叛乱です、いや、人間狩りだったと、あなた自身が述べている。ズールー人たちに同情を感じたと語ってもいますが、詭弁ではないでしょうか」

「…………」

「もっと言いましょうか。ここはあなたの恥部、急所ですよ。第一次世界大戦が起こったとき、あなたはインド兵徴収の運動を起こしています。武器を取って、大英帝国のために戦えと煽動している。まぎれもない事実です。銃の扱い方を知ることは、非暴力にとって役立つとか、耳を疑うようなことさえ言っています」

「イギリスは世界の福祉のために存在している。わたしはそう信じていた」

この『魔王の愛』が、「九・一一アメリカ同時多発テロ」をきっかけに生まれたものであることを考える時、「イギリスは世界の福祉のために存在している」というガンジーの言葉に、あたかも「アメリカは世界の警察だ」と暗黙の了解が存在するかのように振る舞うアメリカの指導者や多くのアメリカ人、そして同盟国の指導者たちの在り方を重ねているように思われる。宮内は当然、そのような国際政治の在り様を意識して「ガンジーと私の会話」を考えたのだろう。そして、そのような思考と方法の根っこに、宮内が「アジア太平洋戦争の犠牲者」を象徴する「引揚者の息子」として育ち、高校を卒業して生活するようになった東京で、「ベトナム反戦運動」と根っこのところで繋がっていたと言っていい「ヒッピー・ムーブメント（和製ヒッピー運動）」に加わり、ニューヨーク生活の中で「反戦主義者」の坂本龍一たちと知り合い、またジョン・レノンの楽曲「イマジン」と出会う、というような経験があったと考えていいのではないか。

また、イギリス帝国主義（植民地主義）への「抵抗」を象徴する「断食」が物語るように、ガンジーは「生き物を傷つけない（アヒンサー）」ことを教義の第一に掲げるジャイナ教から大きな影響を受けていたとされるが、ガンジーの「非暴力・不服従」についてさらに踏み込んで、「私」が次のようにガンジーに迫るということもあった。

南アフリカで「アジア人登録法」が制定されそうになったとき、闘いはのっぴきならないものになっていった。アジア人はすべて指紋を取られ、その登録証をもっていない者は逮捕され、追放されるというのです。

Xさん、あなたは同胞たちを組織して、抵抗する。その松明の火として「受動的不服従」という言葉を掲げました。攻撃的にならない「受け身の抵抗」という意味でしょうか。これはトルストイの言葉ですね。その思想がどこに由来するか不明ですが、ドゥホボール教徒たちと関わっていることは、おそらく、まちがいないと思われます。

ロシアの辺境、コーカサス地方の山奥で生まれた信仰で、二、三万人ぐらいの小集団ですが、「汝、殺すなかれ」

という聖書の言葉を、深くつらぬいていた。

暴力に対して、決して暴力では応えず、ただ静かに無抵抗の「不服従」をつらぬく。徴兵に応じて兵士になることも、殺人に加担することだと気づいて、拒否するようになる。さらに国家そのものが暴力の発生源であるとみなして、納税しなくなった。猟銃も捨てた。鎌や、シャベル、干し草を積み上げるフォークだって使いようによっては武器になるから、すべて焼き捨ててしまった。

辺境の山奥で生まれた絶対平和の思想です。

この後半部分から、恐らく宮内も旧知のことだったと思われるアメリカのペンシルベニア州やオハイオ州に居住するドイツ系移民の子孫「アーミッシュ」のことを想起する人もいるのではないだろうか。二一世紀の現代でも近代科学文明を拒否して「平和主義」を掲げ、これまで一貫して軍務に就くことを拒否してきたアーミッシュの思想や生き方は、ここで宮内が言うところの「絶対平和主義」を掲げるドゥホボール教徒たちのそれと重なり、それはまた若き日にそのドゥホボール教徒の「絶対平和主義」に共鳴したトルストイの思想から多くの示唆を受けたガンジーの「非暴力・不服従」主義の多様性を証明する一つの事例になっていた、と考えられる。

宗主国イギリスの過酷な政策に対して、繰り返し「断食」することで「抵抗」の意思を示してきたガンジーの「非暴力・不服従」思想の多様性――そのことについて、宮内は例えばサディズムとマゾヒズムを併せ持つような「多重人格」だとも言っている――こそ、ガンジーがインドの国民を惹き付けた大きな要素だったのだが、そのうちの一つにインド社会の「宿痾」になってきたと言っていい「カースト制度」に対するガンジーの態度がある。宮内は「カースト制度」に対するガンジーの考えについて、次のように言う。

Xさん、あなたは不可触民の少女をひきとって養女にしていますね。アシュラムのメンバーたちにも、不可触民との結婚をすすめています。三千年もつづく因習を、混血によって溶かそうとしているようです。

ところが、カースト制度そのものを完全に廃止させようと願っているのか、そこのところはどうも疑問です。あなたは過激であり、あきれるほど保守的です。矛盾の塊りです。だが、あなたがカーストそのものを破壊しようとしなかった理由が、異邦人であるわたしにもうっすらと想像がつきます。

カーストは、身分制度であるだけでなく、職業と一体化しています。生まれや身分を同じくする者たちの集団「ジャーティ」が、三千以上あるそうですね。それらの集団が、祖父から父へ、父から子へと、職業を世襲しています。

あなたの国に迷い込んだころから、わたしはうろたえることばかりでした。

何故、宮内はガンジーが「カーストを破壊しようとしなかったのか」を「うっすらと想像」することができたのか。宮内はこの引用に続けて、インドの各地で経験したカースト制度の「悪弊」を書き連ねるのだが、宮内が、あるいはガンジーが「カースト制度」について考えたことは、何千年もの長い時間をかけて「生活」の襞々にまで浸透した制度を破壊するには、イギリスから「独立」するなどという論理（近代思想）とは全く別な論理を用意しなければならず、そのような論理は未だに見出せない現状にある、ということだったのではないか。

宮内（わたし）は、何十年にもわたってインドを「歩き回ってきた」理由について、『魔王の愛』の中で、次のように書いていた。

三十数年に渡って、わたしはインドを訪ねつづけてきました。ひとつの問いを抱えていたからです。すべての近代国家が同じような道を辿り、ついには資本主義へ至るしかないのか。もしも異なる道筋を手探りしていく国があるとすれば、それはインドではないかと思っていたからです。

このような言葉は、例えば戦後五十年経った日本の資本主義を「高度に発達した資本主義」と定義し、現在の資本主義はマルクスやエンゲルスが『共産党宣言』（一八四八年）で構想した「階級のない協同社会」を超えたものだと託宣した吉本隆明やその同調者糸井重里らに対する、アメリカという資本主義の最先端で十二年間も生きてきた日本人からの「批判」と受け止めることもできる。地下に眠る鉱物資源や化石燃料がいつか掘り尽くされることを考えただけでも、資本主義が「永久に」発達し続けることはないだろうとの結論を得るはずなのに、先進工業国の「繁栄」と第三世界（発展途上国）の「停滞」を見ただけで、資本主義の未来は「安泰」だと思い上がる輩のなんと多いことか。

だからこそ、宮内（わたし）は、最後まで「非暴力・不服従」を貫き、イギリス帝国からの独立を勝ち取ったガンジーの生涯を辿った結果として、「（美しい生に至る）永遠の道は曲がりくねっている」

と確信するに至ったのである。

〈7〉「永遠の道」(「希望」を実現する道)は、曲がりくねっているけれど……

『金色の虎』で聖者シヴァ・カルパと彼を慕う世界の若者たちによって形成された教団を実質的にコントロールしていた「タジマ(田島)」の軌跡を追うことで、「生きること」の意味を探ろうとしたジロー(宮内の分身)、そのジローの旅はまさに「世界とエロスの在り様」を探ることでもあったのが、そのような「探求」の途次にあったジローは、最終的にシヴァ・カルパの「教え」では自分たち(人間)が「どこから来て、どこへ行くのか」が判らないと覚り、かつて訪れたことのある「聖者=覚者」が多数修行しているヒマラヤでの「修行」を志す。しかし、この人こそ自分に何かをもたらしてくれると思った「ベンガリ・ババ」の死に遭遇して、「生きる意味」を見出すことの難しさを痛感する。『金色の虎』はここで物語が終わっているのだが、『金色の虎』から十五年、次のガンジーの生涯を追った『魔王の愛』から七年、「ジロー」の物語は、「沖縄」を主舞台とする『永遠の道は曲がりくねる』(二〇一七年五月)で復活する。

『金色の虎』の終わりでヒマラヤに「聖者=覚者」訊ねた後、再び世界中を歩き回り始めたジロー(『永遠の道は曲がりくねる』では、「有馬次郎」と日本人であることが判る名前になっている)は、エルサレムのイスラム地区にある巡礼宿にいる時、先の「タジマ(田島)」から、次のようなメールをもらい、沖縄での生活をスタートしたのである。

おい、いまどこにいるんだ。まだあちこちうろついているのか。金に困ってるんじゃないか。あれからわたしは失業していたが、いま沖縄にいる。精神科医にもどることになったよ。

霧山さんが呼んでくれたのだ。たぶん話したことがあると思うが、東大医学部の先輩だ。六〇年の安保闘争をリードしたのも、霧山さんだ。わたしが初めて精神病院を解放したとき、ひるむな、闘え、とエールを送ってくれたのも、かれだけだった。

周知のように、沖縄における精神医療を考える時、「タジマ（田島）」のジローへのメールでも明らかになっていたが、六〇年安保闘争の時、戦後の学生運動＝革命運動において重要な役割を果たした「全学連（全日本学生連合）」の書記長（委員長は「唐牛健太郎」、この長編では「唐島」となっている）であり、後に「新左翼」と呼ばれる反体制（革命）運動組織の先駆けとなった共産主義者同盟（ブント）の中心人物「島成郎（しげお）」（この物語では「霧島」になっている）抜きでは語ることができない。島成郎はこれもよく知られているように、六〇年安保闘争に「敗北」した後、東大医学部に復学し、学生運動＝反体制運動時代に培った「革命」の夢を精神医療に関わることで実現しようとの思いを強くし、精神科医となって北海道などの医療機関に勤めた後、本土（ヤマト）より統合失調症などの精神病の発生率が何割か高いと言われていた沖縄で、「開放療法」など先進的な精神医療に従事し、そこにおのれ自身と社会の「希望」を見出してきた稀有なヒトである。

そんな島成郎が切り拓いた沖縄の精神医療現場へジローは、島の後継者と目されるようになった「田島」に呼び寄せられたのである。ジローは、島が作った「うるま病院」の雑役夫兼ガンに侵され余命いくばくもない霧山（島）の運転手として働くようになるのだが、ジローを待っていたのは、沖縄独特のシャーマン（霊媒師・霊能者）と言っていい「ユタ」（ここでは「光使」と言われている）集団を束ねる「乙姫（光主）」であり、リストカットを繰り返す若い女性「七海」とその友人でアメラジアン（アメリカ兵と沖縄女性との間に生まれた混血児）の「當（アタル）」であり、霧山の友人で嘉手納基地に勤務する精神科医フローレンスとその患者でアメリカ・インディアンやメキシコ人など様々な「血」が混じった娘ジェーン（後「ハワァ」）であり、沖縄にやってきた「GRANDMOTHERS COUNSEL THE WORLD（世界を癒すおばあさんたち）」の十三人のシャーマンであった。「世界を癒すおばあさんたち」は、「乙姫」に、沖縄で世界平和を願う「平和の松明（たいまつ）」という祝祭を行いたいと、次のような手紙を送ってきたのである。

わたしたちは先住民のグランマザー、おばあさんたちの集まりです。大地や、森や、母なる星が壊されていくのを見過ごすことができず、わたしたちはたがいに呼びかけ合いながら、イロコイ連邦に集まりました。北米や、メキシコ、中米の熱帯雨林、アマゾンの村、北極圏、チベット、ネパール、アフリカ、中東の砂漠などに住む、十三人のグランマザー、おばあさんたちです。わたしたちは血の海となった大地に、平和をもたらしたいと願っています。

そしてその手紙には、この「集まり」を企画したセラピストや女性解放運動家、自然保護団体などの女性たちからの「光主＝乙姫」への手紙も添えられていた。

　わたしたちは、十三人のグランマザーと共に《平和の松明》という行進をつづけています。おばあさんたちのキャラバンのようなものです。松明をかかげて巡りながら、国連や、バチカンの広場、世界各地の聖地でささやかな祝祭をひらいています。移動祝祭のようなものです。おばあさんたちの母なる力こそが世界を救うと、わたしたちは信じています。
《平和の松明》は、ヒロシマ、ナガサキ、フクシマを巡ってから、南太平洋へ向かう予定です。ご存知の通り、ビキニ環礁では何十回も原水爆実験がおこなわれました。母なる星が、最も深く傷つけられたところです。わたしたちは次の祈りをビキニ島で捧げようと計画しています。そのキャラバンの途中、もしも可能なら、琉球島でひらきたいと思っています。
　そのホスト役を、引き受けて頂けないでしょうか。あなたが長い年月、森や聖地を守ろうと力を尽くしてこられたことを、わたしたちは畏敬しています。十三人のグランマザーの構成メンバーは流動的です。十三人にかぎられるものではありません。あなたも明らかに、グランマザーの一人です。琉球島のどこかで《平和の松明》の祝祭をひらけるかどうか、ホスト役を引き受けて頂けるかどうか。考慮してくださいませんか。ご連絡をお待ちしています。

　この「乙姫＝光主」への「GRANDMOTHERS COUNSEL THE WORLD」からの手紙にこそ、宮内の『永遠の道は曲がりくねる』を書かなければならなかったモチーフ、あるいはテーマの一つが現れていると言っていいだろう。「シャーマン（霊能者）」という存在は、爛熟したと言っていい現代においては、紛れもなく「反近代・非科学」的存在であり、文化人類学的に言えば「道化・異邦人（ストレンジャー）」そのものであり、その意味で、「経済成長」を唯一無二の「価値」とする現代社会にあっては、「無用・不要」の存在と言っても過言ではない。ただ、沖縄をはじめ日本各地の「聖地」を抱えた共同体では、例えば沖縄の「ユタ」や恐山の「イタコ」のような存在を信じるメンタリティ（精神性）が健在だということもある。その意味で、宮内が『永遠の道は曲がりくねる』の舞台として沖縄を選び、またそこに「ユタ」の存在と今や「伝説」と化している先進的な精神医療を行った「霧山（島成郎）」の存在を絡めたことは、結論的に言えば、宮内が用意周到に二一世紀における「文学の役割」に確信を持ち、その実現の可能性を試行した結果に他ならなかった、ということになるのではないだろうか。

つまり、宮内は「爛熟した近代」＝高度に発達した資本主義に領導されている現代社会にあって、人間（ヒト）と「自然」との本質的・歴史的な関係性、言い方を換えれば「共生」の在り様を改めて根本から考え直すことを提起していたのである。また、そのような問題意識を持たない限り、その先に待っているのは「破滅」でしかなく、そのような酷薄な時代に「文学」ができることは、アメリカの作家カート・ボネガットの言う「炭鉱のカナリア」理論――昔、炭鉱夫は炭坑における有毒ガスの発生を人間よりも早くに探知するカナリアを採炭場所に持っていった例えから、文学者は社会の危険な現象に対していち早く警鐘を鳴らす役割を持っている、とする考え方――を実践することではないのか、と宮内は言いたかったのではないだろうか。

『永遠の道は曲がりくねる』の舞台に、「近代科学」の粋を集めた最新兵器を集めた米軍基地が密集する沖縄（日本にある米軍基地の七〇％が沖縄に集中している）を作品の舞台に選び、そのような「近代」を象徴する米軍（基地や兵器、一部では未だに沖縄の米軍基地には「核兵器」が貯蔵されている、と言われている）の存在を否定する「ユタ＝乙姫」や、かつて日本を「属国化」する日米安保条約に断固反対した元全学連の指導者であり、現在は開放療法主義者の精神科医「霧山」と「田島」を配したこの長編の意味は重い。さらにこの長編では、「自然」の声を聞く「十三人のシャーマン」を沖縄の地に呼び寄せ、米軍や「先進国・アメリカ」の存在が元凶の一つになっていると言っていい「精神を病んでいる」若い女性の「七海」や「ジェーン（ハワァ）」、及びアメラジアンの「當（アタル）」を登場させて、この長編が「現代文明」を撃つ意図を持っていることを明らかにしている。

何よりも、物語の半ばで沖縄にやってきた「十三人のシャーマン」が「乙姫」の居住する波照間宮と繋がっている地底の洞窟（ガマ）で行った「世界の悪」を告発するスピーチは、「知性」、言い方を換えれば「希望」の在り様を求めて世界を経巡ってきた宮内の「思い」を体現したものと考えてよく、宮内が何故この長編を書いたのか、そのモチーフ（意図）がよく分かる部分になっている。例えば、アメリカ・インディアンのシャーマンは、イギリスから清教徒たち（白人）が海を渡って自分たちの国にやってきてからの「受難の日々」について語り、カナダからやってきたシャーマン（先住民・インディアン）は、北極海に近いグレート・ベア湖の近くでウラン鉱が発見されて先住民が坑夫として駆り出され、次々と白血病などの放射能障害で倒れて行った様を語り、またイスラエルとアラブとの戦闘で「難民」となってヨーロッパに逃げたアラブ人の老女が「辛い日々」について語っていく。「十三人のシャーマン」は、作者宮内の思いを代弁して、次々といかに現代社会が「人間らしさ」を欠如させた「生きづらい」世の中であるかを語ったのである。その語り口は悲壮感に満ちていて、この「十三人のシャーマン」、つまり宮内勝典という作家の「絶望」と「哀しみ」を一身に担っていると言っても過言ではない。さらに言えば、「十三人のシャーマン」が語る内容は、全て何らかの形で「戦争」や「闘い」に関わる「被害者」についてであり、それはまさに宮内がその心底に強固な「反戦」思想を持っていることの証になっている。

とは言え、それとは別に、ここで宮内が「シャーマン」や「精神病者」についてどう思っているのかも確認しておく必要があるだろう。宮内は、一九八〇年代の初め頃、「熱帯の狂気」（八一年十月『LOOK AT ME』所収）の中で、精神科医野田正彰の『狂気の起源を求めて――パプア・ニューギニア紀行』（八一年　中公新書）を読んで、次のような感想を述べていた。

ニューギニアに限らず、ブラジルでも、アフリカでも、インドでも、西洋文明と接触する機会の多い都市部、とくに西欧的な文化と交わる階層の人たちに分裂病が集中するという。まさに伝染病である。野田氏は、こうも言っている。「百年前の日本の近代化の始まりが、今日の日本の分裂病の出発ではなかったか」と。素人の直感だが、私もまったく同感だ。もともと文化というものは狂気を受け入れ、狂気にある役割をあたえる力をもっていたはずだ。呪医、シャーマン、巫女、行者、予言者、宗教者といったふうに狂気を聖性へと吸収するメカニズム、あるいは緩衝装置とでもいうべき幅や奥行をもっていた。だから発病した人もどのように狂気を表出したらいいか一種の型といったものを心得ており、狂気は文化のなかに吸収され、慢性化することもなく、むしろ文化そのものを活性化する力さえ担っていた。

この「狂気」や「シャーマン（異人）」たちの定義や働きに関して、文化人類学の影響を指摘するのは容易いが、何十年も前に抱いていた精神病に対する考えを、二十数年後の創作『永遠の道は曲がりくねる』に生かす宮内の強い持続性こそ高く評価されるべきである。それは、『永遠の道は曲がりくねる』の舞台になっている「沖縄」に対する捉え方にも共通する。宮内は、同じく『LOOK AT ME』所収の「沖縄の友」（八二年一月）の中で、友達となった沖縄の歌手喜納昌吉との関係を述べながら、「沖縄」と「ユタ」との関係について以下のように書いていた。

ユタというのは、民間の巫女で、死者たちの声をとりつぐ霊媒である。このユタと呼ばれるおばあさんたちが、沖縄の心の世界を根底で支えているのだ（民俗学者は祭司であるノロにばかり注目しているが、生身の人々の内的世界を現実に支えているのはユタである、と私は思う）。私は昂奮して一気に（喜納昌吉の対談集『未来へのノスタルジア』八〇年を、─引用者注）読んだ。紙きれに印刷された活字の奥から、魂の声が湧きたってくるようだった。

「沖縄ではね、精神文化のバランスを取ってきたのはユタなんですよ。最終的に言って、沖縄はユタの世界ですよ」と、喜納昌吉の声が聞こえてくる。そうだ、そうだ、とうなずきながら私はページをめくりつづけた。

「僕が沖縄を語るということは全世界を語っているんです」

そうだ、と私はまたうなずく。だからこそ自分も沖縄にひかれているんだ。沖縄は僻地どころか、地球の縮図なんだよ、生態系をひき裂く〈近代〉と、シャーマニズムや精神文化がせめぎ合う最前線なんだ……。


この文章などを読むと、宮内は八〇年代の初め頃には早くも、『永遠の道は曲がりくねる』を構想していたのではないか、といったような錯覚さえ覚えてしまう。しかし、その「先見性」とは別に、宮内がこの長編に辿り着くまでには、もう一つの「経験」が必要であった。それは、「核」に関わる認識を深めたところに生まれた「反核」の意識と言ってよいものである。そのことを具体的にこの長編から探れば、主要な登場人物であるジロー（有馬次郎）をはじめとして、霧山や田島はじめ若い七海やアタルも登場人物のほとんどが、沖縄の米軍基地には「秘密」裡に核兵器が貯蔵されていると信じており、これは沖縄の「常識」を反映したものであるが、この宮内の認識もまた沖縄人と同じような「常識」に基づいており、この長編がその「常識」に従って書かれていた、ということがある。

また、「平和の松明」を世界各地で行うために集まった「十三人のシャーマン」は、最後の「祝祭」を行うハワイ島までグアム島やマジュロ島などの太平洋の島々を飛び石づたいに飛行機で移動するのだが、そのシャーマンたちが途中「二十三回」の核実験が行われたビキニ島（隣のエニウェトク環礁では四十四回）で「平和の松明」の祈りを捧げるという設定、及び十三人のシャーマンに同行したジローと恋人のハワァ（ジェーン）がビキニ島に駐在している医師からハワァの妊娠を告げられ、ハワイ島（アメリカ）までシャーマンたちに同行せずビキニ島で出産することを決意するまでの経緯は、有馬とハワァの心の内に確固たるものとなっていた「反核」意識によってもたらされたものであった。このことは、作家宮内勝典が相当な覚悟を持って「反核」思想を醸成してきたことを証するものになっていた。

さらに、「十三人のシャーマン」に同行することになったジローは、トランジットで寄ったグアム島の空港で日本語で書かれた太平洋戦争の「戦記」とアメリカ人が書いた「記録」を翻訳した本を買い、太平洋戦争時にパラオやテニアン島などで日本軍が無謀な作戦でいかに多くの犠牲者を出したかを改めて知り、戦争が人間の「当たり前の在り様」をいかに破壊するものであり、数多くの「悲劇」をもたらすものであるかの認識を深める。ジローたちが訪れたビキニ島では、そこで行われた何十メガトンにも及ぶ水爆実験で被爆した日本の漁船「ラッキードラゴン（第五福竜丸）」にも言及し、戦争も核も人間の生を否定するものであることが強調されている。「永遠の道」すなわち「希望を持って生きること」にとって、戦争も核も妨げになるものでしかなく、「反戦・反核」思想を持つことは、人間として最低の思想行為に他ならない、との作家のメッセージが、この『永遠の道は曲がりくねる』から伝わってくるということである。

なお最後に、「永遠の道」が「曲がりくねる」ということについて、宮内はこの長編の随所で（全編で）、アメリカで過ごしていた時親しくなった宇宙飛行士のジム――今は旧ソ連が建造した宇宙ステーション「ソユーズ」で仲間と共に地球を周回している――とジローがメールで交信している様が描き出されているが、この二人の対話の中に何度か出てくる「（地球について）この惑星は美しい」というフレーズの意味するものとの関連で、私たち読者は「永遠の道は曲がりくねる」ことの意味を考えなければならないのではないか。「近代科学」の粋を集めた宇宙船の乗組員ジムから届く「この惑星＝地球は美しい」というメッセージは、「自然（環境）」が資本主義経済の発展やその産物である「戦争」や「核」によって急激に破壊されてしまったところに成り立っている現代社会への作家宮内勝典からの「警告」と受け取っていいかもしれない。長編の終わりの方に、アメリカの原爆開発計画（マンハッタン計画）を中心的に担ったオッペンハイマーが、ニューメキシコ州アラモゴード近郊の砂漠地帯で行われた最初の原爆実験が成功した時（一九四五年七月十六日）に、インドの聖典「ウパニシャッド」の一節「われは死なり、死神なり。世界の破壊者なり。」を思い浮かべた、と記されているが、「核の平和利用」と呼ばれる原子力発電も含めて、「核」存在が人間の在り様を掣肘している現実に対する宮内の「怒り」が、このオッペンハイマーに関わる記述には込められていると言えるだろう。

更に、この長編の他にあまり類例のない特長を言えば、作中に何度となく「混血」という言葉が出てくることである。アメラジアン（アメリカ人とアジア人・日本人との間に生まれた子供）の七海とアタルが、そして有馬と関係を重ね終には夫婦になるアメリカ・インディアンやメキシカン、アジア人など「様々な血」が身体に流れているジェーン（ハワァ）が、重要な意味を持ってこの長編に登場するのも、彼らが「混血」だからに他ならない。「混血」は、現代的な課題との関係で言えば、アメリカ社会に根強い「白人至上主義」＝レイシズムや日本の「国粋主義＝大和民族の優越性・絶対性」に対するカウンター・カルチャー（対抗文化）としての役割と、グローバリズムによって多民族が「共生」せざるを得なくなる未来社会の「基底」となるものであるが、宮内は十二年にも及ぶアメリカ生活や「世界放浪」の経験から得たのか、一九八〇年代の初めに「混血」について次のように書いていた。

たとえば、ギリシャ人の顔にはトルコ人の顔が重なり、トルコ人には懐かしいアジア人の顔が重なっている。シルクロードを辿り、やがてアフガニスタンのあたりから蒙古系の顔がちらつきだす。ネパール人、チベット人などは驚くほど日本人によく似ており、そっと微笑を交わすだけで、何となく心が通いあうような親しみさえ感じさせた。（中略）

幼い頃、毎日遊んだり、泳いだりしていた海辺、そこは混血の波打ち際でもあった。

何年もかけて地球をひと巡りして、私はようやくそのことを知った。そして、九州南端の地で、はじめて日本史を習った時の違和感をあらためて憶いだした。その少年の日の直感は間違っていなかった、と改めて思う。

南九州で育った私でさえ戸惑ったのに、もっと遠い奄美や沖縄の子供たちは、どんな気持で日本史を習っているのだろうか。私は、その子供らの気持がわかるような気がする。固有の地方史がそれぞれ幅をひろげ、ちょうど国境の縁から血が滲みだし、混血するように重なり合っていくのが歴史ではないだろうか。戦争で流れる血でさえ、やがて混血する。一国の人種がすっかり混血した国々など、現実にいくらでも存在する。私たちに欠けているのは、そうした雑種的な混血の自覚である、と思えてならない。

地球全体がこのような「混血」に染め上げられたとき、そこに初めて「平和」が到来するのだろうが、果たしてそのような社会が実現するのは、いつか。『永遠の道は曲がりくねる』は、ジロー（有馬）と恋人のハワァが放射能に汚染されたビキニ島に留まり、そこで出産することを決意するところで終わっているが、混血児を抱えた有馬（ジロー）夫妻の「未来」はどうなるのか、皆目見当がつかない。

その意味では、ジローの「希望＝生きる目的」を求める物語は、まだまだ続くと言わなければならない。

やや長い「あとがき」――同世代の批評家として

昨年私は「批評家生活四十年」を記念して、最初の『北村透谷論――天空への渇望』(一九七九年冬樹社刊)から一番新しい『立松和平の文学』(二〇一六年　アーツアンドクラフツ刊)まで十三冊の作家論をまとめた『近現代作家論集』(全六巻)を上梓し、各巻末にそのような「作家論」を書くに至った経緯を簡単に綴った「うしろがき」を附した。そして、その時思ったのは、なぜ自分は「文学」に魅せられ、批評家(近現代文学研究者)を四十年も続けてきたのか、ということであった。

そんな思いを裡に、『近現代作家論集』の「うしろがき」を書きつつ、三年掛かりで断続的に書き継いできた本書を清書しながら考えさせられたことは、私の批評家(近現代文学研究者)としての四十年間は、本書で取り上げた「団塊の世代」作家たちと全く同じ時代を生き、同じような「体験」をしてきたのではないかということであった。ならば一度「批評家」になった所以の一端を明らかにしておくのも、無駄ではないだろうと強く思うようになり、最後の「団塊の世代」と言っていい版元アーツアンドクラフツの小島雄社長の熱心な促しもあって、この「長いあとがき」を書くことになった。以下「長いあとがき(私の履歴)」が本書の内容とどれだけ「同調」しているか、判断は読者に委ねたいと思う。

帰還兵（復員兵）の息子

一九四五（昭和二十）年十二月十二日生まれの私の父親は、二度軍隊生活を送っている。一度目は、甲種合格だった徴兵検査のあと、満州事変（一九三五年）勃発の直前、関東軍（高崎歩兵十五連隊）の一員として「北支」（詳細な地域は不明）へ派遣され、彼の地で何年軍隊生活を送ったのかもわからないが、上等兵で除隊している。

二度目は、太平洋戦争が終結する半年ほど前、もうすでに結婚もし、二人の娘の父親になっていた三十五歳の時、アメリカ軍の九十九里浜・鹿島灘方面への本土上陸を迎え撃つための「臨時招集」で東部三十八部隊（高崎歩兵十五連隊が南方へ出兵した後、栃木県や茨城県出身の兵士たちによって結成された）の一員として、敗戦まで鹿島灘方面で兵役に従事していた。私の父親は、私が高校二年になってすぐの五月四日に脳溢血で亡くなっているので、私はその軍隊生活の詳細について父から話を聞くという機会をほとんど持たなかったが、戦後時折訪ねてきた「戦友」たちと父親との会話から父親たちの部隊がアメリカ軍の本土上陸に対して「捨石」的な軍隊だったのではないか、という思いを強く持った——というのも、父親の所属する分隊（三十人ほど）の装備は、三八式歩兵銃十三丁、残りは模擬銃、牛蒡剣十五丁、その他竹槍というもので、最新装備を誇るアメリカ軍とまともに闘える武器を持った軍隊ではなく、分隊の役割はもっぱら上陸してきた米軍戦車に道路に掘った穴の中で抱えた爆雷を爆発させることだったようで、私の父親たちはまさにアジア太平洋戦争の末期に日本軍が採用した「特攻（自爆）攻撃」の要員だったのである——。

私が物心ついた頃の父親は、母に言わせると「戦前の真面目な姿」とは程遠い博打にうつつを抜かし、辛うじて行商人の真似事をして家族の糊口をしのぐという状態にあった。そのことを考えると、私の父親は一種の「戦争犠牲者」だったと言っていいかも知れない。当然、家族は「困窮」生活を強いられ、姉二人は「優等賞」をもらえるほどの学力がありながら、中学卒業と同時に家を出て就職し、私も小学校五年生から中学三年まで新聞配達（二〇〇軒ほど）のアルバイトで家計を助けるほど「困窮」から抜け出せない生活を強いられた。故に、私は小学校五年の時から高校、大学を通じ親から「小遣い」等をもらったことが無く、中学時代に使用していた通学用自転車をはじめ電車通学していた高校時代の定期券代や小遣い、また大学時代も授業料、生活費、書籍代、等、全てアルバイトで得たお金で賄う生活を余儀なくされた。

ただ、そんな「貧乏生活」の中にあっても、私は「本を読むこと」が好きで、小学校の中学年から学校図書館や学級文庫の本をよく借りて読んでいた。とりわけ、小学校五年の時自宅の斜め前の家に引っ越して来た二学年上の、工業高校から早稲田大学の法学部にストレートで合格したKMさんからは、「読書」や「文学」に関して多大な影響を受けた。KMさんの家は取り立てて豊かだったわけではないのに、彼の家に行くと我が家になかった本棚にびっしりと本が並んでいて、好きな本を借りて読むことができた。長じてKMさんから聞いたところでは、彼の家は複雑な家庭事情を抱えていて、彼のお姉さんが末っ子だったKMさんの要求に応えて、本を買い与えてくれていたとのことであった。因みに、KMさんは、どんな事情があったのか詳しいことは今でもわからないのだが、卒業を半年後に控えた大学四年の夏、突然大学を中退し、当時世間を騒がせ始めていた「ヒッピー」（「部族」を名乗っていた）の仲間に入って、所在不明になってしまった。風聞によれば、詩を書いていたKMさんはヒッピーの「教祖」的存在であった山尾三省らが住んでいた吐噶喇（とから）列島（諏訪之瀬島など）などを転々としながら、最終的には長野県の山奥で隠棲するようになったということである。その後今日まで何度かつてを頼ってKMさんとの接触を試みたが、現在まで彼と会えていない――その後、人伝てに聞いたことだが、今から十年ほど前に病死していた――。そんな私が経験した「戦後の困窮生活」とKMさんとの出会いと別れは、批評家としての私の原点の一つになっている。「言葉=表現」には人の心を動かす「力」があることを教えてくれたからである。

「疾風怒濤」の大学生活

前記したように、私が高校二年の五月に父親が亡くなったということであって、さらに「貧乏生活」を余儀なくされたが、中学三年の時の担任の熱心な勧めもあって、尊敬していた先輩のKMさんの後を追うように工業高校（工業化学科、理由は自宅の近くに一部上場のS化学工業とT亜鉛工場があり、高校進学の条件として、卒業したらその二つの工場のどちらかに就職することが約束されていた）へ進学した。高校三年間は、アルバイトをしながらであったが無事に過ごし、成績は良かった（高校の三年間、首席で通した）ということもあり、また高度経済成長期に差し掛かっていたということもあり、卒業後は「一万六四〇〇円」と県内で一番初任給が高かったS化学工業に就職することができた。この会社を選んだのは、給料が高かったということもあったが、社内の「進学適正試験」に合格したら東京本社勤務をしながら東京工業大学か東京理科大学の夜間部へ給料をもらいながら進学することができるという制度があったからであった。

幸い、この進学適正試験にも合格したのだが、この頃から猛烈に小学校か中学校の教員になりたいという気持が募ったということもあり、また進学校に進んだ中学時代の親しい友人の熱心な勧めもあって、一年間で会社勤めを辞め、その年の三月に行われた二期校の群馬大学学芸学部（後、教育学部）の試験を受け、合格することができた。ずっとS化学工業の社員として勤めてくれると思っていた母親の驚愕は如何ばかりであったか。

合格通知を手にしてから授業登録をするまでの二十日余り、当面の生活費を工面するため、やはりアルバイトをしていたのだが、初めて大学の門をくぐった時、いかにも活動家といった風情の学生から校門で渡された大量のビラを見て、いよいよ大学生になったんだ、という実感を手にすることができた。当時の群馬大学は、前年に不審火から焼失した学生会館の管理運営権を巡って大学当局と学生とが激しく対立していて、学生の側も自治会を握っていた代々木系（民青系）と六〇年安保闘争を闘ったブントの生き残りと中核派との連合であった反代々木系（新左翼）とに二分され、これもまた激しく鎬を削っていた。勤務評定闘争に際して教壇で泣き崩れる女性教師の姿を目撃し、六〇年安保闘争時には、街頭で赤旗を掲げてデモをする若者や市民の姿を新聞や雑誌の記事で見て育った私にとって、ビラまきや小集会で口角泡を飛ばしている学生活動家の姿は、まさに「これぞ、学生」と思わせるものであった。

更に、その年（一九六五年）の秋に締結が予定されていた「日韓条約」や原子力潜水艦の横須賀寄港を巡っても代々木系と反代々木系の両派は対立し、一般学生をいかに自分たちの陣営に引き込むことができるか、校門で、キャンパスの芝生上で、日々「論争」を繰り広げていた。すでに大学入学前に、旧左翼（日本共産党や日本社会党）の政治思想や文学思想を批判し、「六〇年安保闘争」を全学連の学生と共に戦った吉本隆明の著作（『芸術的抵抗と挫折』や『抒情の論理』、『擬制の終焉』）を読んでいた私は、必然的に反代々木系（新左翼）の学生運動にシンパシーを寄せ、反代々木系（中核派）の学生たちと行動を共にするようになった。一つ上で常に論理的な物言いで代々木系学生との論争で勝利していた中核派のY氏に憧れに似た感情を持っていたということもある。このことは、機動隊に守られた早稲田大学の入試を経験した立松和平が、後に「ぼくの精神形成の多くは、七〇年前後の学園闘争におうところが大きい」と書いたメンタリティーと似ている。

大学時代は、週二回二時間ずつ三軒の家庭教師というルーティンのアルバイトと授業（あまり出席しなかったが）、そして学生運動（全共闘運動）、まさに「疾風怒濤」と言うしかない生活であったが、そこで私は何を得たのか。一つは、私らの世代は誰もが帰還兵（復員兵）の息子・娘であり、「反戦」を共通感覚・共通思想として持っていることを知り、以後生き方の「指針」になる経験をしたことである。もう一つは、大学卒業後に一緒に発行することになる同人雑誌「視向」の主宰者となるIS群馬大学助教授と大学三年の終わりに知り合ったことである。IS先生は、それまでに私が知るどの大学教師よりも「圧倒的な知識」と「ぶれない思想」、そして裡に漲る「ルサンチマン」を隠さない人で、畏敬すべき存在であった。一九六八年の秋の国際反戦デーを中心とする街頭闘争から翌年一月の東大安田講堂攻防戦を経て、バリケード封鎖していたキャンパス内で「母親と恋人を抱えた自分は活動家（革命家）としてずっと生きて行くことは出来ないのではないか」と苦しんでいた私に、IS先生は「人生には〈自爆か延命〉のどちらかを選択せざるを得ない季（とき）があり、〈自爆（革命家として生きること）〉だけが『潔い生き方』というわけではなく、一見『卑怯に』みえる〈延命（転向）〉を選択しても時代や社会との緊張感をもって生き続けることができれば、その人間の一生は充実する」ことを教えてくれたのである。この〈延命〉を選択することもまた、「挫折＝転向」を乗り越える一つの方法であるという考えは、就職も決まらないまま「敗北感」に苛まれながらバリケードから離れ、「今後」は教員をしながら「文学」の世界で生きて行きていければ、と漠然と考えていた時に出会った魯迅の「絶望の虚妄なることは、まさに希望と相同じい」（「希望」二五年）や、中野重治の「もし僕らが、みずから呼んだ降伏の恥の社会的個人的要因の錯綜を文学的に総合のなかへ肉づけすることで、文学作品として打ちだした自己批判をとおして日本の革命運動の伝統の革命的批判に加われたならば、僕らは、そのときも過去は過去としてあるのではあるが、その消えぬ痣を頰に浮かべたまま人間及び作家として第一義の道を進めるのである」（『文学者に就て』について」三五年）に通じるものがあり、大いに励まされた。

小学校の教員から大学院生へ

同級生より半年遅れて群馬県と栃木県との県境を流れる「足尾鉱毒」で有名な渡良瀬川沿いの「僻地」にあった一〇〇年以上の歴史を誇る小学校の教員になった私は、「敗北感」を裡に抱きつつ「転位」の可能性を探るべく、夜は明治二十年代の初めに「政治から文学」へと苦しみながら転身を遂げた北村透谷の全集（全三巻　岩波書店）と格闘し、昼は「良き教師」を目指して日々奮闘する生活を送るようになった。

そんな文字通り「田舎教師」の日々を彩ったものは、サークル（児童文化研究会）の一年後輩のA子との結婚生活であり、先に記した群馬大学のＩＳ先生や大学の後輩たちと始めた同人誌「視向」に連載を始めた「北村透谷論」であった。留年が許されない状況の中、十日間で書き上げた卒業論文は、アメリカ文学を専攻していたということもあり、「Allen Ginsberg and Beatniks」（「アレン・ギンズバーグとビート族」）だったので、日本文学に関する批評（論文）は書いたことがなく、暗中模索・無手勝流で先のＩＳ先生の指導を受けながら「視向」誌に毎号三十〜四十枚の「北村透谷論」を書き継いでいった。それと同時に「日本文学」に関する知識が圧倒的に不足していることに気づき、基礎からもう一度「日本文学」を学ぶべく法政大学の通信教育部（日本文学科）に学士入学した。そこで、卒論指導教員の小田切秀雄先生に「視向」に連載中の「北村透谷論」を読んで頂いたことが、その後の私の進む方向を決めることになった。小田切先生に勧められて、法政大学の大学院に進学することになったのである。

そこから小田切先生が亡くなるまでの「二十五年」に及ぶ長い子弟関係が続くのだが、修士論文を書き直した『北村透谷論――天空への渇望』（七九年　冬樹社刊）の刊行から始まった私の批評家（近現代文学研究者）生活は、良くも悪しくもこの小田切先生との師弟関係によって方向性が決まった、と言っても過言ではない。というのも、今でも忘れられない思い出の一つになっているのだが、博士課程に進学し『北村透谷論』を刊行したことで少しずつ「依頼原稿」を書くようになった私に、喫茶店でコーヒーを飲みながらの雑談が終わって帰路に就こうとしたとき、小田切先生は「黒古君、これで喜んでいてはいけない。どんなことがあっても依頼原稿は絶対断ってはいけない。それがプロというものです」、と諭してくれたのである。たぶん、依頼原稿が増えて有頂天になっている私に「危うさ」を感じての忠告だったのだろう。以来、年間に何本の依頼原稿が殺到した時でも、私は依頼原稿を断ったことがない。

そんな「若手批評家」の生活を一変させたのが、一九八一年の年末から始まったヨーロッパ（当時の西ドイツ）発の「反核運動」への参加であった。中野孝次や伊藤成彦といった東大独文科出身の作家や批評家が大江健三郎や小田実らに呼びかけて八二年から八三年にかけて多くの賛同者を得た「文学者の反核運動」（正式には「核戦争の危機に反対する文学者の声明」署名運動）へ年少の事務局担当として、東京の反核集会、広島や長崎での「アジア文学者反核集会」における会場設営などの手伝いをすることになったのである。ここで「雲の上の人」と思っていた大江健三郎や小田実、木下順二らの謦咳に直に接し、戦後文学者（知識人）の「骨太の知」と確かな思想の在り様を知ることになった。また、この「文学者の反核運動」の集大成として企画された『原爆文学全集』（全十五巻　ほるぷ出版刊）に最年少の編集委員として加わり、「原爆（核）文学」を批評（研究）のテーマとする礎が築くこともできた。

また、この「文学者の反核運動」に対して、学生時代から大きな影響を受けてきた吉本隆明が「ソ連のスターリン主義を利する運動であり、ポーランドの『連帯』潰しに手を貸すものだ」と言って批判したことをきっかけに、吉本の「自立思想」の危うさ、言い方を換えれば、その「自立思想」を象徴する「転向論」における「大衆の原像からの遊離」という言葉の意味するところに対する「疑念」は、反核運動を通して人々の「核＝原水爆・原発」に対する人々の反意を知るにつけ「募る」ことはあっても「解消」することはなく、もちろんその後も吉本の著作は読み続けたが、思想的には離れるようになった。文学者の反核運動の過程で、吉本が「科学の進歩によって人類は幸福になった」という「神話」としか思えない考えに基づき原発を容認する発言をしたことから、私が吉本と論争めいたやり取りをするようになったことも、吉本の「自立思想」から離れる原因になった。

その頃、私は小田切先生は固より、大江健三郎や小田実らとの交友から、批評とは時代や社会の在り様に対して「異議申し立て」するところに存在意義がある、と考えるようになっていた。それに加えて、私の批評に興味を持ってくれた編集者と出会ったことで、『北村透谷論』に次いで『小熊秀雄論——たたかう詩人』（八二年十月　土曜美術社刊）、そして「反核（反原水爆・反原発）」の強い意思を内側に秘めた『原爆とことば――原民喜から林京子まで』（八三年八月　三一書房刊）を上梓することができ、批評家としての体も整ってきた。

そのようなことがあって、「批評の復権」を目論み、小田切先生や伊藤成彦、西田勝といった「文学的立場」（第一次・第二次・第三次　六五～八三年　日本近代文学研究所編・刊）の同人と私と同世代の高野庸一らと、一九八六年十一月に月刊文学批評新聞「文学時標」（二〇〇一年七月号の一五四号まで　文学時標社刊）を復刊し、そこに毎号記事を書くようになったことも、批評家としての自分の立ち位置を明確に意識する契機になった。というのも、この「文学時標」は戦後間もない時期に、平野謙、本多秋五、埴谷雄高、小田切秀雄、荒正人、佐々木基一、山室静の「7人の批評家・作家」によって「近代文学」（四六年～）が創刊された際、その中の「世田谷グループ」と言われた小田切、荒、佐々木の三人を中心に、戦時下において権力と一体になって文学（者）を貶め抑圧してきた者の「戦争責任」を追及する「文学検察欄」を目玉に発刊されてきたリーフレット十三号まで、戦後の「平和と民主主義」を体現する戦後批評の一翼を担うものだったからである。私は、同紙の編集人・発行人などを行いながら一五〇本以上の記事（作品論・作家論・社会時評・エッセイ・コラム・匿名批評、等）を書いた。井上光晴、大西巨人、小田実、加賀乙彦、亀井秀雄、菅孝行、木下順二、桐山襲、金石範、栗原貞子、佐々木基一、佐多稲子、住井すゑ、高橋敏夫、立松和平、中野孝次、野間宏、堀田善衞、本多秋五、三浦綾子、道浦母都子、李恢成、夏堀正元、林京子、小林孝吉らを主な寄稿者として迎えた「文学時標」は、一〇〇〇人を超える定期購読者によって支えられていたが、批評家としての私はその定期購読者や寄稿者の厳しい眼に鍛えられた、と今でも思っている。

その意味で、埴谷雄高、堀田善衞、夏堀正元、本多秋五を伊藤成彦が、立松和平、金石範、加賀乙彦を高野庸一が、島田雅彦を江川治が、井上光晴、三浦綾子、小田実、桐山襲、林京子、干刈あがた、小田切秀雄を私が担当したインタビュー集『異議あり！　現代文学』（文学時標社編　九一年　河合出版刊）は、現代文学の最前線で活躍する作家や批評家が何を考えているかを知るいい機会になった。私はこのインタビューで、「歯に衣を着せぬ批評」の大切さと埴谷雄高が主張していた「文学の党派性」は確かに存在することを知ることになった。そしてまた、「文学時標」を中軸とした批評活動を通じて、私は「文学」が本質的に「反権力」にならざるを得ないことも体得した、と思っている。

大学の教師に

『北村透谷論』を上梓して以降、誘われるままに日本文学協会や日本近代文学会、少し後には昭和文学会、日本社会文学会などの会員や理事になったということもあって、大学教師への就職を仲介してくれる人が出てくるようになった。私は、博士課程在籍中から請われるままに予備校講師（K塾）や大学、短大の非常勤講師をしながら批評家・近現代文学研究者の仕事を続けていたのだが、毎日毎日「追われる」ような生活にだんだん「疲れ」を感じるようになり、大学時代に「帝大解体」という言葉に共鳴し、大学の教師たちと口角泡を飛ばしながら「真の解放とは？」とか「大学の自治とは何か？」等について論争を繰り広げていたかつての自分に「忸怩たる思い」を抱きながら、紹介されるその都度「履歴書」と「業績一覧」公募していた大学に送り続けた。しかし、「業績」は十分過ぎるほどなのに、「黒古は元過激派だ」とか「黒古は吉本隆明に批判されている批評家だ」、「業績のある黒古が我が大学に入ってきたら、自分の人気が下がる」などといった理由で――これらは、紹介してくれた教師が、不採用の理由を探ってくれて判明したものである――不採用が続き、一九七〇年前後の学園闘争後「大学教師は公募で」ということはあくまで「建前」で、内実は旧態依然たる「学閥主義」やコネが罷り通っていた現実を私は嫌というほど思い知らされた。その中には、今だから言っておくのだが、小田切先生の推薦を小田切先生の「一番弟子」を自認する男が私の就職を頑なに拒否するということもあった。

そんなことが続いた一九九三年の春、関西のある女子大が教授として、また日本で一番小さい国立大学と言われていた図書館情報大学（つくば市）が助教授として採用したい、と言ってきた。両大学とも知り合いに言われるまま応募書類を出していたのである。どちらにするか、大いに悩んだのだが、結果的にはそれまで娘二人と義母（私の母親）を抱えて公立幼稚園の教師として生活を支えてくれていた妻の意見を取り入れて、家から比較的近い図情大に勤めることになった。私の家から図情大まで車で約二時間、大学近くに単身用宿舎を借り、週の三日はつくば市、残りは群馬の家でという生活が、二〇一一年三月に定年退職するまで続いた。この際なので記しておくが、私が大学教師になるに当たって唯一心に決めたことは、どんなことがあっても絶対に学生を抑圧する側に立たないようにする（役職に就かない）、ということであった。ある大学で、かつての活動家で今はその大学の学生部長になっていた男が、活動家の学生から「つるし上げられている」場面に出くわしたことがあり、その時浮かんだ「羞恥」という言葉を忘れないようにした結果である。

図情大では三年で教授になり、九年経って文科省の意向で図情大と筑波大学が「統合」（という名の吸収合併）したが、引き続き筑波大学㊎教授として大学院博士課程で論文指導を担当することになった。だからという訳ではないが、大学教師（近現代文学研究者）と批評家という「二足の草鞋」を履きつつ、担当編集者に恵まれた結果なのか、大学の教師をしながら十五冊の単著を出し、『日本の原爆記録』（全

二十巻　日本図書センター刊）や『小田切秀雄全集』（全十九巻　二〇〇〇年　勉誠出版刊）、『林京子全集』（全八巻　二〇〇五年　日本図書センター刊）などの編集も行い、充実した生活を送るようになった。

大学教師時代で忘れられないのは、二〇〇〇年三月から八月までアメリカ・ワシントン州のワシントン大学に「在外研究員」として日本語日本文学科の大学院生たちに「政治と文学」の講義を行い、合間にハーバード大学をはじめとするいくつかの大学で「大江健三郎と村上春樹」等の講演をし、また念願だったニューメキシコ州のマンハッタン計画（原爆製造計画）の中心であったロスアラモス国立（核開発）研究所やそこから何百キロも離れたアラモゴード市近郊の最初の原爆実験地（グランド・ゼロ）を訪れたりしたことである。ニューメキシコ州の各種の「核」施設の訪問では、被爆国日本の核意識と核超大国アメリカのそれとの違いを痛感し、その内の一つの「原子力博物館」に核兵器を搭載するミサイルや大陸間弾道弾（ＩＣＢＭ）の実物が展示してあることを知って、大変驚くということがあった。また、それから数年後、偶然知り合ったリブリャナ大学（スロベニア・旧ユーゴスラビア）の日本語教師に請われ、一ヵ月客員教授として近代文学の講座を担当したことも忘れることができない。滞在中、スロベニア国内だけでなく、クロアチアやセルビア、隣国のイタリアなどを訪れ、第一次世界大戦、第二次世界大戦で大きな被害を受け、カリスマ的指導者チトーを得て社会主義的人民共和国として独立したのも束の間、「内戦」を経てそれぞれが小国として独立せざるを得なかった現実をドイツ人、イタリア人、ロシア人たちの「血」が混じった学生たちや教師たちから聞き、新聞やテレビなどのマスコミを通じてしか得られなかった「ヨーロッパの変動」に関する情報の底の浅さを思い知らされた。「百聞は一見に如かず」、「井の中の蛙、大海を知らず」ということを身をもってアメリカ、スロベニア経験で実感した。その他にも、北朝鮮やベトナム、インドなどを繰り返し訪れたが、それらの外国訪問は、小田実が口癖のように言っていた「黒古さん、自分らは日本では少数派だけど、世界では多数派だから」を思い出させ、また私の「批評観」に少なくない影響を与えるものであった。

外国での大学教師の体験と言えば、定年退職後は大学在籍中に出版社と約束していた本の執筆と、自宅前の家庭菜園で季節の野菜を作って過ごす「晴耕雨読」の生活を送ろうかなと思っていた矢先、どうしてもと請われ二〇一二年の九月から武漢の華中師範大学大学院で、「楚天学者（特別招聘教授）」として日本近代文学を講じ、修士論文の指導をすることになったことも忘れることができない。大学院とは名ばかりで、シラバスはなく、カリキュラムも毎年毎年変化し、単位もただ数多く取得すればよく、学生たちの日本文学に関する知識も乏しく、日本への留学も大学院ではなく学部へ、修論も日本の学部以下のレベルでOKという状態が長年放置され、文学研究とは何かを学べなかった学生に対して、私は講義以外他にやる事がほとんどなかったということもあって、放課後に「オフィス・アワー」を設け、連日学生たちに個別指導を行った。大学院の修士課程・博士課程時代から始めた非常勤講師や図情大・筑波大の経験を活かし、「ナイーヴ」だけが取り柄の学生たちに「研究」することの意味や方法を指導することに集中した。その結果なのか、『作家はこのようにして生まれ、大きくなった――大江健三郎伝説』（二〇〇三年　河出書房新社刊）や『村上春樹――「喪失」の物語から「転換」の物語へ』（二〇〇七年　勉誠出版刊）をはじめ六冊の著書が中国語に翻訳され出版された（今年も『原爆文学論』が翻訳出版される予定）。知る限り、中国の日本文学研究界における「作家研究」は、夏目漱石や芥川龍之介、川端康成といった「定番」作家に集中する傾向にあり――ということは、中国に渡った指導者たちの多くがそのような「定番」作家の研究に従事していた者であり、日本へ留学した先の研究者もまた同じく「定番」作家の研究で大学教師の職に就いた者が多い、ということを意味していた——、プロレタリア文学や、戦時下文学、或いは現代作家や、マイナーな作家に関する研究はかなり疎かにされていた現実があった。
アメリカ、スロベニア、中国（武漢や北京、他）での大学教師の経験は、私に「文学は、その生まれた時代や社会を色濃く刻印すると同時に、その時代や社会、国境を易々と超える」ということを確信させた。

忘れ得ぬこと、いくつか

そんな「四十年間」の経験を経て今日思うのは、すでに書いた小田切先生や小田実の言葉と同じように、私の批評に関わって忘れることのできない文学者諸氏の言葉がある。その第一は、何年も書きあぐねた末にようやく上梓することのできた『大江健三郎論——森の思想と生き方の原理』（八九年彩流社刊）について、「原爆文学」や三浦綾子とのことで親しくなった小学館のベテラン編集者から「大江さんが、僕は黒古さんが言うほど「政治的」ではないけれど、黒古さんのような見方も面白いね、と言っていた」と聞き、時代や歴史との関係で一つの作品、一人の作家を読み解こうとしていた私は、「我が意を得たり」との思いを強くしたということがある。また、同世代の立松和平が、「何故僕は書きつづけるのか、それは世代の責任を負っていると思うからだ」と言った時、「ああ、この作家は自分と同じ思いで書き続けているのだ」と涙が出るほどの共感を覚えたものである。さらに、辻井喬の文学者（詩人・小説家）と会社経営者という「二足の草鞋」を最期まで見事に履き続けたその生き様は、〈延命〉を選んだ時からの私の姿を映すものとして「模範」となるべきものであった。

最後に記しておきたいのは、前記した『異議あり！　現代文学』のインタビュー以来、肝胆相照らす仲になっていた被爆作家の林京子から「3・11フクシマ」の際に電話をもらい、「黒古さん、外出したら必ずシャワーを浴びなさい！　放射能から身を守る方法はそれしかないのよ」と言われたことである。被爆者（ヒバクシャ）として戦後の時空を生き抜いてきた林さんのこの言葉は、フクシマが依然として「収束」していない今日、「金言」として私の内部に残り続けている。そしてもう一つ忘れられないのは、小田切先生の最期まで「文学青年」の初々しさを失わなかった生き方であり、その「志」の勁さと心根の「優しさ」である。自分はどれだけ小田切先生はじめ「批評（研究）」の何たるかを教えてくれた「先人」たちの後姿をどこまで見失わないで走り続けられるか、今まさに「正念場」を迎えているような気がしてならない。

というわけで、三十一冊目の自著をここにお届けする。今回もまた、アーツアンドクラフツの小島社長に大変お世話になった。小島社長が背中を押してくれなかったら、本書は書き上げられなかったのではないか、と思う。読者のご感想・ご意見をお待ちしています。

感謝、感謝、である。

新型コロナウイルス禍の下で　五月

著　者

黒古一夫（くろこ・かずお）
1945年12月、群馬県に生まれる。群馬大学教育学部卒業。法政大学大学院で、小田切秀雄に師事。1979年、修士論文を書き直した『北村透谷論』（冬樹社）を刊行、批評家の仕事を始める。文芸評論家、筑波大学名誉教授。
主な著書に『立松和平伝説』『大江健三郎伝説』（河出書房新社）、『林京子論』（日本図書センター）、『村上春樹』（勉誠出版）、『増補 三浦綾子論』（柏艪社）、『『1Q84』批判と現代作家論』『葦の髄より中国を覗く』『村上春樹批判』『立松和平の文学』『黒古一夫　近現代作家論集』全6巻（アーツアンドクラフツ）、『辻井喬論』（論創社）、『祝祭と修羅―全共闘文学論』『大江健三郎論』『原爆文学論』『文学者の「核・フクシマ論」』『井伏鱒二と戦争』（彩流社）、『原発文学史・論』（社会評論社）他多数。

「団塊世代（だんかいせだい）」の文学（ぶんがく）
2020年6月20日　第1版第1刷発行

著者◆黒古一夫（くろこかずお）
発行人◆小島　雄
発行所◆有限会社アーツアンドクラフツ
東京都千代田区神田神保町2-7-17
〒101-0051
TEL. 03-6272-5207　FAX. 03-6272-5208
http://www.webarts.co.jp/
印刷　シナノ書籍印刷株式会社

落丁・乱丁本はお取り替えいたします。
ISBN978-4-908028-50-2　C0095